Deductive Reasoning

推理演绎法

刚雪印 ——— 著

湖南文艺出版社
HUNAN LITERATURE AND ART PUBLISHING HOUSE

博集天卷
CS-BOOKY

图书在版编目（CIP）数据

推理演绎法 / 刚雪印著 . -- 长沙：湖南文艺出版社，2021.4
　ISBN 978-7-5404-9988-4

　I. ①推… Ⅱ. ①刚… Ⅲ. ①长篇小说—中国—当代
Ⅳ. ①I247.5

中国版本图书馆 CIP 数据核字（2020）第 243674 号

上架建议：悬疑·推理

TUILI YANYIFA
推理演绎法

作　　　者：刚雪印
出　版　人：曾赛丰
责任编辑：匡杨乐
监　　制：董晓磊
策划编辑：张婉希
特约编辑：潘　萌
营销支持：王咏坤
版式设计：李　洁
封面设计：Cincel
内文排版：大汉方圆
出　　版：湖南文艺出版社
　　　　　（长沙市雨花区东二环一段 508 号　邮编：410014）
网　　址：www.hnwy.net
印　　刷：嘉业印刷（天津）有限公司
经　　销：新华书店
开　　本：680mm×955mm　1/16
字　　数：206 千字
印　　张：17
版　　次：2021 年 4 月第 1 版
印　　次：2021 年 4 月第 1 次印刷
书　　号：ISBN 978-7-5404-9988-4
定　　价：49.80 元

若有质量问题，请致电质量监督电话：010-59096394
团购电话：010-59320018

CONTENTS 目录

—— 第二卷 ——

失踪
谜团

—— 第三卷 ——

镌骨
铭心

—— 第四卷 ——

雨人
伤悲

尾 声

人不是命运的囚徒，

而只是自己思想的囚徒！

——富兰克林·罗斯福

推理演绎法

引　子

一

2005 年，隆冬，午后。

远处供暖厂的大烟囱徐徐冒出灰白色烟雾，也到了周山街小学放学的时间。校门外三五成群，吵吵嚷嚷，围满等待接孩子的家长。校园内的操场上，学生们井然有序地排着队，按照班级顺序依次走出校门，陆续与各自家长会合。

如往常一样，学校大门外的马路上也是热闹非凡。各种辅导班、兴趣班的推销人员喋喋不休地围在孩子和家长身边，卖糖葫芦、棉花糖和小玩具的商贩也吆喝得起劲。孩子们有的打打闹闹，有的眉飞色舞、手舞足蹈地和家长谈论着学校里的趣事，几乎每一张脸上都洋溢着轻松的笑容。

马路边，一辆车身沾满尘土的灰色面包车缓缓启动。没有人注意到它是什么时候停在那儿的，车窗上贴着深色玻璃膜，也看不清车里司机的模样。面包车缓慢滑行了一小段距离，突然轰的一声，司机加大油门，冲着一群正要横穿马路的学生和家长猛撞过去……

二

2019 年，春末，夜。

雷声阵阵，细雨霏霏，昏黑的天幕下，沉寂的城市被水雾笼罩，料峭而又静谧，隐隐地透着一股莫名的肃杀之气。

一座高楼之上，现出一个女孩伶仃的身影。聒噪的世界从未如此安静过，连风声都清晰可闻，似乎俗世中的牵绊和纷扰，在这一刻都被化解得无影无踪，回荡在空气中的是一片难得纯净的气息。

雨水顺着女孩的发丝淋湿面颊，醉意迷离中，分不清眼前是幻觉还是现实。她闭起眼睛，张开双臂，似乎要尽可能地拥抱整个世界。

随即，仿佛被上帝读懂了心思一般，女孩的耳畔传来一个低沉的声音：

"喜欢这样的瞬间吗？整个世界都属于你，你感受不到欺骗、背叛、伤害，也无须理会悲伤、纠葛、揣度，如果能够将之长久停留，该有多好？你有没有想过，其实这并不难？死亡，可以将你心中一切的美好，化为永恒！"

不知是楼顶的风突然猛烈起来，还是上帝的手在推波助澜，言犹在耳，女孩的身体已腾空而起，转瞬间急坠而下。也许只有短短的几秒钟时间，但对女孩来说似乎并不短暂，她看到很多画面，那一幕幕光影在回放着她人生中美好的时刻：她第一次啼哭时的场景，她初次学步的憨态，她拉着爸妈的手走进幼儿园的雀跃，她接过老师递来的红领巾的自豪，她第一次对着男孩心动的感觉，她走进大学校园的憧憬，她身披学士服的壮志，她穿上警服的英姿，还有那张忧郁的脸庞第一次绽出笑容的瞬间……

于是女孩的眼角也在笑！

高楼之上，低沉的声音，在阴森地吟诵："尘归尘，土归土，你是什么就终究是什么，从哪里来就回哪里去吧！"

高楼之下，砰的一声闷响，血花飞溅！

三

挂着"副局长"标牌的棕红色木门，被一个瘦弱的年轻人猛地撞开。

年轻人犹如一头怒不可遏的猛兽，低头直冲到一张大班桌前，他满面涨红，牙关咬得咯吱作响，身子剧烈颤抖着，眼神凶狠地盯向对面的人，一字一顿地吼道："为什么？为什么不予立案？为什么不让我看调查卷宗？"

大班桌后坐着的老者，捋了捋花白的寸发，没有恼怒，反而一脸悲悯，苦口婆心道："你冷静些，事件的调查工作已经结束了，结论确实倾向于'自杀'，法医、刑侦支队乃至家属方面，都没有异议。"老者顿了顿，表情更加痛楚，"孩子，别闹了，出了这档子事，大家都和你一样难过，这案子能动用刑侦支队花大气力调查已经是特例了，可是我们不能因为自杀的是一个警察，便无休止地纠缠下去。"

"自杀！她怎么可能自杀？你知道她是多么阳光的一个人吗？你知道她有多热爱生活吗？"年轻人使劲拍着自己的胸脯，"我最了解她，即使你这样的人去跳楼，她也不会去的！"

"别再胡搅蛮缠了！"老者有些被激怒，瞪着眼睛吼了一句，随即抬手抓起桌上的电话筒，呵斥道，"赶紧走，回你们科里去，再不走我关你禁闭！"

"你……"年轻人气急语塞,干张嘴,发不出声音,面部表情更加扭曲。紧跟着他便做出一个令人瞠目结舌的动作,只见他突然俯身用双手猛地抓住老者举着电话筒的手,冲手背一口狠狠咬下去……

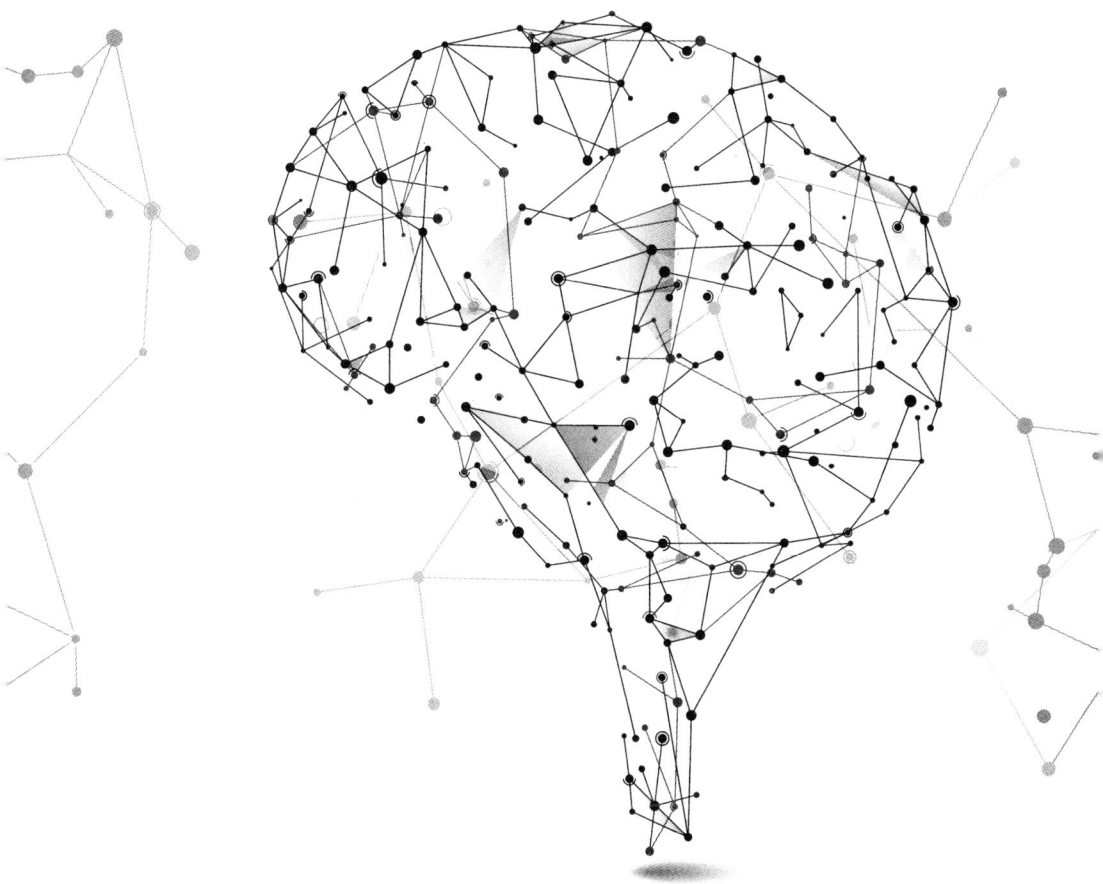

第一卷

深渊对望

推理演绎法

第一章
支离破碎

2019 年 5 月 22 日，金海市，西城区，双阳村。

上午 9 时许，素来平静的村子被一阵阵刺耳的警笛声打破，数辆警车带起飞扬的尘土从城郊公路上呼啸而过，其他车辆纷纷减速避让，行人也面露惶恐驻足观望，看这架势估摸着一定是村子里出了什么大事情。

随着警笛声渐渐停息，警车也相继在一条南北走向的公路边停下。不远处，在一片杂草丛中伫立着一栋破败不堪的烂尾楼，先期到达现场的派出所民警已经在周围拉起警戒线，警戒线外围着十来个村民，正在交头接耳，议论纷纷。

女法医沈春华穿着后背印有"现场勘查"字样的藏蓝色警服，拎着工具箱，从警车上走下来。高挑的个头，清爽的短发，柳眉杏眼，神色冷峻。紧随其后从一辆警车上走下来一高一矮、身着便衣的两个男子。高个子的叫张川，是刑侦支队一大队副大队长，年纪三十出头，面庞黝黑，身材粗壮，走路虎虎生风，荷尔蒙气息爆棚；矮个子的叫郑翔，是一大队的骨干探员，是张川警校小一届的学弟，人长得浓眉大眼，唇红齿白，一副标准的帅哥形象。沈春华看起来和张川、郑翔两人比较熟，一见面便大大咧咧地问道："我'男朋友'还没回来？"

沈春华口中的男朋友指的是刑侦支队副支队长兼一大队大队长周时好，不过两人并不是真正的恋人关系，就是关系很好，没事老在一起瞎逗。张川早习惯了她的做派，随口应道："下午的飞机才到。"

"唉，这哥们儿够命苦的，一回来就赶上命案。"沈春华使劲叹口气。

"谁说不是呢？"郑翔一脸无奈，"还有那个骆辛，也够他受的。"

几个人有一搭没一搭地聊着，分开人群穿过围观的群众，拉起警戒线走进楼内。沿着破旧的楼梯一气儿上到五楼平台，便看见靠近空旷的大落地窗框前仰躺着一具尸体。死者是一名女性，面色惨白，双目怒睁，眼睛上粘着长长的黑睫毛，嘴上涂着血红的唇膏，穿着一身血迹斑斑的"女仆装"：白色蝴蝶结头饰、白色围裙、黑色低胸超短裙、白色长手套、白色长丝袜、黑色高跟鞋。当然这显然不是真正从事家政服务的工装，而是时下一些年轻人喜欢玩"角色扮演"游戏的专用服装。

如此破败不堪的环境，配上这么一具尸体，挺瘆人的。更令人咋舌的是，原来这是一具被尸骨残骸拼凑而成的尸体，死者的头颅、一双手臂、一双腿脚，加上躯干，被肢解成六个部分，然后又被组合到一起，形成一个人形。

沈春华微微皱了皱眉，打开工具箱，开始执行现场初检。片刻之后，直起身子说："眼睛里有明显的出血点，眼周有瘀点性出血，窒息死亡的可能性比较大；尸僵已经遍布全身关节，强硬程度基本达到顶峰值，死亡时间至少在 12 个小时以上；尸块上的切割面相对平整，从出血状况看，应该是死后切割。"

"先分尸再合体，有点变态的意思。"张川抿下嘴唇，四下望了望，晃着脑袋说，"这凶手够谨慎的，除了尸体什么也没给咱们留下，他是用什么把尸体一块块运上来的？"

"感觉是个老手。"一旁的郑翔紧着鼻子说，顿了顿，忽地蹲下身子，凑近死者的脸仔细打量，"哎，这女的有点眼熟，好像在哪儿见过……"

午后，阳光和煦，暖得恰到好处。周时好驾驶着黑色吉普车行驶在海滨盘山公路上，车窗外微风习习，美景如画，令人心旷神怡。但此刻，周时好脸上的表情并不那么愉悦，反而有一丝凝重。

周时好狠狠踩了一脚刹车，将吉普车停在一座小山边的一幢院落门前。这是一幢由青灰色石砖围成的四方形院子，院门是两扇对开的黑色大铁门，灰色的水泥门柱上挂着一个白底黑字的门牌——明光星星希望之家。

周时好将吉普车熄了火，但没急于下车，点上一支烟，怔怔地盯着门牌出神。周时好这次被省厅征调了近三个月，任务比较繁重，局里怕他分心，特意嘱咐队里的人不要打扰他，所以他一回到队里整个人都蒙了：他身边最看重的两个人，一个自杀了，一个"疯了"。而让他更不敢去想象的是，经历了这次打击，骆辛会变成什么样子？他会不会就此一蹶不振，回到原点？

须臾，一支烟燃尽，周时好拉开车门下车，大踏步向大铁门走去。该面对的终究还是要面对，他已经做好了迎接最坏局面的准备。

大概一刻钟之后，周时好的身影再次出现在院落门口，身边多了一位面目慈祥、戴眼镜的老阿姨和一个戴着深灰色运动帽的年轻人。不用问，后者一定就是周时好百般惦念的骆辛了。

只见骆辛冲着老阿姨深深鞠了一躬，然后默默走到吉普车前，拉开后车门，坐到后排座位中间位置，认真系好安全带。周时好赶忙和老阿姨握手道别，紧走几步，也上了车。老阿姨一边挥手，一边在身后叮嘱：

"别忘了周六的心理辅导课。"

周时好发动起汽车引擎，抬眼瞅着后视镜悄悄向后排打量：骆辛穿着利落得体，脸颊白净，除了头发比较长，整个人看起来还算清爽，情绪也出乎意料地平静。周时好不禁暗暗松了口气，紧接着便又皱紧眉头，用带着愧疚的语气说道："我刚回来，你还好吧？"

骆辛并未应声，眼睛瞥向车窗外渐行渐远的小院。须臾，语气平淡，有点像自言自语地说道："我喜欢这里，都是和我一样的人，很自在，很舒服。"

"别胡说，只要有我在，以后绝不会让人随便把你关在这里。"周时好脸颊抽动了一下，一脸心疼的模样，沉默几秒，才又接着说，"对了，你也别怪马局，他有他的苦衷！"

"嗯！"骆辛轻哼一声，白皙的右手放在大腿外侧，细长的五个手指交替弹动着，有点像弹钢琴的样子。其实从谈话的一开始，他就一直在机械地做着这样的动作，对他来说，这是一种分散压迫感、减轻焦虑的本能反应。

周时好忍不住扭头深盯骆辛一眼，眼神略带责备，叹口气道："你这次确实有点过分了！你在宁雪的葬礼上大闹了一场，她的家人尤其是未婚夫一直找局里讨要说法。还有，马局是你的长辈，这么多年对你也算关怀备至，你不应该那么伤他。这次回局里千万不要再闹了，否则你不仅对不起马局，也辜负了宁雪为你所做的一切，她的在天之灵也不会安息的！"

听到周时好提到"宁雪"两个字，骆辛脸色瞬间阴沉起来，他垂下眼帘，呼吸变得急促，手指弹动的频率也越发快速，一时间车内气氛有些沉闷，只有汽车的引擎在响。

过了好一阵子，周时好轻咳两声，缓和语气说道："我饿了，咱现在回家，你给我煮碗面吃，然后我再给你理理头发。"

"我想去看雪姐。"骆辛面无表情，声音低沉，缓缓吐出几个字。

西郊，将军山墓园。

周时好和骆辛来到一座墓前，黑色的大理石墓碑上镶嵌着一张模样温婉娟秀的女孩的照片，紧挨着照片下方刻着四个大字——宁雪之墓。

周时好蹲下身子，将一束鲜花放到墓碑前，一时间，悲伤满面，无语凝噎。而骆辛愣愣地站在原地，瞅着墓碑上的照片，眼神空洞沉寂，透着一股无法形容的淡漠，似乎已经彻底接受宁雪自杀身亡的事实。

两个人默默地守在宁雪墓前，不知过了多久，骆辛突然用一种冷漠又近乎嘲讽的语气，缓缓说道："你也认为雪姐会自杀？"

"我……"周时好一时语塞，不知该如何作答，他很清楚此时他说出什么答案，都会刺激到骆辛，他不想给骆辛莫须有的希望，也不想失去骆辛的信任。

周时好正嗫嚅着，骆辛似乎也没兴趣再听他的回应，一转身，扭头走开了。身后的周时好，一脸无奈，摇摇头，跟着离去。

返程，一路无话。

进了家门，骆辛顿住脚步，愣了一下，几周没回家，屋子里的整洁程度显然让他大感意外。依次拉开卫生间、厨房的门，里面同样干干净净。冰箱里也装得满满当当，有他喜欢吃的西红柿、黄瓜、香菇等新鲜蔬菜，还有他最爱喝的一个品牌的矿泉水。

一瞬间，骆辛有些恍惚，似乎时光流转，一切依然如前，宁雪也并没远去，因为有宁雪在，家里从来都是这番光景。

"我接你之前，过来收拾了一下屋子。"眼见骆辛眼神迷离，周时好猜到他睹物思人，便解释了一句。

骆辛微微怔了一下，随即缓缓关上冰箱的门，背对着周时好脱掉外套挂到衣架上，逃离似的一头钻进厨房，飞快合上厨房的门。盯着两扇玻璃门，周时好表情复杂，内心百感交集。他从未看到过骆辛如此伤感，如此真切地毫不掩饰地表达伤感。周时好能想到骆辛对宁雪的依赖，但没想到他们之间的感情竟如此深厚。

周时好坐在沙发上惆怅良久，厨房里的玻璃门终于重新打开，骆辛捧出两碗热气腾腾的蔬菜面，放到沙发前的茶几上。面是骆辛一贯爱吃的素食荞麦面，蔬菜有葱花、木耳加西红柿。或许是因为经历了那一场劫难，让骆辛对生命肃然起敬，从长梦中醒来之后，他就不再碰任何带有生命气息的食物，成为一名坚定的素食主义者。

两人默默吃了一顿饭，周时好把理发工具找出来开始帮骆辛理发，骆辛在这方面比较执拗，他的头发只有周时好和宁雪能动。这对周时好来说倒也不是什么难事，不论是在孤儿院还是读警校，他都经常帮人理发，手艺还蛮不错的。

"我是个不祥的人对吗？"骆辛坐在椅子上，低着头，声音低沉，突然喃喃说道，"奶奶，爷爷，爸爸，妈妈，雪姐，一个一个从我身边消逝，凡是亲近我的人都不会有好下场。"

周时好攥着剪刀的手在骆辛头上瞬间僵住，一时有些无措，顿了一会儿，才语气平淡地说道："别胡思乱想了，一会儿剪完头去洗个澡，早点睡，养足精神，明天正式回科里上班。"

骆辛没再接话，周时好也不再言语，只是伴随着剪刀的欻欻声响，神色变得更加凝重，整张脸显得忧心忡忡。

第二章
空降新人

——十

　　早晨 5 点 50 分，骆辛准时起床。洗漱、穿衣、吃早餐，早餐是两片素食面包加一杯鲜榨果汁。出门时间是 6 点 30 分，步行 8 分钟到达地铁站，6 点 40 分坐上地铁。这个时间段，地铁上的人还不是很多，基本上大家都有座位，如果车厢内太过拥挤，会让骆辛有压迫感，整个人会很焦灼，也无法从容揣摩路人的心思。

　　骆辛喜欢观察人，喜欢"透视"地铁车厢里一张张形形色色的面孔，因为人在一瞬间的所思所想总会不经意地体现在五官上。尤其是眼睛，隐藏了太多太多的秘密。骆辛在学习着从那里面看到一个人的欲望、情感、心绪，甚至健康。只是骆辛的眼神总是太过直接，偶尔会引起别人的误会，以为他是地铁色狼，不怀好意，有两次不得不掏出警察证表明身份，才免于挨揍。

　　这个早晨，骆辛没理会地铁里的其他乘客。他双手抱着双肩背包，身子端端正正坐在座位上，眼睛直直地盯着地上的某个角落，脑海里浮现出他第一次坐地铁时的笨拙和忐忑，是宁雪柔软白皙的双手一次又一次坚定地拽着他，训练他最终学会独自一人乘坐地铁，可如今那双手他再也牵不到了。

地铁不存在堵车问题，所以骆辛基本上每天早上 7 点 05 分左右便会到达单位——金海市公安局档案科。但是往往他不是第一个到达科里的人，那时宁雪都会比他早到，为的是把他独有的"玻璃隔断屋"提前清扫干净，好让他一踏进里面便置身在整洁舒适的环境下。就是这样，从骆辛 12 岁到如今的 22 岁，整整 10 年，无论工作还是生活，宁雪总在骆辛身边，事无巨细、无微不至地照顾着他，才使得骆辛的人生并没有那么地"脱轨"，所以可以想象宁雪的死对骆辛的人生来说是多么地颠覆。

而骆辛原本便是一个极度痛恨或者准确点说是害怕改变的人。就拿手机来说，他人生的第一部手机是周时好送给他的，一部 2006 年上市的滑盖手机，他一直沿用至今，也就是说，他习惯于在某种定式中去工作和生活，一旦发生改变便会引起高度焦虑，乃至失控。悲哀的是，骆辛很清楚自己的问题，但每每却又总是无法自控。骆辛知道自己必须要接受宁雪彻彻底底离开的事实，但无法想象当自己走进那间不再有宁雪身影出现的办公室时会做何反应，以至于每踏一层台阶脚步都异常沉重，贴在大腿右侧弹动的手指频率也越来越快。

档案科在市局大楼四楼，上了楼梯左拐，走到走廊的尽头便能看到档案科的大办公间。一进办公间的门，右首边有四个隔断工位，其中一个工位原本是属于宁雪的，现如今被分配给了新来的档案员叶小秋。再往里，靠近窗户，有一张单独的办公桌，是科长程莉的位置。而左首边，则是一个玻璃隔断房，玻璃上贴着磨砂膜，从外面无法看清里面的状况。叶小秋刚调来档案科的时候，以为玻璃房是科长办公的地方，但很快发现并不是，而且她来了也有一周的时间了，玻璃房的门始终是锁着的。她曾试着跟另外几个档案员打听，可是都没有得到正面的答复，都说过一阵子她就知道了。叶小秋心里好奇极了，为什么科里的人会对有关这间玻璃房的话题讳莫如深？档案科职位最高的当数科长，她都没有独立的办公空间，又是什么人会有这份特殊待遇？

叶小秋没想到满足她好奇心的机会竟戛然而至。昨天夜里她接到科长程莉的电话，吩咐她今天提早一些到科里，争取 7 点之前把玻璃房里的卫生清洁好，玻璃房的钥匙在程莉办公桌最卜面的抽屉里。程莉还特别解释并没有故意针对叶小秋的意思，实在是科里其他同事都是上有老下有小，一大早上要做的事情太多，没办法那么早到科里，所以只能麻烦她。最后程莉还叮嘱她，千万不要改变屋里任何东西的位置。

科长特意打电话交代，叶小秋不敢怠慢，一大早刚过 6 点便赶到科里。从科长办公桌抽屉取了钥匙，打开玻璃门，在门边摸索到电灯开关摁下，叶小秋终于得以窥见玻璃房内的庐山真面目。里面空间不是很大，只有六七平方米的样子，陈设稍显局促：一张办公桌，一把靠背椅，与办公桌平行戳着一块白黑板，白黑板对面醒目地立着一列三组书架，整整占了一面玻璃墙。办公桌上空空如也，连台电脑也没有，书架上倒是满满当当的，有一些厚厚的书籍，还有一排排牛皮纸档案盒，档案盒颜色、样式统一，码放得整整齐齐。这屋子里看起来也确实有很长一段时间没进过人了，到处都落着厚厚一层浮尘。

转悠了一圈，感觉也没啥稀奇，叶小秋便开着手清洁工作。开排风换气，把玻璃墙面和几个陈设表面的灰尘用抹布反复抹几遍，再用拖布把大理石地面拖擦干净，40 分钟，完活。把清洁工具归置好，叶小秋又回到玻璃房，快步走到书架前，抽出一盒档案，迫不及待地翻看起来。原来刚刚在擦书架时她蓦然发现，书架上陈列的竟然都是犯罪学和心理学方面的书籍，并且大多是英文的；而中间一组书架上摆放着的一盒盒档案则更吸引她，因为盒子侧面备注的名头竟全是赫赫有名的人物。国内和国外的皆有：白宝山、周克华、马加爵、龙治民、段国诚、赵志红、黄勇、靳如超、董文语、邱兴华、杨新海、高承勇、张君、杨树明……柳永哲、艾德·盖恩、泰德·邦迪、理查德·拉米雷斯、查尔斯·曼森、丹尼斯·雷德、埃德蒙·肯珀……叶小秋是学侦查学的，她当然知道这些人都是作恶累累、臭名昭著的重案罪犯。像叶小秋现在手里拿着的，正是自 1988 年至 2002 年的 14 年间，制造了 11 起入室杀害女性案件，于 2016 年落网，2019 年初被依法执行枪决的连环杀手高承勇的档案。档案盒中的卷宗页都是复印的，但有明显的来自案发当地公安部门的水印，说明这些卷宗资料都是复印于第一线而且是最真实的资料，叶小秋不禁再一次对这间玻璃房的主人产生好奇，到底是什么人在搜集和研究这些罪犯的档案呢？

　　叶小秋捧着档案正看得入迷，视线中突然闯入一只白皙修长的手，还没来得及做任何反应，手中的档案盒已经被夺走了。叶小秋赶忙抬头，便看到一张清瘦白净的脸庞，一双幽邃的眼眸正直直地盯着她，眼神中看不出任何的情绪色彩。叶小秋愣了愣，心里暗念："莫非这就是小屋的主人，怎么会这么年轻？"瞬即，赶忙伸出手，解释道："你好，我是新来的档案员叶小秋，是程科长让我进来收拾卫生的。"

　　年轻人眼睛一眨不眨，转身把手中的档案盒插回书架上，然后转回身默默地走到办公桌前，摘下背上的双肩包，放到桌角，拉开椅子，坐下。剩下面对书架的叶小秋，尴尬地收回举在半空中的手，转过身盯着年轻人的背影，犹豫了一下，张张嘴，但没发出声音，随即悻悻地走出玻璃房。在玻璃房门合上的一刹那，她又忍不住偷偷打量年轻人一番：个头中等偏上，身材细削，脸颊清瘦，穿着浅蓝色的长袖衬衫，衬衫扣子从下到上全部扣得紧紧的，整个人坐在椅子上弓着身子像一把弯刀，但偏偏一双眼睛很大，还圆鼓鼓的。叶小秋轻轻带上门，脑袋里想到一种生物，小声嘟囔道："长得像个螳螂似的，真是个怪人。"话音未落，便听到玻璃房里传来"砰砰"两声响动，似乎有人在用脚踢什么东西……

昨天一回金海便赶着去接骆辛，都没来得及到局里述职，所以今天一大早周时好没去支队，直接来到局里。

打从吉普车上下来，周时好一路都没闲着，碰到的全是熟人。打招呼、握手、寒暄，一路走走停停、左右逢源，足足用了五六分钟才来到主管刑侦的副局长马江民的办公室前。周时好就是这么一个人，总是热情洋溢、圆滑通达，对上善拍马屁，对下以德服人，可谓面面俱到，所以人缘很好，并且这厮还颇受小姑娘待见。其实要从一般人的审美角度去看，周时好身材高壮，还算有些男子气概，但五官是真的很丑，三七分头，细长脸，薄嘴唇，蒜头鼻，外加一双小眯缝眼，不过就这五官组合到一起，在一些小姑娘嘴里变成了耐看，还什么丑帅丑帅的，局里一些帅小伙心里很是羡慕嫉妒恨，经常揶揄那些小姑娘都啥破眼神。

此时，马局长办公室的门虚掩着，门外走廊里站着一个满身香气的女子，举着手机正在轻声讲着电话。女子一头外翘齐肩短发，身着灰色职业套装，曲线婀娜，腰身紧致，九分直筒裤下露出白皙的脚踝，再搭配黑色细高跟鞋，优雅简约，韵味十足。所谓"窈窕淑女，君子好逑"，只是看了个背面，周时好已然有点拔不出眼的感觉，狠狠瞅了几眼女子的背影，才恋恋不舍推开马局长办公室的门。

"你这小子越来越没规矩了，进来也不敲门。"马局长嘴上是批评，但脸上却溢满笑容，指指对面的椅子，"这次任务完成得不错，省厅领导很满意，算是没给咱们局丢人。"

"必须的，咱是谁啊！"周时好坐到椅子上，打着哈哈，但很快便收起笑容道，"对了，我听程莉说您把小秋调到档案室了？"

"是啊。"马局长点点头。

"干吗那么着急，怎么也不跟我打声招呼？"周时好一脸忧心忡忡的样子道。

"我这刚表扬你两句，就跟我来劲是不？"马局长使劲瞪了一眼，"我往档案科安排人，用得着跟你打招呼？"

"不是，不是那意思，"周时好连忙摇手，解释道，"我是想说这么快就让人顶了宁雪的位置，我担心小辛接受不了，闹情绪。"

"唉，这个我也考虑过，但长痛不如短痛，早晚得有这么一天，这孩子也应该加强自我控制的锻炼了，咱总不能一辈子都安排一个人跟着他吧？"马局长轻叹一声，"这段时间幸亏还有崔教授能降住他，要不然真不知道还会出点啥事。"

"那个……宁雪……"周时好吞吞吐吐本想问宁雪自杀的事，但突然间又觉得事已至此，问也是白问，便把后半截话生生咽了回去，顿了顿，转话题问道，"是小秋找您要调到市局的？"

"这孩子当初从警校毕业就考到了你们刑侦队，那时候老叶怕别人说闲话，硬是给孩子捣到郊区派出所干了两年，孩子这次来找我强烈申请要去你们那儿，说是要继承她爸的衣钵。"马局长道。

"那怎么去档案科了？"周时好问道。

"老叶媳妇坚决不同意，说是老叶走了，身边就剩这么一个闺女傍身，家里经济条件也不错，不指着孩子有多大出息，能让孩子到市局做点安稳的工作就行。"马局长苦笑一下，"老叶走前，咱答应好了帮他照顾家里，他媳妇这么说，我还能怎么办？只能跟小秋打马虎眼，把你拉出来当挡箭牌，我跟她说刑侦队的人事安排还得征求一下你的意见，让她暂时去档案科工作一段时间，去刑侦队的事等你回来再说。"

"你这糟老头子坏得很，得罪人的事全让我做。"周时好拿着网络上的流行段子开玩笑道。

"反正小秋的事交给你了，你看着办吧。对了，那个……有个事局里让我跟你沟通一下……"马局长盯了周时好一眼，抿下嘴唇，斟酌着说道，"是这样，自打老叶患了癌症，这一年多时间虽然你名义上还是副支队长，但其实干的都是支队长的活，这些局里都看在眼里，应该说干得非常不错，领导对你也都比较肯定，现在老叶'走'了，你们也应该有个正式的支队长……"

周时好一听话风，立马反应过来局里这是准备把他扶正，心里美滋滋的，但表面上还得做做姿态，谦让谦让，便不容马局长把话说完，装模作样抢着说道："别，别，我干不了一把手，这全队上下吃喝拉撒睡都得管，心思太多、太累，我还是比较愿意出现场办案子。"

"哦，你是这么想的，那我就放心了，那就好好配合新来的支队长的工作。"马局长长舒了一口气。

"啥？新支队长？谁啊？"周时好瞪着眼睛，一脸错愕。

"从公安部刑侦局犯罪对策研究处来了一位副主任，到咱们这基层挂职锻炼一年。"马局长解释道。

"空降干部？"本以为支队长的位置板上钉钉是自己的，还假模假式谦虚一番，结果是自作多情，这笑话闹大了，一方面是脸面上挂不住，另一方面心里确实不服气，也顾不上对面是自己的顶头上司，周时好这火腾地就上来了，"敢情我这一天天拼死拼活地干，就值得一个口头表扬？他一个空降的，直接当一把手，凭什么？"

"你瞎嚷嚷什么？这公安局你家开的，还是我家开的，不都得听组织的吗？"马局长也把眼睛瞪起来，"再说，你刚刚不是说嫌事多，不愿意干吗？"

"这……这，你们让我干我拒绝是一回事，你们让人把我顶了是另一回事，这是对我工作的全盘否定，是对我人格的不信任！"周时好语无伦次地给自己找台阶下。

"你哪儿来那么多歪理邪说？谁跟你说你当支队长是板上钉钉了？"马局长用手指使劲点了下，然后压低声音道，"你给我摆正心态，空降干部对咱们基层工作科肯定不会很熟悉，你得给我配合好了，别跟人家拿糖，知道吗？"

"不是，按惯例到基层锻炼的干部不都是当副手吗？到底什么人，关系这么硬？"周时好心有不甘地说道。

周时好话音刚落，便听到两声敲门声，紧接着在他身后传来一阵高跟鞋的声响，瞬即一个女人的声音说道："抱歉马局，接了个电话耽误您时间了，你们刚刚这是说我吧？什么关系硬不硬的？"

"没，没说你。"马局长摆摆手，含糊其词道，紧接着赶忙转了话题，"来，小方，我给你们介绍，这位是刑侦支队副支队长兼一大队大队长……"

"方龄？"周时好循声半转头看向身旁，一脸诧异地道，"怎么是你？"

"对啊,怎么不能是我呢？"方龄也特意扭着头,眼波含笑,俏皮抿嘴,与周时好对视着。

"不，你这……"周时好眼睛直直盯着方龄，一副不敢置信的模样。

"怎么回事？小方，你们认识啊？"看这场面，马局长有点蒙。

"大学同班同学！"周时好没好气地说，接着又转向方龄问："你当初不是留校了吗？怎么又去刑侦局了？"

"理论学腻了，想实践一下，正好有个机会，便调过去了，看来你是一点也不关心我这个老同学啊！"方龄继续微笑着说。

"我关心得着吗？"周时好语气讪讪的，脸上一阵青一阵白，看得出是在尽量克制着情绪，瞬即向方龄伸出手，勉强挤出一丝笑容，语气不咸不淡地说，"既然来了，那欢迎，以后你就是我领导了，有事尽管吩咐。"

　　"太好了，既然你们认识那就好办了，不过小方，我们没想到你来得这么快，办公室、住处、交通问题还没安排好，你别介意。"马局长先对方龄歉意地笑笑，紧接着又冲周时好说道："人我交给你了，带回队里好好安顿。"

　　方龄知道局长这是在说客气话，使劲摇摇头道："不，是我的问题，刑侦局那边的工作提前交接完了，就提前过来了。"

　　"行，互相理解，那我就不送你们了，你们好好配合工作。"马局长站起身，和方龄握手道别。

　　看着周时好和方龄出了门，马局长坐回椅子上，嘴角泛起一丝浅笑。他看得出这两人绝不只是同学关系那么简单，应该有更深入的故事，周时好这么多年都没正经谈个女朋友，看来是有缘由的。

　　马局长也是刑侦支队出来的，早年他带过两个新人，一个是骆浩东，另一个是叶德海，三人以师徒相称，而周时好又是骆浩东的徒弟，论辈分他可以称之为马局长的徒孙。可惜的是，骆浩东早在十几年前因公殉职，叶德海也在五个月前因胃癌去世，所以周时好算是马局长身边少有的嫡系人员，马局长也尤为信任和器重他。当然周时好对马局长也是分外尊崇，在工作方面不敢有一丝马虎大意，生怕辜负马局长的提携和重用。加上周时好嘴甜，会来事，经常哄老头开心，马局长早已把他当家人看待，不然周时好刚刚也不敢这么没皮没脸、胡搅蛮缠。

　　不过要说起关于支队长任命的问题，马局长是从中作了梗的。局里先前确实讨论过要扶正周时好，是马局长建议暂时还是让前来挂职锻炼的方龄主持工作，主要考虑到周时好还是欠稳重，仕途太顺，容易膨胀，想让他再摔打摔打，未来的路才能走得更稳、更远。

　　另一边，周时好出了马局长办公室的门，下楼梯没走几步，便忍不住停下脚步质问方龄："你应该知道我在金海刑侦支队吧？你来这儿算怎么回事？"

方龄继续下楼，冷着脸，一副爱搭不理的模样，从周时好身边走过，先前在马局办公室里温婉亲切的姿态荡然无存。

"你不觉得这样会让咱俩很难堪吗？"周时好紧走几步，追着方龄不依不饶道，"再说，你们这些常年坐办公室的官老爷会办案吗？"

"时好，你都快40了，能不能成熟些？"方龄终于停住步子，略微扭扭头，皱着眉头道，"我跟你说当年你就这样，什么事情都是想当然……"

"别跟我提当年！"方龄的话像是点燃了炮筒，周时好使劲一挥手，高声吼了一嗓子，说完才意识到这是在市局办公大楼里，得注意影响，便赶忙四下望了望，憋着嗓子道，"当年你毁了我们的……你现在又想毁了我的事业是不是？"

"那就不提当年，以后咱们之间只提工作。"方龄硬邦邦撂下一句，扭回头继续下楼，再次把周时好抛在身后。

"没问题啊！"周时好气势汹汹地在方龄背后嚷道。

说话间，两人已经走出市局大楼的大玻璃门。走下台阶，方龄拿出车钥匙按了下，随即不远处一辆深蓝色豪华SUV应声闪了两下车灯。"车，我习惯用自己的，我从北京一路开过来的，房子我也租好了，离支队不远——曼哈顿公寓，你们只需要给我一间办公室就成。"方龄一边拉开车门，一边说道。

周时好哼了下鼻子，冷眼盯了盯方龄的SUV，默默钻进停在一旁的吉普车。他知道方龄开的这款车，在高档车中素有低调奢华之称，虽然看上去不怎么惹眼，但对体制内的公职人员来说还是稍显招摇，还有那曼哈顿公寓，也是五星级酒店式公寓，租金不菲。

"不就是嫁了个有钱有背景的老公吗？嘚瑟！"周时好撇撇嘴，小声嘟哝一句，酸气隔二里地都能闻得到。

第三章
进入角色

———┼———

　　周时好带着方龄回到刑侦支队，召集在岗警员在一楼大办公间里，搞了个简短的欢迎仪式，随后安排人手抓紧时间把前支队长叶德海的办公室收拾出来，供方龄使用。

　　周时好的办公室与叶德海的是挨着的，他便请方龄先到自己办公室坐坐，然后把张川和郑翔招呼进来询问"烂尾楼抛尸案"的侦破进展。

　　周时好坐在办公桌后的高背椅上，张川和郑翔坐在对面，方龄坐在侧边的会客沙发上。郑翔把装着案情报告的卷宗夹放到周时好身前，周时好拿起来翻了翻，便又还回到郑翔手上，然后冲方龄指了指，意思是人家现在是支队长，有案子得人家先过目。

　　郑翔按指示把卷宗夹交给方龄，坐回到椅子上，侧侧身子，既照顾到周时好，也照顾到方龄的面子，开口说道："被害人叫刘媛媛，今年29岁，身高1.55米，本市庄江市人（金海市所管辖的县级市，与金海市区相隔约170千米），住在西城区泡山街道玉林路278号1单元201室。距离她住的这地儿不远有一个综合商品城叫明丰商城，她在里面二楼租了个摊位卖男女内衣和袜子，业余时间在一个叫'火鸡直播'的网络直播平台做兼职主播，网名叫'绝色小女仆'。

"刘媛媛在直播中自称20岁，一直标榜自己是'颜值主播'，标志性出镜装扮就是尸体被发现时的模样，一身低胸性感的女仆装，在直播时颇受欢迎，有三四万粉丝，也收获了价值数万元的礼物打赏。然而在本月初的时候，她在直播时闹出了乌龙事件，直播软件的美颜和滤镜功能因网络原因突然失效，刘媛媛素颜的模样便被曝光，可以说和先前经过美颜的出镜形象简直天壤之别，反差特别大。粉丝们有点接受不了，都觉得受到了愚弄和欺诈，便纷纷在网络上对她进行谩骂和人身攻击，甚至还有自称黑客的网友把她的家庭住址曝光到网上，我们就是根据这条信息找到了她的住处，发现那里是第一作案现场。"

张川接下话说："我们在被害人住处的卫生间里发现大量血迹残留，经检测比对均属于刘媛媛，可以确定住所是第一作案现场。刘媛媛家的房门没有撬压和暴力闯入迹象，屋内也没有被大肆翻动过，我们在衣柜里找到了她的背包，里面装着的身份证、信用卡，以及少量现金都在，她有两部手机，一部用于直播，一部为日常使用，两部手机均被凶手用硬物砸烂，并扔进蓄满水的洗手池中。现场包括门把手、沙发、茶几、卫生间水龙头等位置，均未采集到指纹，连死者的指纹也未采集到，应该是凶手作案后对现场做过全面细致的清理工作。不过在门口玄关位置，勘查员采集到了一枚39码的运动鞋脚印，同样在抛尸现场外的草地上也采集到了一模一样的运动鞋脚印，基本可以确定为凶手所留，通过技术分析判断为男性脚印，身高在1.72米左右，体态偏胖。

"刘媛媛住的小区比较老旧，周围没有安防监控，楼内的住户要么是老人，要么是外来务工的租户，平时大家都不怎么接触，也都不太清楚刘媛媛平时和什么人来往。与刘媛媛同楼层的另外两户人家，一户因没找到租客已空置半年，另一户则租给了一个电脑程序员，案发当天他在公司加班到凌晨2点，后来就睡在了公司。不过据住在刘媛媛家楼下的一对老夫妻反映：5月21日下午，他们俩都听到楼上在吵架，可以肯定其中有男人的声音，然后大约在傍晚的时候，老两口又听到楼上响了一阵刺耳的类似电锯锯东西的声音，他们以为楼上谁家在使用榨汁机，便没怎么在意。另外，老两口还反映刘媛媛家里曾多次有男人留宿，有几次半夜他们清楚地听到楼上有男女亲热的响声。

"刘媛媛卖内衣的摊位我们也去了，和旁边的一位叫王瑛的女摊主聊了聊。据王瑛说：刘媛媛经营这个摊位有六七年了，生意马马虎虎，但自打她玩上网络主播，对摊位生意就不怎么上心了，经常晚来早走，人也无精打采的。法医给出的刘媛媛的死亡时间是5月21日，王瑛说那天下午3点多刘媛媛就闭摊回家了。刘媛媛为人比较内向，在商城内除了跟王瑛走得比较近，没有其他关系特别好的朋友。不过据王瑛观察，刘媛媛应该有一个正在交往的男朋友，她经常看到刘媛媛捧着手机聊微信，一聊就是大半天，样子很甜蜜，偶尔还悄悄发几句语音向对方撒娇，但当她向刘媛媛求证时，刘媛媛却矢口否认。王瑛怀疑刘媛媛可能交往了一个有妇之夫，因为两人的关系见不得光，刘媛媛才不敢承认。

"对了，刘媛媛的父亲和姐姐一大早已经赶来认尸了，据两人说：刘媛媛常年在咱们金海市内做买卖，只有过年期间才回老家住一阵子，加之个性方面一直都比较孤僻，平日和家人的交流非常少，所以除了手机号码和微信号，他们提供不出其他有价值的线索。

"至于抛尸现场，在西城区双阳村的一栋烂尾楼里。报案人是村里的一位村民，早起遛狗，狗走到烂尾楼旁开始狂叫，村民闲着没事就带狗进去溜达，一直溜达到五楼平台发现了尸体。我们对该村民进行了调查，案发当时他有多位不在场的人证，可以排除作案嫌疑。"

张川汇报完习惯性地看向周时好等待指示，周时好微微偏了下脑袋，冲张川使了个眼色。张川心领神会，侧侧身子，对方龄说："方队，目前掌握的情况就是这些，接下来的工作您有什么指示？"

"我刚来，还不是特别熟悉情况，就暂时不说了吧。"方龄抿嘴笑笑道。

"别啊，您现在是支队的一把手，您得给我们一个方向，我们才好展开工作。"周时好阴阳怪气地说。

"行，那我就说几句。"方龄脸上的笑容转瞬即逝，明摆着这是周时好有意要试试她的斤两，她稍微思索了一下，斟酌着说道，"案发当天，刘媛媛在家中与一个男人发生争执，随后遇害，凶手不图钱、不图色，很像是冲动犯罪，动机可能与个人矛盾或恩怨有关。联系直播网站，调取与刘媛媛相关的所有电子数据证据，很明显那些观看了刘媛媛的网络直播，遭受她愚弄和欺诈而耗费大量精力、钱财的粉丝，是首要的嫌疑群体。尤其刘媛媛的家庭住址遭到曝光，某些偏执愤怒的粉丝想找到她本人进行对质的可能性很大。"

"已经给网站发过协查令了。"郑翔插话道，"'火鸡直播'在本市有办事处，负责人说会向总部申请，尽快将相关信息交给咱们。"

"嗯，好，手续要全，要合理合法调阅证据。"方龄叮嘱一句，继续说道，"凶手杀死刘媛媛，随后对尸体进行肢解，并连夜抛尸于双阳村。如果这并非事先计划好的，那么整个过程在时间上是相当紧张的，包括分尸工具、装尸袋、清洁剂、手套等物品很可能系就近购买，追查这些物品的源头，试着寻找到潜在目击到凶手相貌和身体特征的人。凶手能够顺利转移尸体，并无声无息抛尸于郊区地带，想必是有自己的私家车，调阅案发当天傍晚至次日早间，从市区到双阳村相关路线沿途的安防和交通监控，寻找可疑车辆。

"线索交叉显示刘媛媛确实有关系密切的男性朋友，至于是一个还是多个还不好判断，刘媛媛性格内向，现实社会关系简单，所谓的男朋友大概率是她从网络上认识的。咱们一方面还是要举一反三，细致询问其居住的单元楼内的所有住户，或许有人曾撞见过男人从她家进出，或者她曾跟某个男人一起在楼里出入过；另一方面，着手从刘媛媛近期的财务支出账单、手机通话记录、微信交友信息中去寻找线索。还有，让技术队试试通过发帖的 IP 地址，把那个曝光刘媛媛家庭住址的网友找出来，查查其是否有作案动机和时间。

"再有，刘媛媛直播时和遇害时穿的这身女仆装扮，应该是所谓'COSPLAY（角色扮演）'游戏的专用服饰，据说时下很多年轻人都有这种喜好，咱们也不妨接触接触这个圈子里的人，或许刘媛媛的死与COSPLAY 有关也说不定。好，我就说这么多，几位还有没有什么要补充的？"方龄顿住话头，扫视三人一圈，见无人应声，便把视线落到周时好身上，用命令似的口吻道，"我刚来队里，人员情况还不是很熟悉，具体的警力调配，由周队来负责。"说完便从沙发上站起身来，迈步冲向门口走去。

"你着什么急？"周时好在她背后嚷道，"办公室没那么快收拾好。"

"我去法医科，看一下被害人尸体。"方龄没回头，拉开门，走了出去。

"你等等，你知道法医科怎么走吗？"周时好从高背椅上弹起身子，冲张川和郑翔挥了挥手，示意他们赶紧干活去，然后快步追出门去，"我跟你一起去！"

周时好这么急当然是有原因的，法医沈春华那个姑奶奶向来是口无遮拦，她应该还不知道方龄方支队长的存在，周时好生怕再闹出什么误会和笑话来。

技术队在刑侦支队大院西侧的附属楼里，法医科办公室在二楼，解剖室在地下一层，周时好估摸着这会儿沈春华应该在解剖室里，便引着方龄直接坐电梯下到地下一层。

二人走进解剖室，果然见沈春华在里面，只是还多了一个人——骆辛。当然，此时方龄并不清楚骆辛是何许人也，只是觉得站在解剖台前的这个年轻人特别瘦，脸色异常苍白，尤其眉宇间隐含着一抹淡淡的忧郁，不免让方龄觉得这个年轻人过于孱弱。

骆辛对二人的到来置若罔闻，身子一动未动，视线仍专注在解剖台上。倒是沈春华一脸兴奋，只是刚要张口，就见周时好冲她使劲眨眼，似乎在暗示什么。沈春华一愣神，周时好抢着说道："那什么，沈法医，这是支队新上任的方支队长。"周时好之所以一上来就亮明方龄身份，是真怕沈春华又把"男朋友"三个字挂在嘴边，那在方龄面前，自己就太尴尬了。

"您好，沈春华。"

"方龄。"

方龄伸出手与沈春华握手致意，然后瞅了瞅骆辛，又用问询的眼光看向周时好，周时好却并不接茬，默默走到骆辛身旁，将视线也投在解剖台上，装模作样打量起尸骨来，显然并不想在当下的场合介绍骆辛的身份。

沈春华应该看懂了周时好的姿态，赶忙出声来打圆场，介绍尸检结果说："死者系遭扼颈致死，死亡时间为5月21日傍晚5点到6点之间。死者左侧脸颊有挫伤，应该被掌掴过，背部有明显的瘀痕，说明被扼时曾奋力挣扎，不过下体未见暴力侵犯痕迹，毒化物和酒精检测也未见异常。还有，如你们现在所看到的，死者尸体被肢解成六个部分……勘查员在死者住处找到一把可充电手持式小电锯，锯条是细齿形的，长15厘米，宽1.9厘米，厚度为0.9厘米，通过对锯条上残留的血迹和肉屑进行DNA检测比对，结果证实肢解死者的工具正是这把电锯，电锯的手柄部位被凶手细致擦拭过，故未采集到任何指纹。"

"我看这些尸块切口有重复和偏移的痕迹，估摸着凶手使用电锯并不算熟练。"周时好指了指解剖台上的尸体，一副内行模样说道，"而且各个部分的尸块表面，都没有大面积血溅迹象，说明刘媛媛被肢解时穿着衣物。"

"您分析得很对，不仅如此，你们几位过来看看……"沈春华冲对面的三人招招手，然后转身走到自己的大工作台前，工作台上摆着被害人的衣物，包括一个白色蝴蝶结头饰、一件白色围裙加黑色低胸超短裙套装、一条红色内裤、一双白色长手套、一双白色高筒丝袜、一双黑色高跟鞋。

沈春华用戴着乳胶手套的手将衣物背面逐一展示一番，然后说道："你们看，这些衣物背面都有很明显的撕裂、褶皱和挣扎形态的污迹，说明施害当时被害人已经穿着这身女仆装了，这也是我们在其体表上未发现任何划痕的原因。"

"或许是被凶手逼迫穿上的，"周时好插话道，"看来凶手对这套衣服情有独钟。"

"有这种可能。"沈春华接话道，"以往的案例中，带着衣物肢解尸体的并不多见，而且从衣物上残留的血迹来看基本都是飞溅形态的，并没有过多沾染形态的，说明凶手肢解尸体后每一个部分都是单独装在一个袋子里，从而最大限度保持了衣物的美观和完整性。"

"'个性化'！"站在解剖台边的骆辛，沉声吐出三个字。

众人转头，齐刷刷看向骆辛，骆辛依然微垂着头，并未有进一步解释的意思。方龄则顺着他的话题展开说道："'个性化'是指凶手通过特定装扮让被害人的形象更加立体，说明凶手的目标很明确，刘媛媛就是他想要加害的对象，同时也表明他与刘媛媛有可能很熟悉，不止一次看到过刘媛媛穿这套女仆装。"

　　被方龄的话音吸引，骆辛终于抬起头，双眼直勾勾地盯在方龄脸上。方龄并未回避，而是迎着骆辛的视线与其对视起来。这显然是一场相互试探和审视的眼神对峙。过往，无论作为一名风姿绰约的女性，还是一名研究犯罪和罪犯的警察，方龄从未在任何一场眼神的交锋中败下过阵来，但是这一次她蓦然间有一种力不从心想要逃离的感觉。因为在骆辛那双一眨不眨的大眼睛中，她看到的是一潭死水，无波无澜，无欲无求，而又深不可测，漫出一股莫名绝望的气息，逐渐罩住方龄的全身，让她有一种行将窒息的感觉。

　　一瞬间的凝滞，令现场气氛有些尴尬，周时好赶忙站出来转移焦点，有点没话找话地朝沈春华说道："这些衣物还是要再仔细地查查，我就不信凶手会清理得那么干净，一点物证也不留。"

　　"放心，我在做。"沈春华点下头道。

　　沈春华话音刚落，就见骆辛绕过解剖床走到她身前，还未来得及多做反应，骆辛的一只手已经猛地扼住她的脖颈。沈春华本能地做出挣扎，一只手拼命去拉扯骆辛扼在自己喉头上的手，另一只手胡乱地在半空中推搡着，指尖划过骆辛的脸颊，甚至戳进骆辛的嘴里。

　　站在一旁的周时好和方龄都看蒙了，愣了几秒钟，周时好回过神来，赶紧呵斥骆辛放手，不想却被沈春华挥手阻止住。沈春华拍拍骆辛的手，憋着嗓子道："行了，行了，放手吧，臭小子，我懂你的意思了。"待骆辛把手放开，沈春华使劲咳了几声，喘着粗气道，"你是想告诉我，手套的指尖部位有可能沾上凶手的 DNA 物证对吧？"

　　骆辛点点头，转头看向周时好，以不容反驳的语气说道："我想看看案情报告。"

　　"好，好，行。"周时好长出一口气，"那，那走吧，去我办公室。"

骆辛不再言语，径自向解剖室门外走去，周时好冲方龄和沈春华微微点下头，跟了过去。站在电梯口等电梯，骆辛斜眼瞅着周时好，周时好梗着脑袋装作没感觉，直到进了电梯关上门，才悄声说道："刚刚你也听到了，那女的是新来的支队长，以后队里的工作由她主持。"

骆辛哼了下鼻子，不咸不淡道："你好像很怕她。"

"胡说，我怕她？怎么可能？"周时好瞪起眼睛，"你还不了解你叔吗，我啥时候在领导面前低声下气过？"

电梯到了地上一层，骆辛先走出电梯，走出不远，回头皱着眉道："弓背、颔首、低眉，是弱势心态的表现，你刚刚站在那女的身边就是这种姿态，如果不是因为趋炎附势，那意味着你之前就认识她，并且在她面前有一种自卑或者惭愧感。"

不容周时好争辩，骆辛扭回头迈步走开。周时好愣在原地，一脸愠怒，小声嘟囔道："我惭愧？凭什么啊？是她对不起我的好吗？"

这边还在解剖室的方龄，有点"丈二和尚摸不着头脑"，一脸莫名其妙地问沈春华："刚刚那孩子是谁啊？怎么古古怪怪的？"

沈春华笑笑，并不作答，装作忙碌，想要遮掩过去。方龄看在眼里，对骆辛的身份便更加好奇了。

出了技术队，骆辛和周时好并肩走入支队办公楼。径直来到周时好的办公室，周时好指了指办公桌对面的椅子，让骆辛坐下，然后从桌上拿起一份卷宗夹，轻轻扔到骆辛身前。

骆辛拥有超凡的记忆和阅读能力，通常一本20多万字的书，对他来说只需要两三个小时便可通篇读完，并且对书中的内容过目不忘。不过对待手中的案情报告，他会有意识地放慢翻阅节奏，因为很多时候他大脑中迸发出的灵感和逻辑，便是与报告中字里行间透露出的信息碰撞而来的，所以他总是看得格外细致。

骆辛安静地看着案宗。周时好身子靠在对面的高背椅上，也是默不作声。视线反复在骆辛脸上掠过，一丝愁绪隐隐现在眉间。其实周时好是特别愿意能和骆辛一起合力办案，过往的实践证明，骆辛确实在办案方面特别有天赋，并且也可以借此分散一些他的注意力，以免他总是沉浸在宁雪去世的悲痛中。再有，算是周时好的一点私心：他更愿意看到全身心投入到案件侦破工作中的骆辛，因为只有在这个时候，骆辛才愿意接触更多的人，说更多的话，更接近于一个正常人。只是眼下决定权实质上在方龄手上，周时好是真摸不透如今的方龄，就冲她一直端着那副盛气凌人丝毫不念旧情的架势，结果怎么样还真不好说。另外，周时好还琢磨着是不是该嘱咐骆辛两句，让他适当收敛点小脾气，对方龄客气一些，毕竟人家不熟悉他的个性，容易发生误会。不过想来想去，知道自己说了也没用，骆辛我行我素的劲儿，恐怕只有宁雪和崔教授能治了他。

良久之后，周时好抬头看看对面墙上的挂表，已经到了中午饭点，便抬手敲敲桌子，吸引骆辛把头抬起来，然后起身拿起放在桌上的车钥匙："走吧，送你回局里去，我们这食堂也没有素菜给你吃（骆辛在档案科上班的时候，通常程莉科长都会和食堂大师傅打好招呼，专门用植物油给骆辛炒个素菜）。"

周时好话音刚落，便听门口响起几声敲门声，紧接着看到一个年轻女孩推门走进来。女孩体态轻盈，留着一头清爽干练的半短发，鹅蛋脸，大眼睛、高鼻梁、四方唇，身着米色半身纱裙，搭配牛仔短外套，脚上穿着一双小白鞋，落落大方、青春逼人，令人如沐春风。

周时好一脸喜出望外："小秋，你怎么来了？好长时间没见了，又漂亮了。"

来者不是别人，正是已故前支队长叶德海的女儿叶小秋。"哈哈，谢周叔夸奖。"叶小秋微微一笑，脸上露出一对深深的酒窝，显得格外喜气。

"来，来，坐。"周时好当然清楚叶小秋的来意，热情地把她拉到会客沙发上坐下，故意装傻充愣道，"派出所那边工作挺好的吧？"

"您，您还不知道我调到市局档案科了吗？"叶小秋一脸疑惑道，说话间眼睛余光瞥见坐在椅子上的骆辛，整个人顿时呆住。

"是吗？我这外调刚回来，今天是第一天正式到队里上班，还真不知道你去了档案科。"周时好继续装傻，"那你不好好上班，跑我这儿干啥？"

"那个，叔……"叶小秋把视线从骆辛身上挪开，咬了咬嘴唇，支支吾吾，看似有些犹豫不决，须臾又用警惕的眼神瞅了骆辛几眼，压低声音冲周时好央求说道，"叔，我想像老爸一样当刑警，想办大案子，不想整天窝在档案室里浪费青春，马爷爷都同意了，您就把我调过来吧！"

"行啊，我太欢迎了。"周时好使劲拍了下大腿，转瞬便咂了一下嘴，做出一脸为难的样子，"不过队里现在来了新的支队长，你调动这个事得人家拍板，这人刚来，也不知道是啥脾气，你容我点时间，我找个机会请示一下，好不好？"

"行吧。"叶小秋噘着嘴，表情失落，从沙发上站起身来，"那叔你忙吧，我先回去了。"

"好，哎，对了……"周时好拍拍脑袋，又指指身边的骆辛，"这是骆辛，你们现在是一个科的同事，见过吧？"

叶小秋迟疑着点点头："早上刚见过。"

"你开车了吗？"周时好问。

"开了。"叶小秋愣愣地答。

"那好，帮我一个忙，顺道把他拉回你们科里。"周时好说着话，抬手轻轻拍了下骆辛的肩膀，骆辛梗着脑袋站起身，面无表情地瞅着叶小秋。

"行。"叶小秋挠挠头，不知所以，糊里糊涂地应承道。

"对了，以后出去别乱说话，档案科的工作也同样重要。"叶小秋刚要转身，周时好叮嘱道，末了又不要脸地磨叨一句，"还有，别总叔啊叔地叫着，都把我叫老了，从师承关系上论，我叫你爸师叔，你叫我一声哥也一点问题都没有，你叫（张）川和（郑）翔子不也叫哥吗？"

"好的，叔。"叶小秋吐了下舌头，俏皮笑笑，"他俩单论，您我可叫不出口，嘻嘻。"

方龄从技术队回来时，办公室已经给她收拾妥当，整个屋子擦拭得干干净净、一尘不染，连电脑都换了新的。方龄坐在大班椅上，四下打量，听到门外响起几下敲门声。她应了一声"进"，便见一个年轻女警推门走进来。年轻女警个头不高，长相甜美，有种小家碧玉的感觉，脸上含着笑，声音轻柔地说道："您好方队，我叫苗苗，是队里的行政内勤，办公室您还满意吗？周哥吩咐我们的时间太仓促了，只能尽力整理，不知道您还需不需要再添置点什么物件？"

"不需要了，已经很好了，效率蛮高的。"方龄微笑一下，紧接着板起面孔，"周哥是谁？"

"周，周队啊。"苗苗看出方龄脸色不对，支支吾吾地说。

"哦，以后工作时间最好不要哥啊姐啊地称呼。"方龄语气生硬地说。

"明白了。"苗苗使劲点点头，"对了，电脑室的人让我通知您，您电脑的开机密码和内部系统查询的初始密码都是'123456'，您可以自行修改您想要的密码。还有，周队的办公室就在您隔壁，他的内线电话是'02'，我的工位在您办公室的对面，内线电话是'06'，您有任何需要可以随时召唤我。"

"嗯。"方龄应了一声，顿了顿，像是突然想起什么似的，稍微提高音量说，"刚刚和周队一起回来的那个年轻人你认识吗？他是咱支队的探员吗？"

"您是说骆辛吧？"苗苗不假思索道，"他是市局档案科的，也是咱们支队的顾问。"

"顾问，这么年轻？"方龄表情诧异，有些难以置信。

"他真的很厉害，是个天才，协助队里破过好几宗大案呢！"苗苗一脸崇敬地说。

方龄蹙起双眉，眯下眼睛，说道："我看他和你们周队的关系很不一般，他们俩……"

"哦，他们俩属于不是亲人胜似亲人的关系，周队特别宠他。"苗苗接话道，"不过具体的前因后果我也不太清楚，您还是亲自问周队吧。"

"知道了，你去忙吧。"方龄道，"对了，'骆辛'是哪个骆，哪个辛？"

"骆驼的骆，辛苦的辛。"苗苗说。

苗苗出去之后，方龄打开电脑，进入内部查询系统，输入骆辛的名字，很快屏幕上显示出骆辛的身份资料：骆辛，金海市人，出生于 1997 年，本科学历，毕业于北宁师范大学档案学专业，2016 年通过公务员考试，入职北宁省金海市公安局档案科……

第四章
案情重构

——+

　　叶小秋驱车把骆辛载回局里，两人一路上没有任何交流，下车的时候骆辛甚至连声谢谢也没说。随后两人分道扬镳，骆辛去食堂吃饭，叶小秋有感自己调到刑侦支队的事情没办利索，心里不大痛快，没情绪吃饭，便直接回了档案科。

　　到了下午，科里来了一批归档的档案，叶小秋和同事便忙碌起来。不知何时，骆辛走出玻璃房，悄无声息地站到叶小秋身边，叶小秋注意到他的时候吓了一大跳。他还是那一副面无表情的扑克脸，背着双肩包，语气不容反驳："拿上车钥匙，载我出去一趟。"

　　啥？关系也不太熟，你说出车就出车？再说，你求着人家出趟车也不应该是这种口气吧？叶小秋缩了下身子，紧鼻皱眉，半张着嘴，一副不敢置信的模样。再看身边的同事，却都是见怪不怪，连科长程莉也没有要出言阻止的意思，叶小秋更来气了，没好气地说："对不起，现在是我的上班时间，我还有很多工作要做。"

　　"是你说的，想当刑警，办大案子，不想整天窝在档案室里浪费青春。"骆辛说这话时一脸真诚，看起来确实是想帮叶小秋实现心愿。

"胡，胡说，我啥时……"被当众揭穿小心思的叶小秋，尴尬极了，腾地站起身来，语无伦次，强词夺理道，"我，你别污蔑人好吗？"

"我只是重复你说过的话而已，为什么是污蔑？"骆辛很认真地问，语气并无调侃。

"你……"叶小秋满面通红，一时语塞。

"走吧，别忘拿上车钥匙。"骆辛一副理所当然的语气，转头先走了。

"你神经病吧！"叶小秋顾不上和骆辛生气，赶紧冲程莉摆摆手，急赤白脸解释说，"不是，程科长，我不是那意思，我没嫌弃咱档案科……"

"没事，没事，我明白。" 程莉一脸苦笑，甩甩手说，"你去吧，你就载他一趟吧。"

程莉这么说了，叶小秋也不好再继续执拗，跺了下脚，拿起桌上的车钥匙，跑出办公室。她倒也不是想和骆辛去办什么案子，主要这会儿实在没脸在办公室待下去。

叶小秋负气冲到市局大院停车场，也不搭理站在车边的骆辛，按下车钥匙，拉开车门，气鼓鼓坐进车里。骆辛没多在意，紧跟着拉开后车门，钻进车里，坐到后排座位中间位置，认真仔细地系上安全带。

叶小秋的母亲是一家民营企业的高管，家里经济条件不错，她参加工作不久，母亲便送了她眼下开着的这辆"Mini Cooper S"。这款车小巧可爱、复古精致，很适合年轻女孩开，缺点是后排空间比较小，而且只有两个座位。可骆辛偏偏选择坐在两个座位的中间位置，屁股后面就是安全带插扣，让他屁股没法完全坐到椅子上，安全带也系得不伦不类，看着着实别扭。

叶小秋瞥了一眼后视镜，一脸嫌弃。中午从刑侦支队回来时，骆辛就是这副可笑的坐姿，当时叶小秋没好意思多说，这会儿终于忍不住，转过头，一脸嫌弃地说："我说，你要觉得后面太局促，那就坐前面来吧。"

"不需要。"骆辛摇摇头,一本正经道,"专家做过安全实验,结果证明汽车内部安全系数由低到高的排列顺序是:副驾驶座位;驾驶座位;副驾驶后排座位;驾驶员后排座位;后排中间座位。因为后排中间位置有最大的挤压空间,车辆发生碰撞时缓冲区域最大,所以我现在坐的这个位置,是车内最安全的位置。"

叶小秋转回头哭笑不得,冲着后视镜白了一眼,无声念道:"原来是怕死,大奇葩!"紧接着用无奈而又带些央求的语气说:"'大明白'同志,您能变通一下吗?我这车没有中间座位好吗?您这么坐着我看着难受,也不安全,您要么好好找个座位坐下,要么劳烦您下车找个符合您需求的后排能坐三个人的车行不?"

听叶小秋如此说,骆辛转了转眼球,挪了挪屁股,坐到叶小秋背后的座位上,一脸的心不甘情不愿。

见骆辛坐定,叶小秋清清嗓子,问道:"咱们去哪儿?"

骆辛没应声,只是从后面递过来一张便笺纸,叶小秋也没伸手去接,略微低头冲纸上打量一眼,怔了怔,转头问:"咱们这是要去'抛尸现场'?"

"那村子你很熟悉吧?"骆辛淡淡地说。

"还好,跟管片民警去走访过几次。"叶小秋一脸疑惑,"你知道我在永城镇派出所工作过?你到底是干啥的?"

"开车吧。"骆辛答非所问,把脸转向窗外,一副高深莫测的模样。

"网红主播案",叶小秋是有一定了解的。上午在手机新闻中看到相关报道,发现案发地竟是自己先前工作过的派出所辖区内的村子,便给那边的小伙伴打了个电话八卦一通,只是做梦也没想到自己能有机会亲临案发现场,脸上的郁闷一扫而空,取而代之的是一副亢奋的表情。

双阳村，隶属于西城区永城镇，距市区约 20 千米，靠山近海，环境清新，加上近些年政府大力推进城乡一体化发展，众多房地产公司纷纷涌入村里投资建楼。没几年，一座座楼房拔地而起，原本坑洼不平的土路变成平坦宽阔的柏油马路，还开通了一条乡镇往返市区的公交专线"1101 路"公交车，双阳村也一跃成为名副其实的新型农村。

当然，在一片欣欣向荣的背后还是会有一些瑕疵。村里有一处商品房楼盘，建到一半因开发商资金链断裂被迫停工，结果一停就是两年多，至今仍未有复工迹象，基本处于荒废状态。网红主播刘媛媛的尸体，便是被抛弃在该楼盘中的一栋烂尾楼里。

"抛尸楼"总共 5 层，是整个楼盘距离公路最近的一栋楼，从结构上明显能看出建筑初衷是做商用的，外部主体框架基本完工，楼前面有一大块空地，原本可能是想建一个小广场，眼下杂草丛生，垃圾堆积成山。楼体西侧，隔着一道铁栅栏墙，是一个露天农贸市场，卖海鲜的、卖肉的、卖菜的、卖面食的等摊子，分布在一条长街的两侧，生意做得正热火朝天。而楼体东侧，也就是骆辛和叶小秋现在所处的这一侧，有一条南北纵向的公路，公路上车辆来来往往，络绎不绝，不时还有公交专线车相交驶过，路的另一边则排列着几家小饭店。

两个人把车停在路边下车观望一阵，叶小秋冲"抛尸楼"指了指："咱不进去看看吗？"

骆辛摇摇头："没什么可看的，除了抛尸，凶手没再丢弃任何物件，包括装尸体的袋子等等，也都被收拾得很干净，带离现场。"

叶小秋略显失望，盯着"抛尸楼"出了会儿神，转头问："这地儿人多车多一点不偏僻，凶手怎么会选择在这里抛尸？"

"你觉得呢？"骆辛反问。

"就算是大半夜的也容易被目击，而且尸体丢弃在这里也不足够隐蔽，案发是迟早的。"叶小秋咂了一下嘴巴，用手冲远处指了指，"沿着这条路再往北还有一个龙山村，然后尽头便是海滨区域，有没有可能凶手原本是想把尸体抛在那边，但是半路上出了什么岔子，情急之下才抛到这里的？"

"你应该听说尸体被肢解过吧？"骆辛又反问。

"对，对，好像还穿着什么性感的女仆装。"叶小秋说。

"尸体被发现时已经重新组合成一个人形，身上的衣服也组合得严丝合缝，并且刚刚说了，为了不留下更多线索，凶手还带走了装尸体的袋子，如果是仓促之下的一个选择，凶手不会做到这么细致。"骆辛说。

"那是为什么？"叶小秋皱着眉问。

"或许是……"骆辛迟疑一下，轻声吐出一个字，"爱！"

"爱？"叶小秋紧了下鼻子，"爱到杀死她？再说刘媛媛可是网红主播，喜欢她，自作多情的网友很多，这嫌疑人范围也太大了吧？"

骆辛凝下神，静默一会儿，须臾迈步跨过路肩，穿过一段杂草丛，站到了"抛尸楼"正脸前，仰头望向楼上。叶小秋紧随其后走过来，也仰起头。

"你知道埃德蒙·肯珀吗？"骆辛打破沉默问。

"那个国外专杀女大学生的连环杀手？"叶小秋不假思索，脱口而出。

"1973 年 1 月 18 日，埃德蒙杀死女大学生辛迪之后，将她的头颅割下来掩埋在自家院子里，头颅的面朝上，令女孩的双眼正对他母亲的卧室窗户，因为母亲总是命令埃德蒙'抬头望着我'。"骆辛继续说着埃德蒙·肯珀的故事。

"可这是恨啊，你刚刚说的是爱。"叶小秋似乎听懂了，但并不同意他的类比。

骆辛眯起眼睛，切入正题，娓娓说道："你最爱的人，装扮成你最喜欢的模样，永远忠诚地存在于此，每一天、每一个小时，甚至每分每秒，你抬头仰望，她就在这里，重要的是只有你自己能够感受到她的存在，其余的人全部都被蒙在鼓里，这是多么幸福而又充满成就感的一种体验。"

"咦，这太变态了！"叶小秋一脸愕然，"你的意思是说，凶手有可能就住在附近，或者在附近工作？"见骆辛点点头，叶小秋瞪大眼睛瞅着他，"你怎么会想到这么诡异的逻辑？"

"你可以查一下词典。"

"查词典？"

"那里面有个词叫'天才'，说的就是我。"

"我……你个自大狂。"

骆辛说话时一脸正经，看不出一丝一毫是在调侃，紧接着反身走向大马路。叶小秋怔在原地，此时的心境用句网络流行的话说，一口老血差点没喷出来，真是又生气又觉得好笑，她冲骆辛的背影使劲瞪了一眼，暗暗吐了句槽，然后快步追了过去。

大约半个小时后，叶小秋把车停到一个老旧住宅小区的街边。她和骆辛依次下车，便见一辆轿车挨着她的车停下，打开车门，从车里钻出来的是郑翔。双方都挺意外，叶小秋先打招呼说："翔哥你怎么来了？"

"我过来见一个嫌疑人。"郑翔冲叶小秋笑笑，指指骆辛，调侃着说，"你这是给'骆大师'当司机？"

"'骆大师'？"叶小秋扭头瞅一眼骆辛，撇了下嘴，冲郑翔挤眉弄眼道，"是啊，给你们这位天才大师当司机。"

"你来见谁？"骆辛插话问。

"技术队追踪到那个曝光被害人住址的网友了，根本不是什么黑客，就是住在被害人家楼下那对老夫妻的外孙。他用手机发的帖子，我刚和他联系过，他说他姥爷和姥姥都感冒了，他在这边照顾，所以我过来找他聊聊。"郑翔显然很清楚骆辛来此的目的，跟着提议说，"要不咱先一块跟他聊聊，然后我再陪你们去被害人家里看看？"

骆辛默然点点头。

郑翔前头引路，带着两人走进距离街边最近的一栋居民楼的第一个门栋，上了两级台阶，来到一楼缓台，敲开靠着东侧的一家房门，紧接着从门缝里挤出一个留着寸头的小伙子。小伙子先发制人，将食指放在嘴边冲郑翔做了个闭嘴的手势，然后又冲门栋口指了指，压低声音说："您是刚刚给我打电话那个警察吧，姥爷和姥姥还睡着呢，咱外头聊去？"

一众人到了门栋外，小伙子直截了当地说："网上说的楼上那女主播住在这里，确实是我爆的料，不过她被杀跟我可没关系。"

"谁说跟你没关系？就算你不是凶手，真凶也很可能是通过你爆料的地址，找到这里来杀人的。"郑翔毫不客气地反驳道。

"真是这样？"小伙子一脸愧疚，"好吧，我承认这事我做得不地道，我只是想出出气，也没考虑那么多。"

"出气？"郑翔追问，"你们俩发生过矛盾？"

"也没什么正面冲突，就是她一天天的老在楼上瞎折腾，经常大半夜又唱又跳的，搞得姥姥和姥爷经常休息不好，我出面上楼找过她几次，每次她都不疼不痒地说会注意，结果是坚决不改。"小伙子苦笑着说。

"前天你都干了吗？"郑翔继续追问。

"在店里待了一天，我是开花店的，店在辉北路，下午 5 点多来给姥姥送了趟药，姥姥有高血压的毛病，我托人给她买了二十盒'络活喜'，那天正好药到了。送药时我女朋友开的车，她在车里等我，我上下楼也就用了五六分钟，不信你们可以找她核实……"小伙子主动报了女朋友的名字和电话，紧接着面色一怔，像是突然想起什么，"对了，我那天走到姥姥家门口时正好瞥见一个拄着手杖的男人，一瘸一拐往楼上走，不知道对你们有没有用？"

"是残疾人吗？"郑翔扬声问道，"脸长啥样？"

"应该是吧。"小伙子抿抿嘴，"我只看到一个背影，而且他脸有意识地偏向一边，感觉鬼头鬼脑的，所以我刚刚想起来觉得有点可疑。"

"再想想，大致年纪，穿着什么衣服，有没有什么显著特征？"郑翔提示道。

"那人身高中等，不胖不瘦，穿着一套灰色带连体兜帽那种的休闲运动装。"小伙子想了一下说，"哦，对了，他拿的手杖上带照明功能，这楼道年久失修，感应灯也坏得差不多了，楼道里总是黑乎乎的，当时那男的是用手杖照亮来着。"

"时间再具体点。"郑翔道。

"应该快到 5 点半了吧。"小伙子想了一下说。

"好。"郑翔抬头瞅瞅骆辛，见骆辛一脸平静，没有要参与问话的意思，便转向小伙子说，"行了，你回去吧，想起什么记得给我打电话。"

小伙子点点头，反身进了门栋。

郑翔、骆辛和叶小秋三人也再次走进楼里，踩着污迹斑斑的台阶上到二楼。案发时间不长，被害人家门口还有派出所民警在守着。郑翔上去打声招呼，然后掀起拦在门口的警戒线，推开房门，把骆辛和叶小秋让进房里，紧跟着自己也走进去。

房子是一居室的户型，进门是客厅，正对着是个小阳台，左首边依次是卫生间和卧室。案情报告显示：刘媛媛平日在她的卧室里做直播，是在客厅接近玄关的位置被扼死的，分尸是在卫生间中完成的。

骆辛踏进客厅，有意识地把视线放在脚下，一边观察着客厅里的地板，一边在大脑中重构案发当时的情景：凶手是被死者主动放进来的，随后两人发生争吵，死者呵斥凶手离开，并动手将其推至玄关处，凶手恼羞成怒打了死者一个耳光，两人开始撕扯，凶手扑倒死者将之扼死，过程中死者拼命挣扎，于是玄关处前面的地板以及墙面上，留下几道来自死者高跟鞋的蹬痕。"激情杀人"应该是肯定的，重点是"衣服"，死者身上的全套女仆装并不是被凶手逼迫穿上的，应该是凶手上门前死者自己主动穿好的。是特意为了迎接凶手而穿的吗？如果是，那又出了什么岔子令两人瞬间反目成仇了呢？

叶小秋呆立在卫生间门口，惴怯不前。里面没有开灯，借着客厅窗户穿进来的一丝光亮，她能看到墙壁上、大理石地面上、浴缸里遗留着的斑斑血迹，一股血腥和尿臊混合的难闻气味在里面弥散着，令人不寒而栗。她犹豫了一会儿，用食指堵在鼻孔下方，终于还是鼓足勇气，迈步踏了进去。

骆辛瞟了一眼叶小秋的背影，继续把视线放在脚下，缓缓踱步走进旁边的卧室。郑翔跟在后面说："据刘媛媛父亲讲，这房子原本是租的，但去年夏天房主着急用钱要把房子卖了，刘媛媛便拿出自己的积蓄，又向家里要了一些钱，把房子买了下来。"

"自己的房子应该更加珍惜才对，可是，你看……"骆辛蹲下身子，指向床尾下方几处地板，"看看这上面的划痕，在客厅里也有几处，我刚刚注意看了下地面，没有手杖拄着的痕迹，倒是这种划痕很多。"

"这好像是被什么轱辘划的吧？"郑翔弓着身子，迟疑地说，"会不会是轮椅？难道那小伙子说的拿手杖的残疾人真是来找刘媛媛的？只不过他进了这家后，就改坐轮椅了？"

"一次、两次不至于把地板划成这样，如果真是轮椅划的，那这个残疾人跟刘媛媛的关系可不一般。"骆辛接话说。

"起码时间上能对得上，那这人会是凶手吗？"郑翔晃晃脑袋，自问自答说，"估计够呛，这破楼也没个电梯，一个残疾人就算能勉强挂着拐杖上楼下楼，分尸和抛尸他能做到吗？"

"也没证据表明凶手就是一个人吧。"骆辛哼了下鼻子，云里雾里抛出一句，继而直起身子，继续打量卧室，视线很快便被立在床头边的五斗橱上方挂着的一个大画框吸引住。

"太恶心，太残忍了！"叶小秋不知何时凑过来，看上去卫生间里分尸遗留的痕迹对她刺激很大，她面红耳赤地说，"我觉得你说得不对，凶手如果真的深爱死者不能自拔，怎么会舍得把她切成那么多块？"

"或许那对凶手或者死者来说有着特别的意义呢？"骆辛语气淡然，稍微仰了下头。

叶小秋闻言，与郑翔不约而同顺着骆辛的视线望过去，便看到对面墙上挂着一个乳白色的大画框，里面镶嵌着一幅刘媛媛的半身画像，装束还是那身她在直播时标志性的女仆装，颇有特色的是，这是一幅"马赛克风格"的人像画。

郑翔走到柜前，踮着脚尖小心翼翼摘下画框，边反身回走，边哇了一声说："这人像画太牛了，竟然是用乐高积木拼成的！"

叶小秋伸手从郑翔手里接过人像画，举在身前打量着说："确实做得相当精致，人像也很逼真。"叶小秋说着话，蓦地一怔，像是突发灵感，将乐高人像举到骆辛眼前，"难道这幅拼凑而成的人像画与碎尸的拼接有异曲同工之意？"

一刹那，叶小秋似乎感觉自己解析出凶手分尸的隐喻，不等骆辛回复，便上上下下、左左右右、前前后后，更加仔细地观察起人像画来，很快，她在相框背后发现一行题字，便一字一顿轻声念出："凯赠。"

"别人送的？"郑翔接话道，"呵呵，看来这个'凯'对刘媛媛是真爱，他得花多少工夫才能做成这样一幅人像画啊！"

"没你想象的那么难，据我所知有专门的网站可以帮助制作此类风格的模板图片，并能自动计算出拼凑人像所需的积木块数，然后在购物网站上可以买到相应颜色的乐高积木；如果想更省事的话，购物网站上还有专门定制此类人像画的小店，只需提供人像照片和MONEY（钱），就能帮你全部搞定。"叶小秋笑笑，娓娓道出照片的制作过程，紧接着收起笑容，一脸正经冲骆辛问道，"会不会这个'凯'痴迷于分裂和拼接感，拼接的尸体和拼凑的乐高人像画一样，都是他的作品？"

"刚刚我脑子里一闪念也有这样的感觉，但我突然又觉得刘媛媛喜欢这幅人像画的心情更甚。"骆辛点点头，又摇摇头，贴在右边大腿外侧的五根手指交替弹动着，"因为在她整个家里，没有任何有关她的照片，只能看到这么一幅人像画，而仅有的这幅人像画记录的是她在网络直播时的模样，你们有没有一种感觉，刘媛媛在回避现实中真实的自己？"

"你的意思是说她很自卑？"叶小秋问，"她真人很丑吗？"

"不算吧，就是一个普通人，个子有点矮，但对女生来说也不算缺陷。"郑翔应道。

"不是自卑，好像是某种焦虑，或者是自我厌恶……"骆辛道。

"刘媛媛喜欢这幅人像画，与'凯'是犯罪嫌疑人并不矛盾啊。"叶小秋说。

"我现在有些混沌，感觉这幅画可能和刘媛媛的死有些关联，但又很可能不是什么关键性因素，反正这女孩身上有种特别的气息，我现在还没有捕捉到。"骆辛若有所思道。

"哟，你不是天才少年吗？"叶小秋撇着嘴角，语带讥讽，"这就没电了？"

骆辛愣了一下，没料到叶小秋在这儿等着自己，瞬即面色恢复正常，坦然自若地说："我是天才，又不是神仙。"

张川这会儿也在案发现场附近。由于主观上倾向周时好的因素，当然也是惋惜自己同样失去再上一个"台阶"的机会，他对新任支队长方龄的印象并不怎么好，不过对于方龄针对现有案情信息做出的一系列分析，他心里还是蛮服气的，对待方龄布置的排查任务便丝毫不敢怠慢。

老旧社区意味着成熟社区，吃穿用行的商店特别多，尤其刘媛媛住的地方距离泡山街道商业中心区域并不远，凶手杀人后所需的分尸和抛尸用具，都可以在短时间内轻松买到，所以现场附近的超市、药房、建材商店、综合性商场等等，便是眼下张川等探员重点排查走访的目标。

排查手段以问话和调阅店内监控为主，但一个下午大大小小的店走访了不少，却未有任何收获。张川及时调整思路，扩大范围，把排查延伸到作案现场周边的路边摊。实质上，在刘媛媛工作的明丰商城外的一条长街上，有很多摆地摊的，卖的东西也是品种繁多、五花八门，而且很多摊主都是上了岁数的老年人，接触起来应该更符合凶手的避险心理。

果然，一个卖日用杂货的老大娘向探员反映：前天傍晚，曾有一个胖胖的小伙子到她的摊子上买过一件雨衣、一沓垃圾袋和一个大双肩背包。老大娘之所以对这桩生意印象深刻，是因为小伙子当时坚持用现金结账，老大娘表示平时都用微信转账没法找零，没承想小伙子大方地表示剩余的钱不用找了。至于长相，因为小伙子当时戴着帽子和口罩，加上老大娘眼神不济，所以也说不出个所以然来，但是听小伙子说话的口音跟她在庄江市的亲戚很像。

第五章
浴缸浮尸

——十

次日早间例会，案情汇总分析。

目前掌握的线索有：被害人刘媛媛家有疑似轮椅长期逗留的痕迹，案发当时有一名拄着手杖的残疾男子曾出现在刘媛媛家楼内，二者是否有关联还有待查证，但残疾男子的身形体征与技术队给出的凶手特征不符，且残疾人独自完成整个作案的难度比较大，除非他有同伙。

与残疾男子相比，作案嫌疑更大的是那个傍晚光顾路边摊的胖小伙，时间上和所购物品以及身材上，都与案情信息对得上，目前已知胖小伙说话带有庄江市口音，也就是说，他很可能与刘媛媛是同乡。

刘媛媛家卧室墙上挂着一幅用乐高积木拼成的人像画，赠予者留名为"凯"，用乐高堆积人像和拼接碎尸，会不会是在相同心理需求下促成的，是个值得追查的线索。

综合抛尸手法和抛尸现场周边的情况分析，抛尸的目的或许不仅仅只是为了藏匿尸体，有可能带有某种心理上的执念色彩，推测凶手应该与双阳村有一定的交集，很可能就生活或者工作在村里。

抛尸区域并没有交通监控和安防监控，最近的一个交通监控摄像头设置在该区域以南约 200 米远的一个十字路口，通过交警指挥中心调阅监控录像，重点筛查了晚上 6 点至次日凌晨天亮之前，驶进和驶出"抛尸楼"方向的过往车辆，目前还未发现可疑车辆。

刘媛媛的两部手机，由于损毁太严重，技术队表示已无法修复，不过 SIM 卡经过烘干后已经可以使用。利用手机号登录刘媛媛的微信，与凶手有关的信息应该被删除了，目前还未找到有价值的线索，通话记录方面也未见可疑线索。

会议接近尾声时，苗苗送来"火鸡直播"网站发来的，关于刘媛媛做直播的相关资料信息。资料中显示：刘媛媛注册"火鸡直播"的时间总计 7 个月零 9 天，最近一次上线直播日期为 5 月 20 日，也就是其遇害的前一天。粉丝量最高峰时期超过 2 万人，"5 月 3 日"乌龙事件发生后，粉丝量急剧下降至 5000 之下，并且每日真正活跃与刘媛媛在直播有互动的已经不足 10 人。粉丝亲密值和礼物贡献榜最高的，是一个网名叫"凯"的粉丝，第二名的网名叫"幺鸡"，第三名……其中前两名 IP 地址显示为金海本市，第三名至第五名均为外地网友，再往后实质上贡献的礼物值基本都很小了。由于网站设定需要绑定手机才能与主播互动，所以"火鸡直播"也把这些网友的手机号码，以及充值购买礼物所用的银行卡账户一并详细列出。另外，资料中还指出那个叫"凯"的粉丝，自刘媛媛出现乌龙事件之后，便没再上线过。

下一步案件侦办的工作方向：深入排查走访被害人刘媛媛的社会关系和日常交往人群，从中寻找腿脚有伤残的男子，以及操庄江口音的肥胖男子，同时针对以上两个嫌疑人特征，对抛尸所在地的双阳村进行深入摸排；并细致调查刘媛媛的几个忠实粉丝，重点是身在本市、礼物贡献值处在前两位的粉丝，当然第一名"凯"是重中之重，至于外地粉丝则暂时先请求当地警方协助调查。

　　散会后，郑翔第一时间拿出手机摆弄一下，在座位上磨蹭了一会儿，见会议室中的人走得差不多了，才左顾右盼地晃悠到正在整理手边资料的周时好身边，轻声说："周队，跟你说个事啊！"

　　"说。"

　　"骆辛的事。"

　　"他怎么了？"周时好停下手中的动作，抬眼问。

　　"他昨早给我打电话，求我帮个忙，让我去 110 指挥中心搜集一下近段时间有关自杀和意外死亡事件的报警信息，您看这事我办吗？"郑翔挠着头问。

　　"办。"周时好斩钉截铁地说，"回头报告先拿给我。"

　　"明白了。"郑翔使劲点着头说。

　　"哦，主播这个案子是你向骆辛透露的吧？"郑翔刚要转身走，周时好又叫住他问。

　　"他昨儿电话里问我最近都在办啥案子，我顺嘴说了一下。"郑翔顿了一下，紧跟着补充说，"对了，他还问了小秋的一些情况。"

　　"行，我知道了，干活去吧。"周时好点点头，继续整理手上的资料。

　　方龄走出会议室大门之前，回头意味深长地看了周时好一眼。这次早会，方龄大多数时候都沉默寡言，昨天是因为周时好想当众出她的丑，她不想遂了周时好的愿只好小露锋芒，其实她办事向来还是很有分寸的，她知道自己刚到队里应该少说话，多观察、多做事，所以这次例会上臭不要脸的周时好一上来就习惯性端出主会人的架势，她也采取默认的姿态，任由他做汇总发言和发号施令。

　　不过她心里还是有些问号。她来金海之前通过一些人脉关系打探过周时好的情况：个人生活方面，没结过婚，目前还是单身；工作方面，缺点是嘴太碎，性格散漫，对下属过于纵容。优点是办案雷厉风行，经验丰富，该严谨的地方绝对严谨，是个实干家。其实方龄下基层调研时，接触过很多像周时好这样从探员一路摸爬滚打走上领导岗位的刑警，他们共同的特点就是务实，注重实实在在的证据。而刚刚周时好提到关于乐高人像画与拼尸之间在心理机制方面的关联，以及抛尸行为与双阳村发生的交集，实质上是运用了通过行为反推犯罪心理动机的手法，显然不太符合他这种人的办案作风。并且周时好只是给出一个笼统的指示，并未展开解释，或许因为他只是转述了某个人给出的提示。想到此，方龄脑海中浮现出一张眼神幽邃的少年的脸庞……

方龄脑海中的那张脸，此时正襟危坐在档案科的玻璃房中。刚刚郑翔在会议室中拿出手机摆弄的同时，骆辛也关掉手机的通话键。也就是说，骆辛通过与郑翔的手机连线，全程旁听了案情汇总分析会。

骆辛把塞在耳朵里的耳机摘下，冲着白墙稍微怔了一会儿，便转头把注意力放到摆在脚边的两个大纸箱子上。纸箱子里面装着几摞卷宗盒，是昨天新进需要归档的档案。前面的审校、编纂工作同事们已经做完了，他所需要做的是把卷宗盒侧面的注解标签贴好，然后再把它们分门别类归入档案储藏室中，这也是骆辛在档案科日常的工作分工。当然，每一份档案入库前他都会过目一遍，里面记载的内容随之也无形中储存到他的大脑当中，可以说几乎每一份档案他都可以一字不差地准确复述出来，同样每一份档案所在的位置，他也记得清清楚楚。

如此，用了一个多小时，骆辛做完分内工作，去洗手间洗了把手，回到玻璃房中背上双肩包，出了玻璃房，径直走到叶小秋身旁。

"跟我去见一个人。"

"你说走就走，我还上班呢。"

"你不是喜欢办案子吗？"

"我喜欢啥跟你有关系吗？我凭啥听你的？"

"可是你不开车我没法去啊？"

"坐公交、打车随你。"

"坐公交车太浪费时间，坐出租车又很浪费钱。"

"你这人真有意思，我开车的油钱不是钱啊？"

…………

眼瞅着两人在办公室里你一句我一句地拌着嘴，科长程莉坐不住了，起身绕过办公桌来到叶小秋工位前，把手轻搭在骆辛肩膀上让他先去停车场等着，然后冲玻璃房指指，示意叶小秋跟她进房里去。

叶小秋关上玻璃房的门，便忍不住指着骆辛的座位吐槽道："科长，我真搞不懂，这明明是个怕死鬼、自私鬼，加自恋狂，你们干吗都让着他？"

"怎么，昨天你们俩相处得不愉快？"程莉问。

"别提了，昨天从一个案发现场出来，他说了个地址，我以为又是跟案子有关，便拉他去了，结果到了地方他说他到家了，您说气不气人？"叶小秋哭笑不得地说。

"哈哈……"程莉掩嘴笑笑，随即恢复正色，指指自己的脑袋，"小秋，你别跟他太计较了，你不觉得他的言行举止总是过于直白吗？他小时候出过车祸，'这里'的思维和咱们正常人不太一样。"

"那怎么还能当警察呢？"叶小秋不解地问。

"你从来没听你父亲提起过他？"见叶小秋摇摇头，程莉叹口气，"这说来话就太长了，等有机会我好好和你说说。"紧接着，程莉又语气恳切地说，"骆辛这孩子身世很可怜，很小的时候身边就没了亲人，他父母也都是警察，你现在坐的位置不仅先前宁雪坐过，骆辛的母亲也坐过。想当年他父母和你父亲、还有我都是非常好的朋友，我们就像一个大家庭的兄弟姐妹似的彼此照顾、扶持。你比骆辛大两岁，是姐姐，以后要多关照他，就算帮帮我，我想你父亲若在世，也会愿意看到你们俩和睦相处的。还有，我听说你在派出所工作期间曾被选送到省厅网警总队进修过半年，正好骆辛是电脑白痴，你在这方面也算能帮到他，关键骆辛这小子想做什么、想办案子，我都拦不住，你跟在他身边我也能放心些，科里的工作我会帮你协调，就是千万要注意安全。"

"懂了。"叶小秋木然点头，似乎一时还消化不了这中间复杂的关系，但还是抿下嘴唇，听了程莉的吩咐，"那我去了。"

"一定注意安全……"程莉在身后一再叮嘱。

20 多分钟后，叶小秋驱车载着骆辛来到刘媛媛生前工作的地方——明丰商城。进得大厅，坐着手扶梯上到二楼。

二楼一整层都是卖服饰百货的，有成人服装、儿童服装、靴鞋帽子、装饰头饰等等，卖内衣袜子的在中间一片区域，摊位和摊位之间没有明显的隔断，看起来有些乱。案情报告中并没有记载刘媛媛的摊位号，但是观望整片区域只有一个摊位上蒙着白布没有营业，想必应该就是刘媛媛的摊位了。

骆辛和叶小秋走到该摊位前，旁边一个胖胖的中年女摊主正在招呼着两拨顾客。"放心，肯定给你最低价……""我跟你说我这是莫代尔的料，穿着比纯棉的舒服……""这袜子放心穿，肯定不掉色，我5块5进的，卖给你就挣5毛钱……"

两人默默看着女摊主做成两单生意，待顾客离开后，骆辛才开口问道："你是王瑛吧？"

"是啊。"王瑛整理下前额刘海，"你们是？"

"我们是警察。"骆辛亮出警察证。

"你俩是警察？"可能见两人面相过于年轻，王瑛一脸疑惑地说，"你们找我是为了媛媛的案子吧，该说的我都说了啊？"

"你和刘媛媛关系最好，你仔细回忆一下刘媛媛认识的人当中，有没有一个腿脚有残疾或者受过伤的男人？"骆辛问。

"残疾人？"王瑛迟疑一下，拍拍胸脯，头摇得像拨浪鼓，"没有，没有。"

"真的没有？"骆辛追问。

"对，绝对没有。"王瑛又使劲拍下胸脯说。

王瑛如此保证，骆辛不再言语，抬眼深盯一眼王瑛，扭头默然走开了。叶小秋不知道他葫芦里卖的什么药，只好冲王瑛歉意地笑笑，跟了过去。

骆辛走到一个拐角处，旁边是一个卖运动衣的摊位，挂衣服的架子比较高，可以遮住王瑛的视线，便示意叶小秋停下。两人从衣服架子背后偷偷探出头，就见王瑛一脸警惕地冲四处打量一番后，急忙从裤兜里掏出手机放到耳边……

王瑛慌慌张张打完一个电话，猛抬头，一眼撞见骆辛和叶小秋复又立在摊位前，整个人顿时僵住了。

叶小秋怒目而视，冷着脸冲王瑛伸出手，示意她把手机交出来。

方寸已乱的王瑛，紧紧握住手中的手机，但嘴里却不禁露出破绽，急赤白脸地说："那个，我问我弟弟了，媛媛的死跟他没关系。"

王瑛的表现等于默认她弟弟符合嫌疑人特征并与刘媛媛相识，骆辛早有所料，语气淡然地问道："你弟弟在哪儿？"

"我弟弟真没杀人。"王瑛使劲摆手，一口气说道，"他就是和朋友一起踢球踢断了腿，出院后回家行动不太方便，我给他买了把手杖，媛媛见到后问清原委，说她家里有一辆轮椅，是朋友放在她那儿的，可以借给我弟弟用一段时间，随后帮忙把轮椅送我弟家里去了。"

"你不用慌,我们只是例行询问。"叶小秋也进入角色,缓和口吻说,"把你弟弟的姓名和住址写给我们。"

王瑛照做,二人心满意足地离开商城。一坐进车里,叶小秋便急着问道:"你怎么看出那女摊主一开始没说实话来着?"

"我注意到,先前她跟顾客交流,不时会拍下自己胸口,尤其提到商品价格时。"骆辛解释说,"做生意的怎么可能会把真实底价透露给顾客,她拍胸口其实是一种习惯性的安慰动作,以让自己可以脸不红、心不跳地摆布顾客。"

"我懂了。"叶小秋接话说,"她回答咱们询问时一直在拍胸口,其实是在给自己壮胆,好对咱们撒谎。"

刑侦支队这边,各项调查工作继续有条不紊地展开。一方面,派探员奔赴庄江市,对刘媛媛在老家的社会关系进行彻底排查;另一方面,侧重调查刘媛媛的粉丝群体。

"幺鸡"是刘媛媛直播礼物贡献榜单中位于第二名的粉丝,有了手机号码和银行账户,对警察来说找到本人易如反掌。"幺鸡"真名叫刘栋,现年38岁,老家是复州市(同样也是金海市代管的县级市),现居金海市西城区黄河街道,在民商银行做信贷员工作。本年2月份开始关注刘媛媛的直播账号,即使出了乌龙事件也不离不弃,算是刘媛媛最忠实的铁粉之一。刘栋与刘媛媛互动频繁,在主播专页上也能看到他的一些留言,用词极尽暧昧露骨,能够想象得到,现实中是色坯无疑了。

张川和郑翔在民商银行东城支行见到刘栋的时候,第一感觉有可能是找对人了。这刘栋个子不高,身材臃肿,满脸肥肉,鼻梁上架着一副细框眼镜,黑眼袋很大,看上去很萎靡。二人表明警察身份,说明来访与刘媛媛有关,刘栋显得有些尴尬。毕竟快40岁的人了,还沉迷网络直播，说出去实在不大好听，尤其若是被单位同事知道了，那真是太丢人了。

刘栋把两人带到茶水间，见里面正好没人，脸上的表情稍微放松些，语气坦诚地说："您二位想问什么就直接问吧，一会儿我还要见个客户。"

"你特别喜欢刘媛媛吧？"张川从上到下打量一番刘栋，还特意看了眼他脚下的鞋子，"她素颜模样曝光后，掉了好多粉，你却一直都在，还给她刷了好多礼物。"

"我离婚四五年了，孩子跟他妈过，我一个人住挺寂寞的，没事看看直播打发时间。"刘栋讪笑一下，放低声音说，"我关注媛媛直播一段时间之后，加了她的微信，心情郁闷时会和她聊两句。

"做我们这行压力特别大，各种考核、各种指标没完没了，跑客户、维护客户、陪客户吃饭喝酒，哄着客户开心，身心都很累。同事之间竞争也相当激烈，彼此说的全是场面上的话，言行举止也有颇多顾忌，所以在彼此陌生的网络直播中与媛媛互动，在微信上和她聊天，让我有很爽快的释放感，也觉得很安全。媛媛也一样，她对我说过她现实中并不漂亮，性格特别内向胆小，不怎么会说话，跟顾客交流时经常不知所措，觉得自己做任何事情都要压抑自己，放不开，可是一穿上那身女仆装，出现在直播视频中，她就敢于放飞自我，整个人都充满激情。所以我喜欢媛媛，除了一开始觉得她模样可爱，更重要的是我俩在现实中有共鸣。当然我和她的互动仅限于网络上，现实中没见过面，更别说害她了。"

"那你们这些粉丝之间互动吗？"郑翔紧跟着问，"你跟'凯'熟吗？"

"你是说'榜一大哥'？"刘栋摇摇头，干脆地说，"没单独接触过，这哥们儿是狠人，话不多，刷礼物出手大方，碰到进直播间捣乱的，他会跳出来喷人一通，不过自打媛媛素颜曝光后，我在直播间里就没再看到他，估计是伤自尊了。哦，对了，他送过媛媛一幅用乐高积木拼成的人像画，媛媛在直播中展示过，说他是乐高达人，他的网名'凯'，就是借用一部乐高经典动画片《幻影忍者》中主角的名字。"

"5 月 21 日那天晚上你都干了吗？"郑翔继续问。

"下班正常回家，没啥特别的。"刘栋稍微想了下，说，"那天我有点感冒，洗个澡吃了片药早早睡了。"

"有人能证明吗？"郑翔继续问。

"我说了我一个人住，小区里也没安监控，好像回家也没遇到认识的人。"刘栋说。

"你有车吗？"郑翔又问。

"有。"刘栋轻拍一下身边倚着的桌子，"对啊，我车里有行车记录仪，肯定能记录我回家的过程，算不算证明？"

"带我们去看看你的车。"张川接话说。

刘栋点点头，扬下手，前头引路。

三人来到支行后院的停车场，刘栋从裤袋里掏出电子钥匙按了下，一辆白色轿车应声闪了几下头灯。刘栋走到车边，拉开车门，把身子探进去，须臾反身出来，手里多了一枚小存储卡。

张川接过卡，打量几眼，转手交给一旁的郑翔，然后冲轿车后身指了指，示意刘栋把车后备厢打开。

王瑛的弟弟叫王阳，骆辛和叶小秋按照王瑛给的地址找上门时，王阳看上去一脸平静，想必王瑛还是提前给他通风报信了，令他心里有所准备。不过在他挂着手杖从门口颤巍巍走回沙发前坐下时，叶小秋注意到他握着的手杖，正是那种带音乐播放和照明功能的智能手杖，便抬手轻轻触碰骆辛的手臂，冲手杖努努嘴。骆辛微微点头，表示心中有数。

王阳 40 多岁的模样，身高体壮，满面红光，看起来日子过得不错。

说起和刘媛媛认识的过程，大致和王瑛先前说的差不多，并强调他和刘媛媛的关系仅限于此，没有更多的交情。

骆辛坐在沙发上，盯着王阳，单刀直入地问道："5月21日那天傍晚，你去刘媛媛家找她，你们之间发生了什么？"

"没，没去啊！"王阳使劲握了握手杖，支支吾吾地说，"这从何说起，我没去过她家啊？"

"你在她家楼栋里出现，从二楼往三楼走的时候，有人看到你了。"骆辛继续操着不容辩驳的语气说。

"那什么，那天……"王阳明显被骆辛的气势镇住，愣了一下，似乎在尽力搜索记忆印证骆辛的话，几秒钟之后垂下头，抬手使劲搓着额头说，"那天，我确实去找媛媛了，不过我没见到她。真的，我敲了好一阵子的门，没人回应，我就走了。"

"哼，你们俩不是没有更深的关系吗？"坐在另一侧单人沙发上的叶小秋冷笑一声，"解释解释吧，你为什么去找她？"

"她老勾引我！"王阳猛抬头，扬声脱口而出道。

"你还挺委屈的，她勾引你，你就去！"叶小秋扫了眼墙上挂着的全家福照片，没好气地说，"说详细点。"

王阳怔了怔，又垂下头，轻声说："大概两个礼拜前，她过来给我送轮椅，出于礼貌我们互加了微信。那之后，她经常给我发微信嘘寒问暖，一开始只是关心我的腿伤，问我轮椅合不合用、会不会用之类的问题，后来慢慢地聊的话题就多了，再后来就聊得比较开放。哦，是她先引导话题的，问我腿伤了影不影响性生活，问我性能力如何，问我和媳妇多长时间过一次性生活，还说她好长时间没有性生活了……诸如此类的话，然后又三番五次邀请我去她家玩。我当然知道玩的含义，经不住她天天这么撩拨，我媳妇在酒店做大堂经理，趁着5月21日那天她上夜班，孩子又在姥姥家，我就和媛媛约定傍晚 5 点去她家玩。她非常高兴，还说要给我个惊喜。可那天我打车去的路上有些塞车，到了媛媛家已经将近5 点半了，我敲她家的门，给她发微信，她都没回我，我当时以为她是因为我迟到生气了，没承想隔天看网上新闻说她被人杀了。"

"你敲门时有没有听到什么动静？"骆辛问。

"没。"王阳摇摇头，"屋里一点声响都没有。"

"聊天记录还在吗？"叶小秋问。

"删了，我怕媳妇查岗，每次聊完天都会在第一时间把聊天记录删除。"王阳说。

"那天离开刘媛媛家你去哪儿了？"叶小秋问。

"去丈母娘家了，在那儿吃的晚饭，然后和孩子一起打车回来。"王阳缓缓抬起头，一张脸憋得通红，嗫嚅着说，"我知道你们需要查证我不在案发现场的证据，但求求你们能不能不接触我的家人，我家这里的小区门口和电梯间都有安防监控，你们去物业一查就知道了。我知道错了，我真的是一时鬼迷心窍，你们就当帮帮我，别把这个家拆散了。再说，你们看我这腿脚，走路都费劲，哪儿能干得了杀人抛尸的事？"

"走路费劲还一肚子花花肠子？现在后悔了，早干吗了？"叶小秋一脸鄙夷，白了王阳一眼，"刘媛媛跟你聊过她做网络主播的事吗？"

"说了，也让我去看，说不用我刷礼物，给她场子凑个热闹就行。"王阳说，"不过我对那玩意没兴趣，也懒得摆弄那个直播软件，还得下载注册什么的，借口怕媳妇查手机，糊弄过去了。"

"直播方面的事，刘媛媛都和你聊过什么？"骆辛接话问。

"聊得挺多的，我有点记不大清楚了。"王阳回应说，"反正觉得她们也挺不容易，经常熬夜不说，又得会唱歌跳舞啥的，时常还被性骚扰，有言语上的，也有给她发私处照片的。她还吐槽说前段时间因为直播软件出错，把她素颜的模样播出去了，有些网友觉得她真实相貌没有想象中好看，轮番对她进行网络暴力，还有个什么榜一大哥，吹牛皮说要弄死她。对了，会不会是这家伙把媛媛杀了？"

"关于所谓的榜一大哥，刘媛媛都说过什么？"骆辛问。

"她就提了那么一嘴，也没说别的。"王阳想了想，"倒是多说了几嘴一个叫'幺鸡'的网友，说这哥们儿挺变态的。有一次在微信上跟她视频聊天，竟然穿了套女士胸罩和内裤，把她给恶心坏了，要不是这哥们儿经常给她刷礼物，她早把他拉黑了。我当时还开玩笑，说下次把这哥们儿恶心人的视频录下来，诈他俩钱花花。媛媛也开玩笑说，这主意不错。"

"你们这段对话是什么时候的事？"叶小秋插话问。

"好像是上周四。"王阳想了一下说。

时隔几天后刘媛媛就被杀了，她不会真去敲诈那个"幺鸡"了吧？叶小秋扬下眉，冲骆辛使个眼色，显然对这个"幺鸡"很感兴趣。骆辛没迎合她，却把视线投向她身后。叶小秋扭头，看到在大落地窗前，放着一把黑色折叠好的轮椅。

骆辛从沙发上站起，走到叶小秋身前，不知道从哪儿拽出一副白色手套递给叶小秋，冲她身后指指："把那辆轮椅带上车。"

"我？"叶小秋指指自己。

"对啊，有问题吗？"骆辛耸耸肩。

"你一大男人不动手，让我一女的……"

叶小秋还没吐槽完，骆辛人已经在门外了。

"那啥，拿走，拿走，我现在也不怎么用了。"王阳有点蒙，一脸谄笑说。

叶小秋气喘吁吁地将轮椅放到车后备厢中，过程中骆辛只是直勾勾地看着，没有丝毫要帮一把手的意思。叶小秋冷着脸坐进车里，骆辛像没事人似的，指示她把车开到刑侦支队技术队。

二人到了技术队，又是叶小秋把轮椅搬到法医科办公室。眼见她满头汗珠，小脸绷得紧紧的，又见骆辛两手空空，轻松自在，沈春华不禁哑然失笑，赶紧拿了湿纸巾和矿泉水递给叶小秋："傻孩子，咋不把轮椅放到地上推着，抱着干啥？"

"这是从那个被害人刘媛媛手里借出去的轮椅，我以为是证物，需要严谨点保管，没敢推。"叶小秋说着话，还不忘使劲白了骆辛一眼。

"那对。"沈春华"呵呵"笑道，她很了解骆辛的脾性，所以这费力的事让叶小秋一个人干了也见怪不怪。

沈春华又向骆辛递过去一瓶矿泉水："被你小子说中了，在被害人手套上果然检测到他人的DNA，大概率是凶手的，搜索数据库，没找到匹配者，应该没有过前科。"

"嗯。"骆辛抬手婉拒矿泉水，冲放在屋子中央的轮椅指了指。

沈春华心领神会，放下手中的水，从白大褂兜里掏出白色乳胶手套戴上，紧接着把放在办公桌上面的工具箱打开，从里面取出一副茶色护目镜架到脸上，然后又取出一只便携式紫外线光源筒。

沈春华手持紫外线灯照向轮椅，瞬间一些斑斑点点的荧光，便呈现在她眼前。有几处荧光呈银白色，周围较深，带紫蓝色边缘，大概率是人体体液。

也就在这时候，办公桌上的座机电话和骆辛裤袋里的手机几乎同时响了起来……

"凯"的真实姓名叫吴俊生，21岁，本地人，户籍地址登记的是南城区一处高档住宅小区。周时好亲自出马找上门去，见到了自称是吴俊生继母的年轻女子，据她说：吴俊生生母早年病逝，父亲是经商的，目前在国外出差，原本父子俩一起住，两年前她和吴父结婚后吴俊生便搬到自家位于海滨的一处别墅中独立生活，两年中鲜有回家记录，与父亲联系也不多，目前无正当职业，只要打电话就一定是要钱。

吴俊生继母给出的吴俊生的手机号码与直播网站提供的一致，并拿便笺卡片帮忙写下吴家海滨别墅的具体地址。周时好接过卡片一看，心里不由得咯噔一下，这个海滨别墅竟然位于与双阳村相邻的龙山村中，由龙山村进出市区的主路，正是抛尸现场邻近的那条大马路。

辞别吴家，周时好迫不及待跳上吉普车，一路猛踩油门，高速疾驰，仅用了 40 多分钟，便从南城赶到位于西城区郊区龙山村的海滨别墅区。只是到了才发现，所谓的海滨别墅区根本没有想象中的高大上，反而透着一股荒凉和落寞。

别墅区建在背靠海滨的一个山坡上，入口处有一个灰白色的拱形门，门口没有保安把守，可随意进出。进了门里，迎面是一条宽阔的柏油马路，呈南低北高之势，越往小区深处走坡路越陡，大致有三四十栋两层或三层独栋别墅，错落林立在马路两旁。看起来建筑年份应该比较早，别墅的外墙大都黯淡失色、陈旧脏污，小区的人气显然不是很旺，街边停的车辆少得可怜，人影更是难见。

实质上，常年生活在干燥气候中的北方人，根本住不惯这种冬冷夏闷、四季潮湿的海滨房子，但凡买的人都是在房地产经纪人的忽悠下奔着升值买的，基本不用于自住。不过现如今这里的房价并没涨多少，一是因为土地产权挂靠在村里，别墅没有自己的产权证；二是近年来国家正大力整治破坏生态环境的违法建筑，别说升值了，将来能不能保住别墅都是个疑问。

周时好按照吴俊生继母给出的楼号，来到一栋墙体为灰色和棕色相间的两层别墅前，两扇暗红色大铁门紧紧闭着，墙边荒草萋萋，甚是孤寂。周时好敲了一阵子门，没人回应，用手使劲推了推，大铁门纹丝不动，应该在里面上了锁。周时好无奈，掏出手机拨下吴俊生的号码，听筒中随即传来对方已关机的提示音。

周时好不甘心，退后几步，仰头打量。别墅围墙是全封闭式的，高度估计在2米半左右，墙体光溜溜的，徒手很难爬上去。周时好稍微琢磨了一下，钻进停在街边的吉普车里，把车开到墙根下，踩着机关盖，手搭在墙顶稍一用力便骑到了墙上，显然他是铁了心要翻进墙里一探究竟。

周时好小心翼翼地从围墙上跳下。院子里铺着石砖地面，入户门是紫铜色的，玻璃窗是茶色的，从窗户上看不大清楚屋内的状况，屋内屋外都悄无声息，静得有些瘆人，也不知道吴俊生到底在不在里面。

周时好从兜里掏出一包纸巾，抽出一张纸裹在手掌上，然后才伸手去握门把手，以免屋内真有状况发生，破坏门上的证据。随即，他试着轻轻转动门把手，没承想门竟然轻松地被他拉开了。周时好冲里面叫了两声吴俊生的名字，没有任何回应，而与此同时一股浓烈的腥臭味钻进他的鼻腔。周时好骤然双眉紧蹙，久经犯罪现场的他对这样的气味并不陌生，一股不祥的预感隐隐涌上心头。他用手指搓了搓鼻子，轻手轻脚走进门里。

一打量，别墅中的格局比较老套。进门是个方方正正的客厅，陈设井然有序，未见打斗痕迹，稍有些反常的是，电视柜上方的一排筒灯是亮着的。东西两边有两间正房，周时好以最快速度检查一番，同样未发现异常。然后是背向的厨房和小卫生间，也没有疑点，唯剩下挨着西边正方的一个房间没查看过，这种房间对一般人来说应该会用作书房或娱乐房。

果然，推开原木色的房门，周时好一眼便看到电脑桌和大书架。不过书架上并没有几本书，而是摆着用乐高积木搭建成的各种建筑物、小动物，以及人像玩偶。吴俊生痴迷乐高积木先前早有所闻，问题是这些东西是不会发出难闻气味的。周时好拿起放在电脑桌旁的一个单人相框打量几眼，照片里的男孩满脸横肉，细眯眼，拱形眉，看着有些邪行，论长相和吴俊生这个名字相比，反差是有点大。放下照片，踱步逡巡，一回身，他整个人蓦地怔住。对面的墙上，竟挂着四整张动物皮囊，皮囊上还带着尾巴和一双小耳朵，看上去应该是从小猫身上扒下的皮。周时好凑近观察，有一张猫皮还没完全干透，上面还带着血迹，估计是吴俊生近段时间的恶行。

挂在墙上的猫皮，确实散发着异味，但只是淡淡的臭，并没有周时好在客厅中闻到的那般浓烈。周时好走出书房，书房旁便是通往二楼的木阶梯，周时好疾步上楼，明显感觉臭味更重了。走到二楼楼梯口，周时好看到斜对着有一个磨砂玻璃门，恶臭的气味似乎就是从微敞的门缝中传出的。周时好走过去，轻轻推开玻璃门，里面也亮着灯。这是一个带浴缸的大卫生间，而浴缸里赫然泡着一具腐烂不堪的尸体……

尸体系男性，周身只穿着一条三角裤衩，仰面浮在蓄满水的浴缸中，头发有部分脱落，面部呈污黄白色，油腻腻的，犹如打了香皂，双眼和鼻子均已腐败凹陷，张大的嘴巴中塞满蛹壳和蝇蛆。浴缸外，横七竖八散落着死者穿过的衣物，有衬衫、牛仔裤、袜子和旅游鞋，衬衫和牛仔裤上都沾染了大片污渍，应该与马桶旁风干的污渍一样，是死者的呕吐物。

接到周时好电话，没多长时间支队各路人马便陆续赶到吴家别墅中，骆辛和叶小秋以及新任支队长方龄也在其中。

沈春华大致检查了一下尸体状况：初步观察身上未见锐器创伤，脖颈部位没有勒痕，头脸部也未见钝器伤，睑结膜有点状出血迹象，结合衣物上的呕吐物综合判断，死者有可能系酒醉溺水导致的窒息死亡。当然，不能完全排除人为因素，或许有人趁死者深度醉酒、意识薄弱之时，将其按到浴缸里淹死也不一定。死亡时间上，以现在初夏时节的温度推算，蛹破壳成蝇约需两周，且死者面部出现尸蜡，推测死亡时间在两到三周之前。

　　现场勘查员在一层客厅沙发上和地板上，分别找到一部苹果手机和一个男性手包。经检查，手机因电量用尽自动关机，SIM 卡号与吴俊生的手机号码一致，同时在手包中发现了吴俊生的身份证，两相交叉比对，死者系吴俊生的可能性很大。

　　骆辛和叶小秋此时身在那间挂着猫皮的房间中。叶小秋紧鼻皱眉看着墙上的猫皮，嘴里一个劲地嘟哝着"变态"两字。骆辛则把吴俊生的单人相框拿在手中端详着，须臾走出书房，将相框交到正在客厅中向方龄介绍发现尸体经过的周时好手中，语气淡淡地说："我在星星希望之家见过他，他也是崔教授的学员，他是一个'反社会型人格障碍者'。"

第六章
畸形之好

——十

　　DNA 检测结果证实海滨别墅中的死者确系吴俊生。法医解剖尸体发现，其肺脏缩小而呈污秽红色，胸腔内有血性积液，系肺内吸入之水漏入胸腔以及血液坠积所致，符合"生前溺死"体征。抽取心肌血检测，未发现药物和毒化物成分，但酒精浓度高达 300 毫克 /100 毫升，理论上会导致嗜睡乃至昏迷甚至死亡状况，似乎印证了沈春华在现场时的初判。不过随后她在死者脱落的一片指甲上，采集到属于他人的皮肤组织，经 DNA 检测比对，匹配到数据库中一名叫杨大明的前科犯，由此吴俊生真正的死因还有待商榷。不过虽然目前还无法精确判断他的死亡时间，但很明显要早于刘媛媛被杀数日，因此这个本该最值得追查的嫌疑人，却首先被排除在案子之外。

　　案发当日与刘媛媛约会未成的王阳，给出的口供也基本属实。既有小区监控录像佐证，又有人证，并且技术队还派人对他的手杖、衣服、鞋子、DNA 进行检测，结果未发现与案件相关的证据。不过在刘媛媛借给他的那把轮椅上，法医采集到几枚精斑，DNA 检测结果显示与在被害人手套上采集到的 DNA 同属一人。然而多了这一项证据，反而令支队的办案思路开始模糊，或许刘媛媛曾经确实交往过一个残疾人男朋友，手套和轮椅上的 DNA 证据，很可能只是两人在亲热时留下的，与案子可能没什么关联。当然，不管怎样，还是要先把这个所谓的残疾人男朋友找出来。

至于"幺鸡"刘栋，行车记录仪显示案发当日他下班之后确实直接回家了，到家的时间是 5 点 10 分左右，检查他的私家车后备厢未发现可疑痕迹。不过仅凭这两点，并不足以证明案发当时他无法出现在刘媛媛家中，并且他的身高外形和鞋码都近似先前掌握的凶手特征，尤其他老家是复州市，虽扎根金海多年，说话还是带有一些家乡口音（金海市共代管两个县级市，分别是庄江市和复州市，地理位置均在金海市以北，说话口音上与金海市内有显著区别，但二者之间却比较相像），或许那个摆地摊的老大娘有些想当然了，错把复州口音听成庄江口音也说不定。

关键警方刚刚通过银行调阅刘栋的财务支出记录，发现他在 5 月 18 日，也就是刘媛媛被害前三天，曾通过网银向刘媛媛银行卡转了 3000 块钱，而在上一次的问话中他并没有提及这笔钱，想到王阳的口供，警方不得不怀疑：有可能刘媛媛真听了王阳的话，敲诈了刘栋一把，然后刘栋把视频录像拿到手后，恼羞成怒杀人灭口。只是经过调查，没发现刘栋与双阳村存在任何交集，与骆辛给出的嫌疑范围不符。当然，虽然周时好十分信任骆辛的能力，但在案件侦办工作上，他还是会以遵循事实依据为首要原则，骆辛给出的行为分析判断他乐意参考，但不会作为必然条件，所以周时好决定明日正式传唤刘栋。

转眼到了周末，窗外乌云密布，阴雨欲来。今年的气候特别反常，立夏已半月有余，空气中却还带着一股微寒，而且雨水也特别多，尤其邪门的是，每到周末总得下一阵子雨。

　　既是休息日，外面天气又不好，叶小秋决定在被窝里多赖会儿，可刚又眯着，放在床头柜上的手机便响了起来。她闭着眼睛摸索到手机放到耳边，听到里面传来周时好的声音，立马一个激灵挣扎起身子靠到床头，只是很快情绪又蔫下来。本以为周队打来电话是关于工作调动的事，没承想又是要自己帮忙去伺候那个"神经病"，叶小秋心里这个憋屈，挂掉电话后狠狠将手机摔到床上，发泄一把。

　　周时好昨儿在队里忙到下半夜，便在办公室沙发上凑合眯了几个小时，早上醒来老觉得有个什么事没办。琢磨一会儿翻翻桌上的台历看到今天的日期，才猛然想到了是骆辛做心理辅导的日子。骆辛每周六10点，都要去"明光星星希望之家"，接受崔鸿菲教授的心理辅导。这个习惯至今已持续好多年了，而先前都是宁雪陪在他身边，从不需要周时好多费心。想起宁雪，周时好心里又一阵难过。难过之后只好给叶小秋打了个电话，让她帮忙接送一下骆辛，支队这边跟着两个案子，他实在脱不开身。

　　叶小秋按照周时好指定的时间将车开到骆辛家楼下，几乎与此同时骆辛从楼栋里现身出来，一言不发拉开车门坐进车里。与先前不同，今天骆辛戴了顶运动帽，帽檐压得很低。叶小秋看不到他的脸，但能感受到他似乎很不自在。骆辛坐在车里不时向窗外左顾右盼，双手放在大腿上，手指飞快交替弹动着。多年来，陪伴他去做心理辅导的一直是宁雪，现在换了叶小秋让他有些无所适从。

　　金海市，地处渤海之滨，三面环海，一面靠山，海滨景色秀丽宜人，其中尤以坐落在主城区南城的"海滨路"最为知名。海滨路全长近40千米，道路蜿蜒曲折，一侧是层峦耸翠，一侧是海浪清波，可谓是山海交相辉应，美不胜收。尤其这阴天，山间弥漫着一层薄薄的雾气，车行其中好似穿越仙境一般。

叶小秋双手握着方向盘，一脸紧张模样。倒不是因为有雾能见度不够，而是她把车开上海滨路，才想起这条路在节假日和公休日里私家车是限号通行的。今天是单号日子，她的车牌尾号是双号，显然是违规的。可现在退也没法退，折腾回去，再打车回来，肯定会迟到的，她只能硬着头皮开，祈祷不要遇见"交警叔叔"。

按照周时好发给她的定位，叶小秋把车开进一条岔路，一直开到一座山边，已经没有路可走了，才看到挂着"明光星星希望之家"门牌的大铁门。一位两鬓染霜的老阿姨，笑盈盈站在门前，头发上聚着雾气，似乎已等候多时。

骆辛下车，直奔老阿姨走过去。老阿姨迎上前亲切地拉住他的手，又摸摸他的脸颊，满面慈爱。紧接着老阿姨又冲坐在车里的叶小秋招招手，喊了声"姑娘进屋里面坐吧，一会儿该下雨了，车里凉"。

三人从大铁门旁边的小门进了院子，院子不大，只有半个足球场大小，上面安装了一对篮球架，还有一些儿童游乐设施。穿过院子，便来到一栋依山而建的三层欧式小楼前。与院墙色调一致，楼体也是青灰色的，上面爬满青藤，古朴中融合盎然，俨然是一座森林城堡。

进了一楼大厅，正对着的是一个长条的迎宾台，迎宾台两侧各有一个弯曲的楼梯。老阿姨带着骆辛和叶小秋从右首边的楼梯上到二楼。骆辛熟门熟路，走进一间门牌上标着"意象对话室"的房间。对话室旁边有一个会客休息区域，摆放着一圈长沙发，老阿姨把叶小秋请到沙发上落座，又帮她在沙发旁的饮水机里接满一杯水，然后耐心地解释自己是骆辛的心理辅导师崔鸿菲，并告诉叶小秋这次辅导大致需要 50 分钟。

刘栋被传唤到支队审讯室，一脸冤枉地反复强调自己真的和刘媛媛的死没有一丁点关系，还一个劲地问行车记录仪怎么就不能证明自己是清白的。

负责讯问的张川和郑翔没急着搭理他，等着法医沈春华采集了他的唾液样本，郑翔才拿出一张银行对账单撇到刘栋身前。

"说说吧，转给刘媛媛那3000块钱是怎么一回事？"郑翔抱着膀子问。

"3000块钱？"刘栋装模作样打量着对账单，一副摸不着头脑的样子。

"这才过几天，不会这么健忘吧？"郑翔"哼"了下鼻子，"是暴露私处的代价吗？"

"暴露私处？"刘栋支支吾吾，装作茫然不知地说，"代价是什么意思？"

"刘栋，咱们都是成年人，我们这是给你留着面子呢。"张川冷着脸说，"你要非装着听不懂，那咱们就把这个事，拿到明面上说道说道。"

"哦，想，想起来了，那钱是媛媛向我借的。"刘栋忙不迭说道，"别的真没有，你们说的暴露私处啥的，那些出格的事我没做过。"

"借钱？"郑翔立马质疑道，"有借据吗？或者聊天记录也行？"

"没，那么点钱，要啥借据，聊天记录我也删了。"刘栋抬手挠挠脸颊，"反正，那钱真的是她向我借的。"

骆辛从"意象谈话室"出来，比预想的晚了一刻钟，崔教授解释在做意象放松时骆辛睡着了，她没舍得叫醒他。紧接着她又邀请叶小秋留下来吃个午饭再走，其实也只是客套一下，叶小秋愿不愿意都得留下来，因为骆辛这会儿已经跑没影了。

跟随崔教授从二楼下到一楼大厅，然后绕到迎宾台后身有一道门，从这道门进去，经过一段长廊，便能看见一间宽敞明亮的饭厅。骆辛已经坐在大长条饭桌上开吃了，身边围了七八个孩子，小的估摸着只有三四岁，大的应该有十一二岁了。骆辛看起来和这些孩子都特别熟悉，一会儿催促这个孩子吃点菜、吃点肉，一会儿又摸摸那个孩子的头，也有孩子趁他不注意拿饭粒丢他，但不是恶意的那种，是想跟他逗趣玩耍。这也是叶小秋第一次看到骆辛完全放松的样子，笑起来竟然也很阳光。

崔教授邀请叶小秋到旁边的一张桌子坐下，很快有穿着白色工作服的大婶，帮她们盛好两份饭端上来。有米饭加两个热菜和一个凉菜，陆续又端来汤和水果。叶小秋吃着饭，盯着骆辛那桌，逐渐开始发现那些孩子的不寻常之处：有的眼神木然、有的身体不协调、有的眼睛和脸颊不自控地出现抽动、有的则吃几口饭便从椅子上蹦起来围着桌子跑来跑去。

"这些孩子都是……"叶小秋指指自己脑袋，问向崔教授。

"他们都是患有孤独症谱系障碍或广泛性发育障碍的孩子。"崔教授接话说。

"骆辛也是？"叶小秋愕然问道。

崔教授笑笑，不置可否。

"怪不得他行为怪戾而直觉却很敏锐，莫不是那种所谓的白痴天才？"叶小秋追着问。

崔教授脸色微变，大概是被叶小秋刚刚口中的"白痴"二字挑动了神经，表情严肃地说："周队让你陪小辛来，应该是很信任你，那咱们都是自己人，我也不跟你客套，嘱咐你几句：对小辛这样的孩子你一定要有足够的耐心和包容心，尤其要给予他足够的尊重，不要觉得他说的话和做的事比较可笑，其实很多行为他自己无法自控，小辛很大一部分焦虑来源，是他明明知道自己的问题在哪儿，但却总是无法避免。"

"哦，我懂了。"叶小秋看出崔教授脸色不对，忙不迭点头道，"我一定会按照您说的和他相处。"

崔教授点头笑笑，随即缓和气氛，叮嘱叶小秋多吃点饭菜。

吃过饭，骆辛又和孩子们玩闹一阵，离开"明光星星希望之家"已经午后一点多，车窗外也淅淅沥沥下起小雨来。车开出不久，叶小秋说她刚刚给郑翔发微信，问了刘栋的审讯情况，说刘栋现在就是一口咬定钱是借给刘媛媛的，但又拿不出证据，甚至也不承认他和刘媛媛在视频通话时，做过龌龊的举动。

"那就不是他。"骆辛懒洋洋来一句，接着又补一句，"本来也没觉得是他。"

"不管怎么着，总得有个根据才能排除他的嫌疑吧，要不咱去支队看看？"叶小秋其实对这案子特别感兴趣，便趁机提议道。

骆辛没吭声，算是默许。

"咱俩加个微信可以吗？"看骆辛情绪似乎不错，叶小秋心血来潮地说，"有微信联系也比较方便。"

"不可以。"骆辛干脆地回应。

热脸贴了冷屁股，叶小秋撇了下嘴，冲后视镜狠狠瞪了一眼。

而在两人说话这工夫，谁都没留意到一辆深蓝色 SUV 与他们擦肩而过，"明光星星希望之家"也因此迎来一位不速之客。

到了支队，骆辛带着叶小秋直奔审讯室，发现只有刘栋一个人百无聊赖地坐在里面，而在隔壁观察室，周时好正抱着膀子对着单向透视玻璃窗出神。

"是这家伙干的吗？"叶小秋指指单向玻璃窗背后的刘栋。

"不太像，技术队在他家也没搜到有用的物证，但这小子肯定没说实话。"周时好回头瞅瞅骆辛，"先晾晾他，等等 DNA 比对结果。"

周时好话音刚落，苗苗抱着一堆文件推门走进来。

"不匹配。"苗苗从怀里的一堆文件中，抽出一张报告纸，递给周时好。

周时好接过来扫了眼，面色毫无波澜，刘栋腿脚都健康完整，他本来也没抱多大希望能跟轮椅上遗留的 DNA 比对上。

"还有这个。"苗苗又递上来一张报告纸，"技术队利用刘嫒嫒的手机号试着登录网购平台，发现分尸用的电锯和那辆轮椅，都是刘嫒嫒自己网购的。"

"啥？还有这操作？"叶小秋抢着从苗苗手中接过报告纸，"轮椅是去年年初买的，电锯是去年 10 月份买的，刘嫒嫒买这些玩意干啥，她是不是脑子有病？"

"对，她脑子确实有问题。"骆辛蓦然接下话，冷笑一声，"我终于知道刘嫒嫒身上那种特别的气息是什么了，应该是'罪恶感'，而罪恶感则源自她是一个'慕残者'。"

"慕残者？"在场其余的人，几乎同时发声问道。

"'慕残'是一种性癖好，简单点说就是正常人对于残弱异性的一种超乎寻常的迷恋，也有些案例会从'慕残'逐步上升到'扮残'，把自己幻想成坐轮椅的残疾人或是被截肢了的人，从而获得性兴奋，刘嫒嫒应该就是这样的一个综合体。"骆辛解释道，"她可能坐在轮椅上，或者听着电锯的声音，就会获得快感。"

"怪不得她对王阳那么感兴趣。"周时好摇摇头，"这算不算变态？"

"不能算，叔，你那是老思想，其实无论什么癖好，只要不危害社会、不危害他人、不涉及未成年人，咱都得尊重。"叶小秋长叹一声，"唉，估计刘嫒嫒也很困惑，所以才不愿提及自己的感情生活。"

"越是困惑，越是有罪恶感，反而这种欲望会越强烈，越无法控制自己。"骆辛扭头冲审讯室里指了指，"里面这位我没猜错的话，也是性欲倒错者。"

"什么意思？"周时好紧跟着问。

骆辛卖了个关子，没接他的话茬，而是对苗苗说："你那里还有什么报告？"

"哦，是关于死在浴缸里的那个吴俊生的。"苗苗听几个人分析案子听得入迷，被骆辛一句问话点醒，赶忙整理下手中的文件递给周时好，"技术队说吴俊生的苹果手机无法在保留存储信息的情况下破解开密码，只能先通过手机号码所在的移动公司，把他的通话记录打出来，就是您手里的这些。还有移动公司提供信息说，吴俊生手机最后一次与海滨别墅附近的基站交换信号的时间是 5 月 5 日凌晨 4 点 09 分，随后便与网络发生'显式分离'。"

"什么，什么分离？"周时好一脸疑惑。

"就是说当你主动性关掉手机时，终端会向网络中心发起最后定位信息；或者说你手机电量用光了，电池虽然无法支持开机，但仍可以向网络中心发出关机信号，在这两种情形下如果有人给你打电话，网络中心会告知你的手机关机了，这叫显式分离。"骆辛科普的神经又被触动，一口气说道，"反之，叫作隐式分离。比如你的手机突然摔坏了，或者你进入无信号区域，又或者你把手机电池直接拆除，这几种情形下有人给你打电话，通常都会被告知电话暂时无法接通。"

"我明白了，这也就是说吴俊生的手机是在 5 月 5 日凌晨 4 点 09 分电量耗尽自动关机，也就意味着吴俊生很可能死于 5 月 5 日之前的一两天。"叶小秋说。

"5 月 3 日晚上吴俊生还出现在刘媛媛的直播室，目睹了她真实的相貌被曝光，这样咱们就能把他的死亡时间，精确到 5 月 3 日晚上至 5 月 5 日凌晨之间。"周时好一脸欣喜，随即又不死心地追问骆辛，"你刚刚说刘栋性欲倒错是怎么回事？"

骆辛又没搭理他，而是把目光投向叶小秋，接着又冲苗苗胸前打量一眼，然后扭头凑到周时好耳边，神神秘秘地嘀咕了几句。周时好听完一愣，特意和他对下眼神，确认自己没听错。骆辛点点头，意思是说你没听错，就是那个意思。

紧接着周时好一反常态，表情羞答答的，似乎有什么话难以启齿，吞吞吐吐冲苗苗说："那个苗苗，你有没有换下来没洗过的内衣，或者像你现在穿的警用衬衫也行，拿来借我们用用？"

"干吗？"苗苗本能地把双手护到胸前，瞪着眼睛，"周队您这是说的什么胡话？"

"没让你在这里脱。"周时好回头使劲瞪了骆辛一眼，意思是说招人烦的事你躲一边，不过他也知道骆辛做任何事情都是有的放矢，只是这要求确实让人挺尴尬，便赔着笑脸对苗苗说，"去，去更衣室找找，都是为了工作，牺牲一下，找件没洗过的衣服拿过来。"末了，还不忘嘱咐，"别拿袋子装，直接把衣服拿来就成。"

"烦人。"苗苗娇嗔一句，使劲白了罪魁祸首骆辛一眼，无可奈何地走出观察室。

"过分了，大庭广众冲人家女孩要内衣，你这叫职场性骚扰懂不懂？"叶小秋实在看不下去，连崔教授给她的叮嘱也抛诸脑后，怒气冲冲地数落骆辛一句，然后又埋怨周时好说："叔，你怎么能这样纵容他，人家苗苗姐多下不来台啊？"

周时好被小辈如此数落，脸上多少有些不自然。而骆辛满不在乎，抛出一句："不然呢，借你的？"

叶小秋被问得哑口无言，翻了翻白眼球，干脆闭上嘴巴。

气氛稍显不自在，好在没多大工夫，苗苗便拎着一件紫色背心走进来。

她把背心递给周时好，说是昨天健身换下来的健身服，问周时好说行不行。骆辛抢着说也可以，并又把头凑到周时好耳边，嘀咕了几句。周时好心领神会，让叶小秋跟他一起，拎着证物袋出了观察室，转瞬两人便出现在单向玻璃背面的审讯室中。

周时好把背心撇到刘栋身前的桌上，刘栋一恍神看清楚眼前多了件女士的衣服，上面还散发着女人浓浓的体香，双眼放光的同时，忍不住做了个深呼吸的动作，周时好看在眼里就知道骆辛又猜对了，便一脸讥诮地说："是我们这里最漂亮的女警花穿过的，喜欢吧？"

"不懂你在说什么。"刘栋晃晃胖脑袋，嘴上否认着，但双眼已然盯在背心上拔不出来了。

"要不然，拿在手里感受一下，闻一闻？"周时好说着话，使劲拍了下桌子，语气严厉道，"为你这点破事，耽误我们大半天的时间，赶紧的，老实交代。"

刘栋被吓了一大跳，猛地缩了缩身子，急赤白脸地说："我还说什么，你们不都知道了吗？是，我是有恋物癖，喜欢女孩的原味衣物，给媛媛那 3000 块钱就是买她直播时穿的那身女仆装和她的内衣裤。"

"全套？"周时好特意强调问，"还有那一双长手套？"

"对啊！"刘栋嗫嚅道，"其实，我很早就盯上她那身女仆装了，先前因为她只有那一套，所以一直没答应卖给我，前几天她又买了套新的，才同意跟我交易，我那天给她转了钱，隔天她就把衣服快递给我了。"

"衣服呢？"周时好问。

"那天你们的警官找我问话，我估摸着你们有可能会搜我的家，就把女仆装和以前的'存货'，一起藏到我妈妈家的阁楼上了。"刘栋顿了顿，垂头丧气地说，"我恳求你们帮我保守这个隐私可以吗？我马上就要晋升副科长了，这件事情要是曝光了，晋升肯定就泡汤了。"

"这家伙太可恶了，浪费时间，浪费警力，就为了掩盖他是一个恋物癖者。"观察室里，苗苗噘着嘴，愤愤地说，"折腾一通，对案子也没有什么实质性的帮助。"

"错了，帮助很大。"骆辛辩驳道，"第一，说明刘媛媛手套上的DNA是新近染上的，也就是先前推测的与凶手搏斗时沾染上的；第二，手套上的DNA与轮椅上遗留的精斑源自同一人，意味着凶手就是刘媛媛的男朋友或者情人。而轮椅早在两周之前被刘媛媛借给了王阳，且她开始有意识地勾引王阳，说明这个男朋友或者情人已经是过去式，也许正是因为这个'过去式'，才导致这起杀人案。"

"这就帮我们明确了案子是一起情杀案。"走回观察室的周时好，接话说，"刘媛媛一身性感装扮原本等的是王阳，但迎来的是这个所谓的'过去式'，'过去式'因嫉妒而愤怒，一时失控扼死了刘媛媛。"

实质上这也是骆辛一开始对案子的定调，受到鼓舞的骆辛，更加信心满满地说："集中人手排查双阳村，凶手一定与双阳村有关。"

"苗苗姐，还你衣服。"跟在周时好身后的叶小秋，将手中的紫色背心递给苗苗，接着开玩笑说，"我强烈建议你去找警督，投诉你们刑侦支队不尊重女性。"

苗苗瞪了周时好一眼，故作生气的模样说："念你说我是支队漂亮的女警花，这次就放过你，嘻嘻。"

"哈哈。"叶小秋也跟着笑笑，紧接着问，"川哥和翔哥怎么没见到人，去哪里了？"

"去见杨大明了，吴俊生案子的一个嫌疑人。"周时好解释说，"早上派人去他家没见到人，他父母说他一大早出去了，你们来之前辖区派出所来电话，说在一家台球室看到他了。"

杨大明，本市人，现年 27 岁，因聚众斗殴致人重伤，被判处有期徒刑三年零六个月，于五个月前刑满获释。出狱之后没正经工作，整日混迹网吧、酒吧、台球室等场所，大多数时候都是跟在一帮狐朋狗友后面混吃混喝，不过最近一段时间出手突然阔绰起来，经常在酒吧里开贵的洋酒，身边还多了一辆进口吉普车代步。

辖区派出所民警在台球室发现杨大明的身影并没有惊扰他，而是在暗中盯梢，直到张川和郑翔赶到，把杨大明堵在台球桌旁。这杨大明一听二人是刑侦队的，赶忙把手里的台球杆扔了，一脸谄笑着邀请二人到旁边的长椅上落座。

"怎么着，听说最近混得不错？"郑翔先开口问道，"门口那辆豪华车是你的吧？"

"哪里，哪里，朋友给面子，帮忙找了份工作。"杨大明搓着手老老实实站在两人身前，看着挺识时务的，"在财务公司帮忙催账，哦，绝对是合法的，最近几笔账要得挺顺利，拿了不少提成，而且那车是顶账顶的，没几个钱。"

"这人认识吗？"郑翔把手机举到杨大明眼前，屏幕上显示的是吴俊生的照片。

"这……好像是……"杨大明仔细盯了一会儿照片，冲坐在服务台前一个穿着暴露的年轻女孩招招手，"婷婷你过来看，这是不是那天晚上，跟咱叽歪的那小子？"

"对，就是他。"叫婷婷的女孩打量几眼照片说。

"好好说说，怎么个情况？"张川问。

"5 月 4 日那天晚上，应该是 8 点半左右，在东城广场，好像是区里办的'五四青年晚会'，我和女朋友围在边上看，这哥们儿站我俩前面，一会儿嫌主持人长得丑，一会儿嫌人家歌唱得走调，一会儿又嫌人家舞跳得太老土，反正看个节目嘴里一直嘟嘟囔囔，特别烦人。"杨大明稍微回忆一下，一口气说道，"后来我女朋友实在忍不住说了他一句，这哥们儿回头跟我俩骂骂咧咧，我就上去推了他几下。当时附近执勤的警察特多，我女朋友怕把事情闹大，就把我拉走了。"

"之后你们去哪里了？"郑翔问。

"去网吧打了会儿游戏。"杨大明顿了下，紧跟着说，"噢，对了，后来十点多的时候，我俩到东城广场旁边那个'明哥海鲜烧烤'吃夜宵，在那里又遇到这哥们儿，不过他那时都醉得一塌糊涂了，我也就没理睬他。"

"再后来呢？"郑翔接着追问。

"又回网吧打了一宿游戏。"杨大明说。

"明哥海鲜烧烤"郑翔和张川都不陌生，在金海市开了好几家分店，东城广场这家店两人也曾光顾过。店里管事的是整个店系老板的二儿子，他自我介绍叫吴景辉，是吴俊生的堂哥，他承认已经收到吴俊生出事的消息。

"你最后见到吴俊生是什么时候？"郑翔问。

"5月4日那天晚上。"吴景辉主动介绍情况说，"那天他情绪有些激动，一直嚷嚷着说被一个网络女主播骗了，声音很大，搞得其他桌的客人都投诉了，看着可能是真被伤到了，我劝他几句，他竟然呜呜地哭了。"

"他经常来这里喝酒？"张川问。

"反正没事想喝酒就过来，每次也都喝到醉。"吴景辉说，"那天晚上我本来想陪他喝会儿，不过连着来了几拨熟客，等我应酬完他已经把自己喝倒了。"

"他几点离开的？"郑翔问，"怎么走的？"

"大概 10 点半，我看天已经开始下雨，就找一个相熟的出租车司机把他送回家了。"吴景辉解释说，"那出租车司机天天半夜在我这里趴活，以前也送过俊生几次，不然就他喝那样，又住在郊区，不认识的司机谁会愿意拉他？"

"他这么长时间没来，你没觉得反常？"张川问。

"他经常这样，要么连续出现，要么十天半个月都没个人影，我也就没放在心上。"吴景辉坦然解释道。

第七章
爱的缺憾

——✝

　　"明光星星希望之家"的崔教授，没料到骆辛和叶小秋前脚刚离开不久，后脚便有警察找上门来，而且来头还不小，来人正是刑侦支队新任支队长方龄。

　　所谓言者无心，听者有意。骆辛在吴俊生家曾对周时好表明过他在"希望之家"见过吴俊生，还说吴俊生也是崔教授的学员，这一个"也"字便引起当时在场的方龄的极大关注。对于骆辛的身份她太好奇了，从人事档案上看不出任何高深之处，可他小小年纪偏偏就能成为刑侦支队的顾问，尤其似乎所有人对他的身份既崇敬又讳莫如深。方龄其实一直在等周时好主动来找她谈这个问题，但周时好自法医科回来之后便绝口不提骆辛的事，不知道是故意要吊她的胃口，还是有什么别的打算，方龄便决定通过自己的努力去解开骆辛的身份之谜。

　　把"金海市""希望之家""崔教授"三个词条放到一起在搜索引擎中搜索，方龄很快找到一些答案：所谓"希望之家"全名为"明光星星希望之家"，是一所无偿为孤独症儿童提供康复训练的民办慈善学校。校长叫崔鸿菲，现年 65 岁，原北宁省师范大学心理学院特殊儿童心理发展与教育研究所所长、教授、博士生导师，2014 年她以个人名义创办了"明光星星希望之家"。

难道骆辛就是所谓的"雨人（孤独症的别称）"？将骆辛的行为举止与崔教授的履历联系起来，方龄觉得自己好像摸到了一些门道。

按照网上登记的地址，跟着导航，一路摸索着开车，还真让方龄找到了"希望之家"的所在，并见到了崔教授。崔教授身板笔直，两鬓斑白，发丝一丝不苟、利落整齐，戴着一副细框眼镜，眼镜背后是一丝得体浅笑，身着一袭粉色运动休闲装，威严中透着活泼。

方龄自我介绍一番，崔教授似乎并不意外，分寸适度地与她握了握手，方龄直觉到一种警惕，便决定先以吴俊生的死打开话题。

"俊生的反社会人格，更多的是他生活的环境造成的。"提到吴俊生的死，崔教授也并没有表现出过分意外，脸上的神情趋于复杂，有一丝悲痛，也有一丝失落，"俊生自小家庭条件优越，父母娇惯，养成嚣张跋扈的习惯，更致命的是他亲眼目睹了母亲突发心脏病死亡的场景。那一年他 14 岁，此后性格更加放荡、暴戾，开始做出逃学、打架、喝酒、破坏学校设施、虐杀小动物等一系列意识混乱的行径。万般无奈之下，他父亲通过朋友牵线找到我，但其实已经稍稍有些晚了。对于这种人格认知方面出现障碍的孩子，一定是越早干预越好，年龄越大矫正率越低，所以我也只能尽可能去培养他的自控力，教导他在认知出现矛盾时如何调节自身的焦虑，培养他养成一些兴趣爱好和运动习惯，等等，从而缓解暴力冲动。"

"对于吴俊生矫正的效果如何？"方龄问。

"其实无论何种矫正手段，家人的配合与关怀都是最重要的。"崔教授脸上失落和悲伤的表情更甚，"只是俊生的父亲生意太忙，无暇面面俱到照顾他，并且又在几年前迎娶了一个比俊生也大不了几岁的女孩做妻子，对他就更疏于管理，所以俊生已经一年多没来做心理辅导了，我给他打过好多次电话都没有回音。实质上，这孩子对我来说，是一个失败的矫正案例。"

"我在网上看到您这学校主要是针对孤独症儿童的康复训练，像吴俊生这种属于人格障碍范畴的成年案例，是特例吗？"方龄开始循序渐进地引导话题。

"网络上介绍得比较笼统，实质上对于孤独症谱系障碍或广泛性发育障碍，以及具有人格障碍的儿童青少年，都是我们研究和康复的对象。"崔教授解释说，"这其中包括典型的孤独症病症，还有非典型的，比如，阿斯伯格综合征、高功能自闭症、边缘孤独症、疑似孤独症等等，以及反社会人格障碍、边缘型人格障碍、偏执型人格障碍等等。当然，原则上我们不接收成年案例，但会对于我们自小开始矫正培训的案例，进行跟踪和定期访谈。"

"那骆辛会定期来找您做访谈吗？"方龄终于有机会切入话题核心。

"骆辛？他才是你今天来的目的吧？"崔教授笑笑，意味深长地看了方龄一眼，"在小周那儿碰了钉子？"

"被您看穿了。"方龄会心一笑，紧跟着直白地问道，"骆辛是'雨人'吗？"

崔教授又玩味地笑笑："看来小周真的什么都没对你说过。"

"不仅他不说，他也不让队里的其他人说。"方龄苦笑一下。

"你别多想，他不是有意针对你，对于骆辛的过往和病症，他一直严令下属不得随意议论，他只是在尽最大能力保护骆辛而已。"崔教授话里透着对周时好的了解。

"骆辛到底是什么出身？为什么感觉所有人都在保护他？"方龄知道，面对崔教授这种资历、阅历、学识都相当丰富的长者，越是坦诚越是容易得到答案，便语气恳切地说道，"跟您说实话，我刚到队里不久，又是空降干部，队里的人多多少少对我还是有些避讳，但既然我接下这份工作，就一定想要把它干好，所以我不可能糊里糊涂放任一个所谓的顾问在我的队里，而我对他却一无所知。或者说，如果我能对骆辛有更多的了解，今后无论在工作上还是生活上，我也可以给予他一些适当的方便和帮助，这在对他的保护层面上，以及我自己融入队伍方面，都会有很大帮助。"

"我能理解你的心情，女人干事业不容易，要比男人付出更多，不过关于骆辛的身世，我想解释权还是应该在小周那里，但就他能否胜任你们队里的顾问角色，我可以向你介绍一些具体情况供你参考。"崔教授点点头，垂眸沉吟一下，接着说道，"你刚刚猜得对，骆辛的症状与'雨人'很接近，但他既不属于典型症状，也不是非典型的，他患的是'后天性学者症候群症'。"

"后天性学者症候群？"方龄讶异道，"以前好像从未听说过啊？"

"对，这种病症极其罕见，全世界的病例也屈指可数，是指儿童或成年人在左脑受损后，突然间发展出的学者症候群特殊才能。"崔教授解释说，"骆辛 8 岁时经历过一场惨烈车祸，左脑额叶和颞叶区域受到一定程度的损伤，导致深度昏迷达 3 年之久，苏醒之后他的社交能力、沟通能力、共情能力、行动能力均出现严重退化，但却意外显现出超凡的阅读和记忆能力。"

"这么传奇？他一度还成为植物人？"方龄一脸愕然，顿了顿，平复心情，接着问道，"据我了解，大脑额叶和颞叶与道德心和自控力密切相关，这部分器官受损，是不是意味着骆辛有时候会无法控制自己的暴力冲动？"

"他生气的时候最直接的发泄方式是跺脚或者踹东西，特别特别愤怒的时候，有过咬人的表现。"崔教授苦笑一下，"不过经过这么多年的康复训练，他会有意识在自己愤怒时寻找舒缓途径，比如深呼吸，或者弹动手指等肢体动作，应该不会影响工作。"

"那就好，但其实真正令我感到困惑的是我如何才能相信他的办案能力。"方龄皱着眉头说，"以我的经验，搞刑侦的，能力天赋固然重要，但更重要的是积累，几乎所有优秀的刑侦人员，无一例外都是久经现场、阅案无数的，我相信这两点骆辛都做不到。"

"也不尽然，你忘了他在档案室工作？"崔教授轻摇下头，紧跟着说，"档案室这份工作让他有机会接触和翻阅各式各样的案例，正如你所说的阅案无数，而骆辛的强项是可以通过超凡的记忆力，将这些案件的描述以及细节自动归类，并存储在大脑之中。

"对一般刑侦人员来说，阅案无数意味着经验丰富，但对骆辛来说，阅读的案例越多，他大脑中储存的数据和资料越广泛，当现实中出现某个案件时，他就会调动大脑中的存储，搜索相同的案例和犯罪行为，去试着划定出犯罪嫌疑人所处的范围。当然这个范围不仅仅指的是距离，还包括年龄、个性、工作、生活方式等等。

"然而，虽然人类的行为大体相近，但成长经历和环境不同也会锻造出个体的差异，如何相对准确地去解读这种差异，如何通过一般性结论去推论特殊个案，就需要一种创造性思维。而这种思维的形成除了案例的累积，还需要各种知识的储备，以及所谓的天赋。骆辛也确实有一些做警察的天赋，这可能跟遗传因素和家庭环境影响有关，据小周说他父母生前都是非常优秀的警察。"

"我懂您说的意思，骆辛所使用的办案手法，就是根据现场物证和行为证据，对犯罪人的心理特征和行踪轨迹进行推论。"方龄颇为懂行地说，"由于骆辛大脑的特殊才能，他可以轻松完成素材的累积和归纳，最终运用从一般性到特殊性的'演绎法'推理出结论。"

"概括得很好,言简意赅,非常精辟。"崔教授向方龄投出赞许的一瞥。

方龄笑笑道:"不瞒您说,我之前在刑侦局犯罪对策研究室工作,我的研究方向便是通过搜集、调研案例,以及科学分析行为证据,从而总结出一套针对恶性案件能起到有效预判和及时遏制的策略。"

"那你和骆辛其实是在做同样的事情,只不过一个偏理论性,一个遵从大脑中本能的机制加创造性的思维,你们俩若能和谐相处,工作中应该会有很好的互补。"崔教授满怀期待地说。

"但愿如此。"方龄用力点点头。

"不过我还是要提醒你一句,和骆辛相处不是一件容易的事,你需要有足够的耐心,他所谓的特殊才能只对他感兴趣的事情有效,并不是对任何事物都过目不忘。比如,他见过你一面,下一次可能不会认出你,你对他说过什么话,他可能潜意识觉得无关紧要,便很快会忘掉。还有他内心比较自我,没有注重礼节的思维,除个别人外,他不会对其他人显示出尊敬或者礼貌性动作,用老百姓的话说,他不是不尊重你,他是压根心里就没那根弦,希望届时你别误会他。"崔教授末了叮嘱道。

"我记住了,您放心吧,我也希望咱们可以经常沟通,有很多事情我都需要向您学习。"方龄试探着说。

"没问题,咱们互加一下微信,随时联系。"崔教授答应得很痛快,看得出她对方龄很欣赏。

刘媛媛的案子性质现已明确,应该是一起因情感纠葛导致的情杀案,接下来支队的工作便是集中寻找与刘媛媛交往过的男人。骆辛进一步翻阅与"慕残"相关的文献发现,"慕残"癖好实质上并不影响"慕残"者交往正常的异性朋友,当然残弱异性则更容易引起此类人群的性兴奋,所以嫌疑人有可能是完全健全的，也有可能是身有残疾的，又或者只是曾经在某段时间体表受过伤的男人。

刘媛媛在老家庄江市的社会关系已经排查多个来回，并无符合嫌疑范围的男性，可以完全排除这一方向。对于刘媛媛工作的明丰商场中，与之有过接触的男性要再做一轮排查，重要排查区域还是骆辛力主的双阳村周边，虽然先前也做过一轮排查，但走访重点是以具有犯罪前科的人群为主，眼下要加大力度，扩大范围，进行地毯式摸排。

日子过得很快，转眼一周又过半，先前划定的区域基本已经排查完毕，案子仍是毫无进展，大家都很郁闷。骆辛也觉得不可思议，他固执地认为自己的思路肯定没错，不可能连一个像样的嫌疑人都没找出来，所以这天快下班的时候，他又要求叶小秋开车载他去双阳村，他想实地再找找灵感。

叶小秋心里正憋着一肚子气，特别不想搭理骆辛。原来她下午手机收到一条来自金海交警的短信，提示她于上周六驾车在海滨路违反限号规定行驶，被交通电子眼抓拍到了，对她处以200元不扣分的处罚。搭着人，搭着车，搭着时间，还得搭着钱，这好事做得太冤了，她也不好意思和周时好提罚款的事，只能自己吃哑巴亏，心里别提多委屈了。再者说她还和闺密约好晚上要一起逛街，闺密为此都推了男朋友的饭局，她若放了人家鸽子也有些说不过去，只是碍于科长程莉正用殷切的目光看向她，最终还是心不甘情不愿地如了骆辛的愿。

到了双阳村，骆辛先下车，叶小秋放下车窗玻璃，试着和骆辛商量道："我和朋友有点事情要办，想先走，反正村里也通公交车，你完事后坐公交回去行不？或者你估计下大概需要逗留多长时间，我跟朋友打声招呼，让朋友稍等一会儿也行。要是你准备长待的话，也没关系，我办完事回头再过来接你行不？"

"不行。"骆辛微微皱眉，稍微顿了下身子，干脆地回应道，紧接着继续迈步跨过路肩，冲抛尸的烂尾楼走去。

"你站住！"叶小秋觉得自己的提议合情合理，姿态也放得很低，满心以为骆辛应该会买她一个面子，没承想被一口回绝。叶小秋心里这火有些压不住了，也顾不上矜持，抓起放在汽车操作台上的手机，推门下车，高声叫住骆辛，从手机里调出交警罚单举到骆辛眼前，"提醒你一下，你要搞清楚我开车载你到这里完全是为了帮忙，没有义务听你调遣。并且上周六为了载你去做心理辅导，我违反限号规定被交警处罚了，我想这个罚单的钱应该由你来出吧？"

"你犯的错为什么要我来买单？"骆辛面无表情地说道，"任何事情你都有决定做与不做的权利，你明明知道交警有限号规定，依然没有拒绝送我去希望之家，所以这就是你自己的问题。"

"你，你……好，你有种，卸磨杀驴，我有说不的权利是吧？我现在就告诉你，我受够你了，我以后不想跟你有任何瓜葛了好吧？"叶小秋被堵得哑口无言，恼羞成怒，心一横，反身上车，一脚油门，把车开走了。

望着汽车远去的背影，骆辛怔了怔，手指在大腿上飞快弹动起来，随后扭头蹚过一片草丛，从侧面的门洞走进抛尸的烂尾楼中。

烂尾楼中的内部结构墙以及通往各楼层的楼梯都已建好，只是楼梯旁还没有安装防护栏，看着非常惊险。骆辛将身子贴着一侧墙壁，小心翼翼踏着水泥阶梯，一步一顿试探着前行，似乎生怕有一级台阶不牢靠，致使自己踏空摔下楼去。就这样，费了好大一会儿工夫，他才缓缓登上抛弃尸体的五楼。回想上一次，他和叶小秋来实地勘查，之所以没有进楼里来，实则是骆辛畏高，不想在叶小秋面前丢面子。还有刚刚，他之所以不愿放叶小秋走，也是想让叶小秋陪着他，给他壮壮胆。本来想为了案子，丢一回脸就丢一回吧，没承想倒先把叶小秋气走了，到头来还是得靠着自己的意志，看来人有时候还是要逼一逼自己，才能发挥最大潜能。

刘媛媛的尸体被发现时，是头东脚西，仰躺在距楼层大落地水泥窗框前约 1 米的位置，具体方位和形态被勘查员用白色标记线明显标记着。骆辛上了五层楼，体力和心力都有点透支的感觉，蹲在尸体标记线前大口大口喘了一阵粗气。也不知道是体力不支，还是有意为之，骆辛突然做出一个令人咋舌的动作，他卸下双肩背包放到一旁的地上，整个人竟然模仿着尸体摆放的形态，躺倒在标记线内。他瞪大眼睛盯向石灰天棚，眼球一动不动，就好似刘媛媛尸体被发现时，那般死不瞑目的状态。

每当案子侦破遇到瓶颈时，骆辛总会做出一些超常规的举动，就如现在：他身子下面挨着尸体渗在地面上的血迹，似乎能够感受到躯体留下的气息，脑海里如过电影般一帧一帧地开始检索案子中的每一个细节……

那双恶魔的眼睛到底在哪里？你能看见我吗？

不知过了多久，楼层里的光线差不多已经完全暗了下来，楼外突然传来一声刺耳的汽车刹车声，似乎冷不丁被惊吓到，躺在黑暗中的骆辛，一个激灵坐起身子——凶手有车，他每天开车路过此地，暗暗地感受着刘媛媛躯体的存在？凶手或许与双阳村并无实质交集，他只是常常从这座烂尾楼旁的大马路上驾车驶过？

被一声汽车紧急刹车激发出了新的思路，骆辛一骨碌从地上爬起来，拾起地上的双肩背包，从里面掏出一把小手电筒照着路，像来时一样身子贴着一侧的墙壁往楼下走，只是这一次脚步能快一些。

从烂尾楼里快步走出，骆辛看到马路中间正围着几个村民，走过去一打听，原来是一辆面包车和一辆自行车发生了碰撞。好在自行车主受伤不重，又是事故完全责任方，没多大工夫人群便散了，面包车和自行车也相继离开。

凶手时常驾车从这条马路上驶过，既然他不住在双阳村，那会不会在龙山村呢？或者因为工作关系，他需要经常往返于这条马路上？比如送货的、采购农产品的，甚至接送学生的校车（双阳村没有中学，村里的孩子上中学都要去镇里的学校）？骆辛沿着路肩漫无目的向龙山村方向溜达着，脑海里就新思路展开推理。

走了五六分钟，他一抬头看到一个公交车站牌，上面标着"桥头站"。还未来得及多想，便见一辆"1101路"公交车，缓缓停靠到站点。随即后车门打开，下来一名乘客，司机以为骆辛要坐车，便又把前门打开。骆辛犹豫了一下，想着自己反正也要回市区，便顺势上了车。

时至傍晚，入市区方向的公交车并没有多少乘客，车上空座很多。骆辛走到车身中间找了个单人座位，把双肩包从后背转到怀里才坐到座位上。骆辛扭头望向窗外，抛尸的烂尾楼正从眼前滑过，再转回头看看自己怀里的双肩包，一瞬间骆辛蓦地恍然大悟——凶手会不会经常搭乘这一路公交车？那个疑似凶手的胖小伙曾在地摊上买过一个大双肩包，难不成他把尸体装到双肩包中背着，搭乘了这一路公交车完成的抛尸？

骆辛前后打量一眼，看到前车门和后车门区域都装有监控摄像头，便起身走到司机旁："我要看车载监控录像去哪里看？"

司机不了解骆辛说话的风格，可能觉得他连"师傅"也不称呼一声，很没礼貌，便瞥了骆辛一眼，语气冷淡地说："想看监控录像？你干什么的？"

骆辛亮出警察证。

司机赶忙缓和态度说："噢，那得去终点站调度室，您就坐我这车坐到头就行。"

骆辛默然点点头，转身走回座位上，掏出手机拨通周时好的手机："去1101路公交车终点站调度室，凶手应该是乘坐了这路公交车完成抛尸的。"

将近一小时后，终于到了 1101 路终点站，在司机的指点下，骆辛找到了调度室。进去之后，看到周时好正带着张川和郑翔围在一个电脑屏幕前。

"小辛，过来看。"周时好把骆辛召唤到电脑前，指着屏幕上定格画面中的一个背着大双肩包、身材胖胖的男子，说，"这家伙在 5 月 21 日晚上 7 点 51 分由朱齐路车站上车，然后在 8 点 21 分从双阳村桥头站下的车，再然后于 9 点 19 分又由桥头站上车返回市区，在市区下车的地点是北城区金华街车站。"

"朱齐路与案发现场的直线距离为 1.1 千米左右，那也就是说从案发现场走到车站用不了多长时间，尸体肯定就装在那背包里，这家伙没跑了，就是凶手。"张川附和说。

"可是这哥们儿又是帽子又是口罩，把脸捂得严严实实，又有意识躲避车上的摄像头，咱怎么把他找出来？"坐在椅子上负责操作电脑的郑翔，扭回头一脸无奈地说。

"这两趟车的司机现在在哪儿？"周时好冲候在一边穿蓝色制服的女调度员问道。

"噢，载那人往双阳村方向去的是曲师傅，回城时那人坐的是王师傅的车。"女调度员说，"王师傅今天轮休，曲师傅刚刚还在这屋坐着喝茶，估计这会儿在车上了。"女调度员说着话，走到窗边推开窗户，冲着车场里扯嗓子喊道："曲师傅，曲师傅，来一下，有人找！"

不多时，一个穿着蓝制服的中年男子急匆匆走进调度室，大大咧咧嚷着："谁啊，谁找我？我这马上发车了。"

"我们是刑侦支队的，找你了解点情况。"周时好冲曲师傅招招手。

"啥事啊？"曲师傅一脸纳闷走过来。

"这开车的是你吧？"周时好指着电脑屏幕，郑翔配合地按下播放键，屏幕上便开始播放嫌疑人上车的过程，"5月21日晚上的事，对这人有印象吗？"

曲师傅盯着屏幕看了会儿，抬手挠着脸颊，支支吾吾地说："不好意思，没，没太在意。"

"他背这么一大包，你没注意到？"张川带着质疑的语气问。

"不稀奇。"曲师傅摇摇头，解释说，"来往郊区一带外来打工的人特别多，经常都背着大包小包坐车。"

"凶手会不会也知道这个情况，所以才敢背这么一大包，堂而皇之地乘坐这路车？"郑翔扭头瞅了眼身后的骆辛，"看来你小子又猜对了，他是这路车的常客。"

"再播一遍那人上车的过程。"骆辛推了下郑翔的脑袋说。

"好嘞。"郑翔转回头开始操作键盘，把视频倒回去又重新播放。

——车门打开，头先一个乘客上车，嫌疑人背着双肩包紧随其后，然后把事先握在手里的硬币投进投币箱中，快步闪开……

"停。"骆辛突然指示，"倒回去，用5倍慢速再放。"

视频重新播放：车门打开，头先一个乘客上车，嫌疑人背着双肩包紧随其后，然后把事先准备好的零钱投进投币箱中，快步闪开……

骆辛再次喊停，指着屏幕说："看到没有？"

"啥？"周时好等人面面相觑，"这不还一样吗？"

骆辛拍了拍郑翔的肩膀，后者心领神会，再度慢速播放刚刚那段视频，骆辛指着屏幕说："看到了吗？这人投币的手在半空中有个微小的停顿？"

"怎么解读？"周时好问。

"这叫冻结反应，意味着瞬间的心理波动。"骆辛解释着，琢磨了一下，扭头冲曲师傅说，"你那天和平常有什么不一样吗？"

"噢，那天开的不是我的车。"曲师傅说，"我原本开 40 号车，那天本来我轮休，然后 28 号车的司机家里有点事，让我帮忙顶一天班。"

"这个几号车是怎么区分的？"张川问。

"就是看车牌尾号的后两位。"曲师傅说。

"我明白了，骆辛的意思是说，这个嫌疑人认识曲师傅，并且知道他开几号车，所以在投币的一刹那，用眼睛余光瞥到开车的是曲师傅感到惊讶，才出现了冻结反应。"郑翔抢白说。

"他也是这里的司机，几乎每天都会驾驶公交车经过抛尸的烂尾楼。"骆辛语气坚定地说。

"你们这里有老家是庄江市的人吗？"周时好瞅瞅女调度员，又瞅瞅曲师傅，"这个人就像刚刚视频里的人一样身材比较胖，个头 1.7 米多点，可能前段时间身体或者腿、胳膊出了点问题。"

"张伟！"曲师傅和女调度员几乎同时说道，紧接着女调度员又说，"这张伟春节回老家过节，在溜冰场把一条腿摔断了，请了好几个月假，上个月末才又回来上班。"

"这人现在在哪儿？"周时好问。

"今天轮休。"女调度员说。

"那他住哪儿？"张川追问。

"我知道，他住他大姨家，在富春小区，前年去他那儿喝过一次酒。"曲师傅接话说，顿了下，转而冲女调度员说："要不你调下班，我带警察同志去找他？"

"行，行，你去吧。"女调度员颇为识大体地说。

一刻钟之后，曲师傅帮忙敲开富春小区中一栋单元楼内的一家房门，开门的是一个圆脸白胖的年轻人，周时好从门旁现身亮出证件，年轻人瞬间想要强行把门关上，被周时好一膀子撞开，显然这个年轻人就是犯罪嫌疑人张伟。

在张伟家的鞋柜中找到一双黑色网面运动鞋，经技术队细致勘查，在鞋面网状缝隙中发现血渍残留，DNA 鉴定结果显示与被害人刘媛媛的DNA 相匹配。并且提取张伟的唾液做鉴定比对，与刘媛媛被害时所戴着的手套上的 DNA 证据，也是相匹配的。同时，在运动鞋鞋底缝隙中还采集到一小块干土，经鉴定与抛尸烂尾楼中的土壤成分一致，由此几项证据便基本锁定张伟就是杀死刘媛媛的凶手。

审讯室中，张伟对自己的罪行供认不讳。

"你怎么认识刘媛媛的？"

"我也是庄江人，春节休假在滑冰场把腿摔骨折了，过了正月十五，在家待着没意思，就想着回金海来。在长途客车上，刘媛媛坐我旁边，见我挂着拐，腿脚不方便，便一路对我挺照顾的，下车前我们互加了微信。"

"为什么杀她？"

"从车站分开后，我们俩几乎每天都会聊微信，逐渐地我开始喜欢上她，尤其她时不时会发几张化着浓妆、穿着性感女仆装的照片给我看，让我特别兴奋，我也就越陷越深。"

"她兼职做主播你不知道？"

"先前并不知道，直到有人在网上骂她用美颜视频骗人我才知道，实质上这也并不妨碍我喜欢她。我们俩大概在微信上聊了半个月，她约我去她家里玩，到她家发现，她还特意给我准备了轮椅，让我很感动，那天晚上我在她家住下，和她发生了关系。你们可能不会相信，那是我活了 26 年的第一次。后来，我们几乎每周都会约会两三次，度过很多难忘的时光，唯一让我感到有些不舒服的是，每次约会只能在她家里，我约她逛街和看电影都被拒绝了，并且去她家里时也总得偷偷摸摸，她还特别叮嘱不要让任何人看到。我问过她理由，她总说等时机成熟再告诉我。直到杀她的那天才知道，她喜欢的不是我，她喜欢的是我这条摔折了的腿。她从一开始就打算好了，玩够我了，等我腿好了，就无声无息地抛弃我。"

"具体说说那天的过程。"

"大概到了4月中旬，我的腿基本可以正常走路了，那段时间她开始借口生意忙不理我。到了4月底，我回单位上班，刚复工需要个适应的过程，每天开车觉得特别累，也就没工夫想她的事。轮休的时候给她发微信，她要么不痛不痒回一句，要么干脆不回，我那时还一厢情愿地认为，她可能是因为直播被骂心情不好。再后来，就5月21日那天，我又轮休，给她发了几条微信她没理我，我想试着去她家碰碰运气，给她个惊喜。那天，我大概下午5点去的，结果她真的在家，还穿着我特别喜欢的那套衣服。我当时兴奋极了，没承想她一开口就是让我赶紧离开，还说不想再跟我有任何关系。我问她为什么，她一开始不说，后来被我问急了，才歇斯底里地嚷着说她是那种天生喜欢和残疾人做爱的女人，说我现在是健全人，她对我没兴趣了。还嘲讽说，别自作多情了，那轮椅根本不是给我买的，是她自己玩的，真要找男朋友也不找我这种又胖又穷的。然后也不知道从哪里弄出个电锯扔到地上，激我说如果敢把胳膊和腿锯掉一截，她就跟我好。我当时真的被她说蒙了，傻呆呆地站在那儿，她看我没反应就过来推搡我，让我赶紧滚蛋。我一时冲动打了她一耳光，她发疯似的开始跟我撕扯，我糊里糊涂地把她扑倒在地上，骑在她身上把她掐死了。"

"为什么要把尸体抛到双阳村？"

"我想着每天开车路过那儿，都能感受到她的存在。我是真心喜欢她，她不是喜欢残缺感吗？我就把她锯了！她不是最爱那套女仆装吗？我就把那套衣服留在她身上！反正也都是如她所愿……"

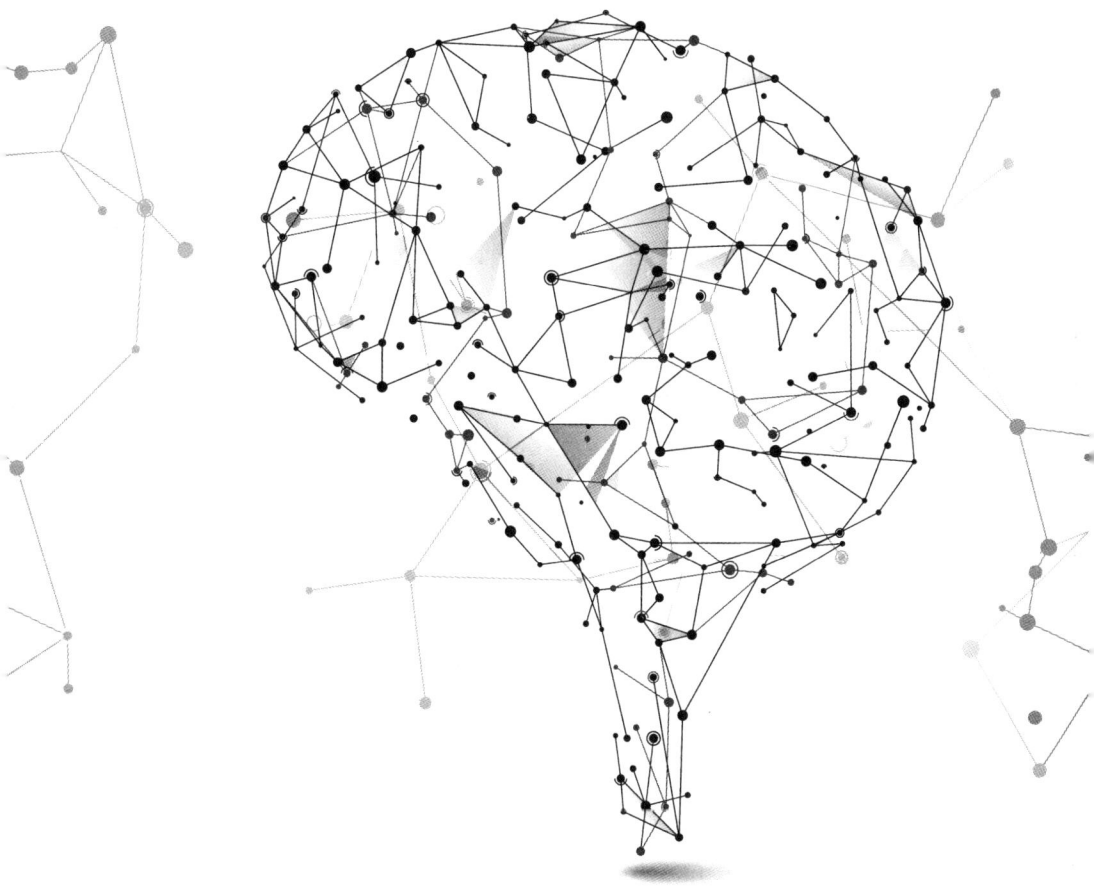

第二卷

失踪谜团

———推理演绎法———

第八章
旧人足迹

———+———

又到周末，周时好亲自陪骆辛去"希望之家"做心理辅导，照例留下来吃了午饭，让骆辛陪孩子们玩一会儿。离开时也是午后，不过上了车周时好并不急着发动车子，而是从扶手箱中取出两个牛皮纸档案袋，甩给坐在后排的骆辛。

骆辛打量一眼档案袋上的标签，整个人顿时愣住了，继而抬头眼神复杂地看向周时好。

周时好微微笑，随即恢复正色道："近半年意外和自杀死亡事件的报警记录，还有宁雪跳楼事件的调查报告都给你了。先别急着看，听我说两句。"周时好停下话头，斟酌了一会儿，才语重心长地接着说，"我知道你做这些都是为了给宁雪翻案，说实话我也不相信宁雪会自杀，但是看完这份报告，我觉得很惭愧，甚至有一点开始相信这份调查结果是没问题的。

"这么多年，咱爷俩其实从未真正沟通过，或者说是我在逃避，我不懂，也不知道该如何跟你沟通，所以就把你的所有问题都压在宁雪身上，却从未认真和设身处地地考虑过她的辛苦和难处，乃至精神上的负担。

这也是为什么马局严令不准向你透露调查详情的原因，他只是不想你更加难过，不想让宁雪的死给你留下更深的阴影。答应我，看完这份报告，不管感受如何你都要去积极面对，要努力控制好自己的情绪，否则我们没法再继续下去……"

"继续下去？"骆辛迫不及待地打断周时好的话，"你的意思是说马局同意重新调查了？"

"不，只有我和你。"

"咱们私下调查？"

"这次不管结果是什么，你都要接受。"

"我会的。"

就像周时好说的那样，他其实打心眼里也不相信宁雪会自杀，所以重新调查宁雪跳楼事件，不仅是要给骆辛一个交代，也是给自己的一个交代。

一路无话，骆辛专心致志翻阅案情报告，再抬头时周时好已将车停到市中心一栋叫作世纪大厦的高层大厦前。针对宁雪跳楼事件，实质上警方对外发布的公告只是笼统地指出"事件经调查，已排除刑事案件嫌疑"，但对家属给出的调查结论是倾向于"自杀"。而促成这份结论的最关键人物，是一名叫张家豪的心理医生，他在这栋大厦的九楼开了间心理诊所，周时好先前已经预约好要在这个时间点对他进行问话。下车前周时好又特别叮嘱骆辛，待会儿无论听到什么都要保持冷静。骆辛像以往一样没吭声，默然点了点头。

心理诊所是一个套间，外面的房间是接待室，一名自称助理的年轻女子在确认了周时好的预约后，将他和骆辛带入里间的诊室，两人也终于见到张家豪的庐山真面目。张家豪是大高个，面色温和，戴着一副黑框眼镜，长相斯斯文文，年纪估摸着在 40 岁上下，里面穿着白衬衫打着蓝领带，外面罩着白色的医生袍，看着就让人有特别信赖的感觉。

互相介绍了身份，周时好开门见山说："我知道办案人员先前已经给你做过笔录了，但因为工作委派原因，调查宁雪跳楼事件时我人在外地，所以现在可能需要你重复回答先前已经说过的一些问题，希望你能配合。"虽然调查报告中有关张家豪的笔录已经写得清清楚楚，但周时好还是觉得要亲耳听听他的陈述，一方面，在原先问话的基础上周时好还有一些补充提问。另一方面，重复问话也是一种辨别对方陈述真伪的惯用手段。

"没问题。"张家豪和蔼地笑笑，"先前我还一直心存疑问，作为宁雪最亲近和最信赖的你们俩，怎么会没出现在调查组中，现在终于明白了。"

周时好勉强笑笑，思索一下，抬头问道："宁雪是怎么找到你的？"

"在崔教授的希望之家，有个周末我去做义工，在院子里遇见散步的宁雪，我们聊了几句，我给了她一张名片。"张家豪说，"两个多月前，她突然来找我，说心里不舒服，想和我聊聊，并强调不能让任何人知道，连崔教授也不行。"

"那也就是说她当时感觉自己心态出了问题，于是主动来找你求医？"周时好问。

"是这样的。"张家豪说，"她当时的症状是情绪失落、焦虑、失眠，对任何事情都兴趣索然，确实是出现了抑郁症的倾向。"张家豪说。

"平时见她总乐呵呵的，特别透明、特别阳光，怎么会变成这样？"周时好一脸纳闷地说。

"不介意我实话实说吧？"张家豪应着周时好的问话，但眼睛瞅的是骆辛。

周时好明白他眼神的意思，轻轻拍下身边的骆辛，语气坚定地说：

"请直说。"

"总体来说，这种病尚无明确诱发因素，但大多数病例的发作，与酗酒、滥用药物、具有其他精神病史、人格悲观、长时间缺乏安全感、应激性生活事件等因素有密切关联，宁雪的发病我认为与后三种情况有关。"张家豪又意味深长地盯了骆辛一眼，继续说道，"我知道宁雪很关心这位骆辛小弟弟，对于他的关爱和帮助已持续数年，我想周队您应该也有很深的体会，和这位骆辛小弟弟相处并不是很容易的事，你们越是在意他，越是爱护他，其实内心越是要承受煎熬，因为很多时候他的言行举止都是不可理喻和不可控的，非一日一时可教化，需要长期坚持不懈地引导才能够逐渐向好。而在这一过程中，不可避免会产生悲观情绪和经常性紧张感，久而久之没有宣泄渠道，便有可能积劳成疾。"张家豪终究还是选择含蓄的说法，并没有直接点出骆辛是后天性学者症候群患者，但是意思很明白了，宁雪心里的悲观情绪和不安全感都与骆辛有关。

屋子里陷入一阵沉默，须臾张家豪接着说："不过我认为那个时间点致使她出现病症的关键因素，还是因为生活中出现了重大事件。"

"你是说筹备婚礼？"周时好插话说。

"对，这加重了她的焦虑，尤其……"张家豪又斟酌了一下，才继续说，"尤其在这期间她撞见未婚夫和女秘书在办公室亲热。"

"这王八蛋，当时若不是在外地的话，我非废了他不可。"周时好狠狠地吐出一口气，说，"真搞不懂，都到这份上了，宁雪还张罗着结什么婚？"

"渣男，渣男……"一旁的骆辛，又习惯性地使劲跺了几下脚，发泄着怒气。

张家豪苦笑一下，摇摇头说："可能每个人都有自己的不得已吧。"

"那以你的专业评判，宁雪的抑郁症算重吗？至于去跳楼吗？"周时好问。

"这个很难说。"张家豪干涩地笑了下，"抑郁症的特点就是发病急，不可预见性强，可能上一分钟她还和你谈笑风生，下一分钟就会做出极端举动。"张家豪又停下话头，思索一下，接着说，"其实我还有一个想法，因为没什么根据，所以先前也没和你们的调查人员提过。实质上宁雪来我这诊所总共也只有三次，我还没来得及完全让她打开心扉，但是我隐隐地感觉到，宁雪心里有一个非常沉重的包袱，她潜意识里不敢去面对，或许那才是她最直接的焦虑源。"

"她到底隐藏了什么？哪方面的？"周时好追问。

"抱歉，我真的说不出来，只是出于一种职业直觉。"张家豪缓缓摇着头说。

周时好沉默了一会儿，拍拍身边的骆辛，起身道："今天就到这里吧，你有别的想法咱们再联系。"说着话，周时好从手包里掏出一张名片，递过去。

"好，我会的。"张家豪接过名片道。

可以说，整个谈话张家豪一直表现得很沉稳，但当周时好和骆辛前脚刚迈出诊所，他立马像热锅上的蚂蚁，迫不及待吩咐助理把诊所的门锁上，紧接着急三火四脱下心理医生那一身行头，换上一身休闲装束。随即又打开门，左右观察一番，一闪身出了诊所，矫健的身影很快便从走廊中消失。

宁雪现年32岁，原本定于本年5月2日与相恋多年的男友举行婚礼，未料到却于4月27日晚23时40分许，从一家叫作浪客酒吧的天台上坠地身亡。那天也是周末，宁雪陪骆辛做完心理辅导，将骆辛送回住所，两人自此分别，阴阳相隔。

从心理诊所出来，周时好和骆辛商量后决定，要遵循宁雪坠楼当日的足迹去试着找寻线索。先前的调查报告显示，当日宁雪和骆辛分别后，去了她未婚夫的公司与之见面，然后一同驾车前往婚纱店试婚纱，所以他们下一个走访目标就是宁雪的未婚夫程刚。

程刚家和宁雪家属于世交，两家早年住在同一个大院，双方父母也都在同一个国营工厂上班，后来又前后脚辞职下海经商，两个家族无论在生活上还是生意场上，都有着千丝万缕的联系。程刚和宁雪同岁，自小关系就很亲近，时常一起玩耍，双方家长当时还张罗着给两人定娃娃亲，当然只是玩笑话，两人真正发展成恋爱关系是在高中毕业之前，后来虽然一个考入警校，一个进入父亲的公司准备接班，发展的方向并不同，但两人的感情始终如一，在双方家长眼里也早把二人当作自家媳妇和自家女婿看待。

程刚的公司是做智能家居的，办公地点也在市中心区域，是一个独栋的五层楼，整栋楼都归公司所有。由于宁雪的缘故，周时好和程刚也有一些来往，公司也来过几趟，可以说熟门熟路，于是停好车便带着骆辛直接杀向程刚的办公室。

门也未敲，二人便闯进程刚的办公室，后面还跟着一位因二人没预约、纠缠一路的女接待员。程刚正在打电话，见来者是他们，便冲女接待员挥挥手，示意二人是他认识的人。随即放下电话，指着对面的会客沙发，诡笑着说道："坐，坐，周队这是借调回来了，要不晚上兄弟做东给您接个风？"

"甭跟我扯这没用的。"周时好直接逼到程刚的大办公桌前，冷着脸说，"说说那天你和小雪试婚纱的情形。"

"您这什么意思？"程刚愣了一下，紧跟着说，"那事不都调查完，有定论了吗？"

"在你那儿算完，在我这儿还没完。"周时好不客气地说。

"那您这是准备公然和你们局里对抗了？"程刚也把脸冷下来，语气变得强硬，但转瞬又赔起笑脸说，"周哥，别闹了，事情过去就过去了，您老这么纠缠，我们这些做家属的，尤其双方家里的老人，心里会更不好受。"

"你出轨，你个臭渣男，雪姐的一条命就让你这么轻描淡写地说结束就结束？"骆辛终于忍不住嚷嚷道。

"怪谁？怪我？还不是怪你这个神经病！"程刚腾地从大班椅上站了起来，似乎也是心里压着好长时间的火被点燃，指着骆辛，扯着嗓子说，"小雪4年前就答应了我的求婚，可对我们的婚礼却一拖再拖，为了什么？还不是担心我们结婚后她照顾不好你？总说等等，等你上了大学，等你毕了业，等你工作稳定了，就这么拖着拖着，人就稀里糊涂地没了！"

"呜呜……"被程刚呵斥，骆辛崩溃了，听不清嘴里在吼着什么，冲上前去要和程刚打架。

周时好一把将他抱住。骆辛挣脱着，嘴里继续"呜咽"着，用脚踹着程刚的桌子。周时好知道这个时候说什么都没用，只能默默地抱住他，等着他的情绪平复下来。骆辛逐渐不挣扎了，整个人像经历了一场大病，身子绵软无力地瘫在周时好的手臂上。周时好把他扶起，拍拍他的后背安抚几下，从兜里掏出车钥匙塞到他手里，轻轻说了句先去车里等着。

骆辛出了办公室，程刚把身子跌回椅子上，眼角溢出几滴泪花。周时好看得出他对宁雪还是有感情的，便缓和语气说："说说那天的情形吧。"

程刚用指背擦了擦两边的眼角，说："那天小雪来公司找我，她把车停到地下车库，坐我的车一起去婚纱店试礼服。在那儿待了差不多两个小时，整个过程她都挺高兴的，看不出一点反常。从婚纱店出来，将近下午5点，我因为晚上还要谈一个客户不能继续陪她，正好婚纱店就在文汇大道附近，她说要去文汇大道逛逛，我就让司机开车走了。"

"当天晚上你去哪儿了？"周时好问。

"在辉煌KTV陪客户，一直喝到下半夜2点才散局，还没到家就接到了宁叔叔的电话，说小雪跳楼了。"程刚用手掌使劲搓着面庞，说，"司机、秘书，还有客户，都能给我做证。"

"你那相好的秘书，当晚也一直在KTV没离开过？"周时好追问。

"她一直都在，帮我张罗客户，喝得比我还多。"程刚不自然挤出一丝苦笑，略微沉吟了一下，抬头说，"我知道，以你的阅历看得出我在极力低调地让这件事情快点过去，不是我心虚，是因为公司目前正在做C轮融资，我担心这件事情闹大会影响投资人对我的看法，进而影响融资进程。这并不只是我个人的事，关乎着公司很多股东的利益，也包括宁雪家投资在公司的利益，我也是勉为其难。"

其实看了报告，周时好确实有程刚说的这种感觉，好像家属们都急着赶紧把事件了结，这回总算弄明白了，敢情都是利益在作怪。他不禁替宁雪悲哀起来，或许她的这场婚礼也是配合融资举行的，以此突出程刚踏实负责任的经营者形象，使得投资人更加坚定投资的信心。

"行了，走了。"越看程刚越烦，想想也没什么再值得问了，心里惦记骆辛，周时好抬腿便走。

离开程刚的公司，周时好和骆辛下一个去向是婚纱店。骆辛看起来已经没那么激动了，周时好也不想再提与程刚有关的话题，免得骆辛尴尬。

到了婚纱店，店员反映的情况与程刚说的差不多，调阅监控录像，也没看出宁雪当时情绪有什么问题。两人从婚纱店出来已经5点多，和宁雪当日离开的时间点差不多，周时好提议也跟宁雪当日去向一样，把车停到路边，去文汇大道溜达溜达，骆辛点头默许。

文汇大道不仅只一条大道，是由几条纵横交错的长街组成的文娱商业中心，位于东城区商圈繁华地带，主街总长近 500 米，整个区域分布有演出剧院、电影院、艺术蜡像馆、书店、电子数码店、演艺酒吧、相声茶馆、小吃街、露天演出广场等场所，平日里人气就相当旺，到了周末和节假日，更是人头攒动，门庭若市。

婚纱店与文汇大道距离很近，走人行道穿过两条城市主干路，便是文汇大道入口处的露天演出广场。适逢周末，广场里各种自发的表演和展演活动特别多，有自弹自唱的、有表演魔术杂耍的、有扮演滑稽小丑的、有打架子鼓和吹萨克斯的，格外惹眼的便数二次元 COSPLAY 展演活动，一个个少男少女，穿着流光溢彩、华丽的装束，呈现出各种活泼可爱的造型，俨然是一道亮丽的风景线。

先前每逢周末从崔教授的"希望之家"出来，如果没有别的安排，宁雪都会带骆辛过来逛玩一圈。这也是她有意对骆辛的一个锻炼，让骆辛有机会接触更多层面的人，让他有机会观察更多人的所思所想所行，当然最主要的是希望这里能带给骆辛放松和快乐。

对这个地方，骆辛显然要比周时好熟悉，他径直走在前面，周时好左顾右盼跟在他身后。不多时，两人在小丑表演的区域前驻足。一个戴着红色礼帽、穿着格子燕尾服、脸上化着五颜六色的油彩妆的表演者，正在给围在身前的孩子们表演铁环魔术，滑稽的动作引起孩子们阵阵哄笑。周时好注意到骆辛眼睛里涌出的一丝笑意，但转瞬便被哀伤取代，他估摸着先前宁雪和骆辛应该经常来此观看小丑表演，于是等到一段表演结束后，小丑表演者稍做休息的时间，周时好拿出手机调出宁雪的照片，举到他眼前。

"见过这个女孩吗？"周时好问。

小丑打量一眼手机，使劲点点头，又比画着指周时好身边的骆辛，似乎在示意照片上的女孩经常和骆辛在一起。

"他是哑巴。"骆辛从旁解释说。

"还记得最后一次见这个女孩是什么时候吗？"周时好又问。

小丑凝神想了想，摆摆手，顿了下，指指骆辛，又摆摆手，紧接着举起一个手指示意着。

"这啥意思？"周时好一脸蒙，扭头看向骆辛。

"他可能想说，具体哪天不记得了，但是他最后见到雪姐的那天，只有雪姐一个人在，我并不在她身边。"骆辛说。

小丑听闻他的解读，使劲点点头，示意骆辛猜对了，然后又做出一个苦瓜脸的模样。

"他这是说宁雪当时情绪不太好的意思吧？"周时好抢先说。

小丑又使劲点点头，示意周时好也猜对了。

骆辛皱皱眉，长叹一口气："看来他说的就是雪姐出事的那天。"

周时好点点头，从手包里掏出一张百元大钞，投到小丑身前的纸盒中，纸盒中原本只有几枚一元钱硬币。

周时好拉着骆辛穿过人群，经过一个古朴风格的大牌坊门进入长街中。没走多远便见街边有一个全玻璃墙装饰的两层楼的餐厅，一二层中间的蓝色墙体上写着餐厅的名字——善缘素食自助餐厅。周时好指餐厅的大门，骆辛点点头，周时好便过去拉开玻璃门走进店里，骆辛也随后跟上。这家店是宁雪和骆辛每次来文汇大道必吃的店，宁雪的微信支付记录表明，出事当晚她也曾在这家店用过餐。

如店名所写，这是一家倡导健康天然的素食自助餐厅，店中菜品丰富，均不含鸡精味素等调料，并使用非转基因的植物油烹制。骆辛最爱千叶豆腐、醋溜丸子，以及香菇饺子，每次来，必吃这三样菜。

先前的调查报告中记录过：出事当天，自傍晚5点41分进到店中，宁雪始终都是一个人郁郁寡欢地吃着食物，中间没和任何人有过交流，直到6点33分离店。既然没什么疑点，周时好也不再多此一举，选好了座位，便和骆辛一道去挑选食物，准备踏实地陪骆辛吃顿饭。

周时好对素食没啥研究，也没啥偏好，反正骆辛拿啥他就吃啥。正吃着，骆辛突然开口说："刚刚那个小丑会说话。"

"什么？"周时好一脸诧异，停下筷子，"你是说他的哑巴是装的？"

"真正的哑巴，咱们问话时他一定会本能地用手语回答，而不是一通乱比画。"骆辛解释说，"其实我第一次看他表演时就看出来了，不过雪姐不让拆穿他，说他应该没什么恶意，可能日子过得很辛苦，通过扮哑博同情，从而获得更多打赏。"

"唉，宁雪这丫头心眼就是好，总是会为别人着想。"周时好叹口气说。

"监控录像有疑点吗？"骆辛问。

"没看出什么。"周时好说，顿了下，扬扬手中的筷子，"快吃吧，吃完咱爷俩喝茶听相声去。"

光顾相声茶馆也是骆辛和宁雪每次行程的保留节目，同样从微信支付记录中获知，出事当晚宁雪也去过那里。距离也不远，就在素食餐厅的斜对面，也是个二层小楼，外表装潢古香古色、朴素典雅，正中间门匾上写着"正阳楼"三个大字。

这正阳楼开了得有20多年了，主人李德兴已年过半百，在金海市曲艺界和文艺圈都算是有一些名号。他膝下有七八个徒弟，平日馆里都是徒弟说，只有周末三个晚上在没有外请商演活动的情形下，他才压轴出场。馆里的演出分下午和晚上两场，晚上这场从7点开始，9点半结束，而但凡李德兴在店里，每场演出前必带着几个得力的徒弟，在门厅处迎接宾客。

周时好好歹也是市刑侦支队副支队长，场面上的活动参与过不少，与李德兴也有过几次交集，勉强算是熟人。而骆辛和宁雪则实实在在是馆里的熟客，尤其宁雪是李德兴的铁粉，有好几次看完演出，她都把骆辛一个人丢到座位上，自己跑到后台索要李德兴的签名；如果有幸和李德兴攀谈一会儿，她会更加兴奋，李德兴对二人自然是有些印象。

周时好带着骆辛一走进正阳楼门厅，便被李德兴一眼认出，把二人拉到一旁无人处，叹息着说："小雪姑娘那事我听说了，多好一孩子，怎么就想不开跳楼了呢？"

"我们从她的微信支付记录中，查到当晚她也到您这来了，您有印象吗？"周时好顺势问。

"抱歉，那天我还真没什么印象见过她，不过忠毅说那天看到过她，先前和你们的人也交代过。"李德兴指着跟在身边的一个男子说。

李德兴口中的忠毅，叫冯忠毅，周时好和骆辛也都认识他，他是李德兴的演出搭档，也就是相声界俗称的"捧哏"。这冯忠毅长相不俗，大高个，浓眉大眼，国字脸，看着就仁义。说话从来都是慢条斯理，一板一眼，有点类似电影《大话西游》中的唐僧说话，相比较那些伶牙俐齿、口若悬河的相声演员，算是台风独特，自成一派，在年青一辈里深受李德兴器重。

"不，不是我，师父您记错了，是吴雨和警察说的。"冯忠毅连连摇手，解释说。

"你看我这记性。"李德兴笑着敲敲脑壳，欠欠身子，冲门厅口正在应酬客人，也是一个身材高大、面相清秀儒雅的年轻人，喊了嗓子，"小雨，来一下，和周队长再说一下那天你看到小雪姑娘的情形。"

107

叫吴雨的年轻人应声而至，冲周时好和骆辛礼貌点头示意一下，不假思索地说道："她那天一个人来的，单独坐在 6 号桌上，点了一壶茉莉花茶和一碟瓜子，我也只是和她打了个照面而已，没深聊过。"

"那一晚上她在演出馆里有没有和什么人接触过或者发生小摩擦？"周时好问。

"不太清楚。"吴雨脸上显出遗憾的表情，"真没特别关注宁雪女士。"

周时好点下头，继而又问："你这馆里怎么会没有安防监控？"

"我们演出时不让录音、不让拍照、不让摄像，手机也都得调成静音，为表示公平，我们也不拍摄观众，所以馆里没有安装监控摄像头，不过门厅这儿倒是有的，先前你们的人来备份过一次，如果您需要可以再帮您拷贝一份。"吴雨说。

这吴雨，也就三十出头的模样，是李德兴的义子，说话大方得体，感觉每说一个字都经过大脑的深思熟虑，显得有一定的城府。无怪年纪轻轻就被李德兴重用，被委以"大内总管"的重任，据说正阳楼里的大事小情、监督演出，乃至演出经纪，都归他管。

周时好不由得深打量他一眼："那不必了。"

周时好说罢冲骆辛扬扬手，示意可以进演出馆里去了。一旁的李德兴会来事，殷勤地冲徒弟嚷嚷说，赶紧给找个好位置，再送一壶上好的老白茶。

进到演出馆，没坐多久，演出便开始了。里面客人不太多，二十张桌子勉强坐到一半。骆辛还坐在老位置——第三排 6 号桌子，没什么特别意义，第一次和宁雪看演出时两人就坐在这里，以后每次来他便都要坐这个位子，所以宁雪总是提前把位子订好。

周时好品了口茶，悄悄打量眼身边的骆辛。只见他痴痴地盯着舞台，双眼似乎有些湿润。从什么也听不懂，需要宁雪一句一句给他解释，到听到笑点能发自内心开怀大笑，到如今对老段子可以倒背如流，这里有太多太多他和宁雪的回忆。并且这里对两人也有着特别的意义，宁雪曾说，她第一次见到骆辛脸上露出笑容，就是在这间相声茶馆里。

周时好这一晚上相声听得实在难受，别桌的客人都被表演逗得哈哈大笑、兴致高昂，唯有他和骆辛这桌沉闷冷场，与馆里热烈的演出气氛格格不入，搞得周时好特别尴尬。散场后走出正阳楼，已经快 10 点了，邪了门了，天空中竟又飘起小雨来。

当日宁雪离开正阳楼大致也是这个时间，随后她便去了浪客酒吧。浪客酒吧在文汇大道的南街上，沿着主街往西走五六分钟，有一个十字路口左转，再经过两个街口，便能看到一栋综合性商业大厦，安装在大厦侧墙的霓虹灯上，闪烁着四个大字——富嘉大厦。大厦共有六层，一到三层主要是精品服饰店，四五层是美食广场，六层是娱乐广场，电影院、健身房、KTV、酒吧等娱乐场所一应俱全，也是近几年金海市人气最旺的夜生活地界，而其中知名度比较高的是一家叫作浪客的酒吧。

浪客酒吧分室内和室外两部分，室内没什么特别，跟大多数酒吧无异，但是从它的侧门往上再走两层，便是一个超大的空中花园酒吧——充满异域风情的装修风格，热情奔放、别具一格，仿佛令人置身于国外，还可以居高临下俯瞰周围的夜景，真是既有格调，又超级浪漫。当然，这说的是先前，眼下天空中正下着淅淅沥沥的小雨，天台上一片黑漆阴冷，吧台和桌椅卡座都蒙着黑色帆布，还有一些装修用料乱七八糟地堆在地上，看起来应该已许久没营业了。天台围墙高约 1 米，中间有一小块区域被警戒线拦着，想必就是宁雪坠楼前所处的位置。

周时好举着伞默默站在警戒线前，骆辛畏高稍稍站在他身后，旁边还跟着一位身材丰满的成熟女性，正是这间酒吧的老板赵小兰。赵小兰非常坦诚地介绍说："这露天酒吧通常都是每年 5 月中旬天气回暖之后才开放，前段时间趁着休息期着手进行升级改造，原本镶嵌在围墙上的玻璃屏风全部被拆掉，不然就算是想跳楼，也没那么容易。关键出事当天，装修师傅走的时候，忘记把天台楼梯口那道门上锁，结果谁也没注意到宁雪怎么就误打误撞上了天台。唉，出了这档子事，我这花园酒吧今年应该是没指望再开了。"

即使玻璃屏风被拆除，天台围墙的高度也应该会到宁雪腰部以上，意味着意外坠楼的可能性不大，如果再未发现与刑事案件相关的证据，那也只能从主动跳楼方向考量。加之调查到的"心理咨询因素""未婚夫出轨因素"，先前调查的结论认定跳楼事件为自杀确实也不为过。

静默了好一阵，雨越下越大，三人便回到酒吧室内。坐在吧台前，周时好要了杯可乐，给骆辛要了杯热水。

"小雪那天来的时候，外面正在下雨，她也没打伞，身上和头发都湿漉漉的，我还给她拿了干毛巾，当时就感觉这丫头有些失魂落魄。"赵小兰分别把可乐和热水放到二人身前说道。

"你跟宁雪很熟？"周时好问。

"对，她和我妹妹是初中同学，小时候经常到家里来玩。"赵小兰给自己倒了杯"蓝方"，"你们公安局不是对她的死都已经定性了吗，怎么现在又开始调查了？"

周时好勉强笑笑，不置可否，继续问："宁雪经常来你这儿消遣？"

"几乎每周末都会来一次。"赵小兰说，"大多数时候都是一个人来，偶尔也带她男朋友程刚过来。"

"出事那天她和你聊过什么吗？"周时好问。

"就简单寒暄几句。"赵小兰举杯轻啜一口，"这丫头每次来话都不多，总喜欢一个人安静地坐在吧台前独饮，不过那天倒看得出她心情不大好，酒喝得有些急，来不长时间就接连要了三杯龙舌兰，比以往也醉得早些。"

"她常喝醉？"一直没开腔的骆辛，突然插话问道。

"对。"赵小兰点点头。

"她离开吧台时大约是几点？"骆辛又问。

"当时来了个熟客，非让我亲自给他调杯鸡尾酒，也就两三分钟的时间，我调好酒，回头便看不到小雪了，然后约莫半个小时之后警察便找上门来了。"赵小兰说。

"那在这段时间里，结账离开的顾客你有印象吗？或者你们这能不能调出一份当时的结账明细？"骆辛问。

赵小兰耸耸肩，摇下头说："我真没注意到那个时候有什么人离开，并且我们这里是点完单即刻结账，给你看报表也帮不了你。"

"你觉得宁雪可能有什么想不开的事情吗？"周时好试着问。

"我怀疑这丫头要么患了那种叫婚前恐惧症的毛病，要么还是她这个婚结得有些不大称心。"赵小兰把酒杯贴在脸颊凝了下神，意味深长地看了骆辛一眼，"那天我逗她说要当新娘子了是不是很幸福，她当时勉强挤出一丝苦笑，脸上表情有些一言难尽。"

"宁雪坠楼之后，你到天台查看时发现什么异样没有？"周时好问。

"她坠楼那会儿我们根本没感觉到，据说差点砸到在路边等客的出租车，是出租车司机报的警，后来警察找上门我才知道小雪出事了，然后我陪警察同志上天台查看，当时上面并没有其他人的影子。"赵小兰说。

"你们这监控……"周时好下意识抬头冲吧台上方打量。

"现在已经可以用了，但那天确实是因为升级改造，原来的线路都剪断了，不过大厦电梯里和外面走廊里的监控没问题，听说你们公安局已经在大厦物业那儿拷贝了录像。"赵小兰抢先道。

"好，你想起什么再给我们打电话吧。"周时好递给赵小兰一张名片。

"你有什么想问的也可以随时给我打电话。"赵小兰回了张名片，瞅了周时好一眼，眼神颇有意味。

周时好起身，扬扬手中的名片，回了个闷骚的眼神。

遵循宁雪坠楼当晚的行动轨迹走了一遭，除了对事件有了更直观的了解，也让周时好和骆辛看到宁雪的不同侧面。其实无论是乐观真诚、积极向上、热爱生活的那个宁雪，还是为了保住婚姻以及家族利益对未婚夫出轨选择隐忍包容的宁雪，又或是那个时常流连酒吧买醉的宁雪，都是真实的宁雪，现实人生中谁又不是有很多副面孔？只是心理医生张家豪所说的，宁雪心底还隐藏着一个秘密，又会是什么呢？

第九章
放学路上

———— ✚

　　连着几天阴雨天，到了周一傍晚总算转晴了。这一整天，周时好带着一大队探员，配合经侦队，顺利捣毁了一处非法制造和贩卖假发票的窝点。几个人灰头土脸，拖着疲惫不堪的身子，从郊区回到队里，天已经擦黑了。刚走进大办公间，便见苗苗小跑着迎上来说正准备给他们打电话，让他们几个赶紧到会议室开会。

　　几个人蔫头耷脑进了会议室，二大队探员已全员到齐坐在里面，周时好还没等张嘴，只见方龄快速摆摆手，示意他们几个赶紧找位置坐。紧接着，方龄从桌上拿起一张照片举在手中，说："案情紧急，我长话短说。这个女孩叫夏晴，12 岁，天河街小学五年级学生，下午放学离校之后失联，距现在已近 3 个小时。目前有这么几个情况：据夏晴母亲说，昨天夜里母女俩因辅导作业的问题发生过争执，母亲气急打了孩子一巴掌，并收走她心爱的平板电脑，她担心孩子有可能因此一时糊涂离家出走；夏晴父亲是做灯具生意的，据他说上午刚刚收了笔货款，是现金 30 万，他担心孩子失联有可能跟这笔货款有关系；另外，从照片上看，孩子发育比较早熟，看上去更像是十五六岁的少女，所以不排除拐卖以及性犯罪可能。总之，局里现在要求咱们支队接管案子，具体还是由一大队主办，二大队负责外围支援，女孩家里我和苗苗来负责，通知技术队准备好追踪定位仪器，以防有索要钱财的电话打来。"

"这才不见 3 个小时，说不定孩子去什么地方玩，一高兴忘了时间，用得着咱们这么大动干戈吗？"张川一脸不耐烦，粗声粗气打断方龄的话，"再说，谁会为那区区 30 万搞绑票？"

"别再像去年乐清市那个案子，为了点家庭琐事母亲把孩子藏起来报案说孩子丢了，浪费警力不说，还把办案人员耍得团团转。"一旁的郑翔也小声嘟哝道。

"事关孩子安危，宁错毋漏。"没想到被当众质疑，方龄脸色稍显不悦，但语气还是保持着冷静。

张川欲再反驳，被周时好使劲瞪了一眼，缩了回去。"儿童失踪事件，越早介入越有利于控制局面，这点还用我教你们？"

方龄扫了眼周时好，继续布置任务："一大队，负责调查女孩父母和亲属的背景资料、学校师生的信息、与灯具生意相关的社会交往，以及排查学校到女孩家沿途的监控；二大队，抽调一部分人手，在女孩家所住的小区外布控，其余人手会同分局和辖区派出所民警，全面排查学校周边的网吧、游戏厅、酒店、出租屋，乃至有性侵前科的刑满释放人员。各大队要保持信息畅通，随时配合支援。另外，航空、铁路、高速公路、长途客运站方面也发了协查通报，以防孩子被偷运出本市。行，就这些情况，我不多浪费时间了，大家行动吧！"

探员们陆陆续续出了会议室，周时好也起身，正待离开，被方龄轻声叫住。周时好以为方龄这是要责成他处理张川和郑翔，赶忙先赔笑说："那啥，经侦那帮人太不懂事了，帮忙办了一天的案子，中午就给了几袋方便面，那地儿还特偏僻，也没热水，只能干嚼。然后好容易把嫌疑人蹲来了，又惊着了，哥几个生生追了二里地才给按倒，川和翔子他们真是又累又饿，脑子一时犯轴，说话冲点，你多担待着。"

"我跟你说，这都是让你惯出的毛病，说风凉话也不看看时候。"方龄翻翻眼珠，白了周时好一眼，随即从桌子底下拎出两大包吃的喝的放到桌上，"拿走，路上吃。"

连夜布控、排查，并未发现夏晴的踪影，进出金海市的各大关口也没有传回消息，其父母双方的亲属、社会交往、夏晴要好的同学，均表示不清楚夏晴的下落，与绑架相关的电话也未打来，母亲张凤英担心孩子安危哭哭啼啼了一整晚，父亲夏建民彻夜未合眼，瞪着布满血丝、红彤彤的双眼，忧心忡忡一遍一遍地翻看着手机。这一晚上，他在微信朋友圈里，发了若干条重金悬赏寻人的信息，悬赏额从最初的5万加码到30万，朋友圈里很多人都帮忙转发，只是目前还未收到一条有用的回复。

背景调查显示：张凤英与夏建民是二婚，5年前两人各自与原配离婚后，重新组成新的家庭。张凤英性情温婉，少与人争，结婚后辞去工作做起专职主妇，一心相夫教子。夏建民在松江路灯具批发市场中经营着一家精品灯具店，平日待人和气，做生意也不斤斤计较，人缘很好，除了爱喝两口，没啥别的坏毛病，尤其他始终把继女夏晴当作亲生女儿看待，对夏晴百般关心照顾，也令旁人交口称赞。另据失踪女孩夏晴的班主任介绍说：夏晴长相乖巧可爱，身材稍胖，在同年龄段中属于发育比较成熟的孩子，可能经历了父母离婚的遭遇，性格也较一般孩子沉稳，平日不多言不多语，在学校能玩到一起的，也就两三个老实巴交的女孩子，学习成绩方面要稍稍差点，但在班级里也算中等。总之，这一家三口，大致看起来都属于人畜无害、不乱招惹是非的那类人。

不过据另一些人说，张凤英其实是小三，是她先抛弃自己的丈夫，然后又硬生生拆散夏建民原先的家庭，最终成功上位。只是警方连夜调查发现，张凤英的前夫目前被公司外派到非洲工作，有一个老母亲在外地和其姐姐生活在一起，而夏建民的前妻也再度组织家庭，目前已怀有身孕，因此这两人一个不具备时间和空间，一个不具备动机，都应该与夏晴的失踪无关。

平日里夏晴4点半放学，大多数时候都是张凤英去接，住所离学校比较近，走路也就用个10来分钟。昨天下午轮到夏晴值日，放学时间延长到5点，结果张凤英接孩子半路上买了点菜，耽搁了5分钟。也就是这5分钟，让她没有接到女儿，甚至可能就此一辈子错过女儿，可以想象张凤英内心会有多么地惶恐和懊丧。

叶小秋这几天心里特别郁闷，那天她一生气自己开车走了，把骆辛扔到双阳村，没承想人家就把案子破了。原本网红主播案她也算参与其中，没功劳也有苦劳，她觉得如果当天她在场的话，肯定会对她往刑侦支队调动的这个事有积极的影响。至于骆辛，她现在还真是打心眼里佩服他的推理能力，也责怪自己为什么放着这么个神人在身边却没有虚心向人家学习，反而接二连三地闹别扭，是很不成熟的表现。同时她也从母亲那里了解到骆辛父亲和自己父亲，以及骆辛和周时好之间的一些故事，心里就更加自责了，所以她决定找个机会和骆辛谈一谈，或者直接点说就是放下脸面给骆辛道个歉。

而骆辛这几天则特别地规矩，也不搭理任何人，从上班到下班大多数时候都待在他的小玻璃房里，除了完成必要的工作，便是看卷宗、看书、看报纸和杂志。科里订阅报刊的预算几乎都给了他，什么早报、晚报、家庭报、经济报、航天杂志、心理学杂志等等各种领域，五花八门的都有，这也是他了解大千世界和芸芸众生的途径之一。当然了，现代人恐怕有一台电脑加上网络，这些报刊上的东西几乎都能看到，只是骆辛对电脑有种本能的抵触：一方面，他觉得电脑确实给工作和人类带来高效和便捷，但却抹杀掉很多做事情过程中的快乐；更主要的，他认为自己的大脑就是一台电脑，你电脑在档案科的什么统计、分类、存储、查询等等之类的功用，我骆辛的大脑一样能完成，所以他和电脑之间属于同行相抵、有你没我的关系。你没看错，他是在和电脑争风吃醋，这放到任何人那里都会觉得荒谬至极，但骆辛还真就是这么想的，所以在整个市局里他也是唯一桌上没有电脑的人。

　　此刻，叶小秋正坐在工位上垂眸出神，心里纠结着是主动到骆辛的小玻璃房里找他谈谈，还是找个机会在什么地方假装不期而遇顺便道个歉，不料一抬头骆辛竟然就站在自己身边，她本能地缩了下身子，皱着眉头说："你怎么总像个猫似的，走路无声无息的。"

　　骆辛没理会她的吐槽，递给她一枚 U 盘："放一下这里面的视频。"

　　叶小秋也渐渐习惯他的做派，没多追问便把 U 盘插入电脑中打开，看到里面有三个视频文件，文件名分别标明"电梯""东走廊""西走廊"，这便是发生宁雪跳楼事件当晚，富嘉大厦电梯里和六楼娱乐广场走廊中的监控录像。

　　按照骆辛的指示，叶小秋开始播放"电梯"监控视频：4 月 27 日 22 点 08 分，宁雪出现在电梯里，跟随她走进电梯的有 2 女 3 男，或许是下雨的缘故，其中 1 女 2 男都戴着运动帽，尤其进来之后直接走到电梯最里面那名戴黑色运动长舌帽的高个男士，帽子外还罩着衣服的兜帽，从视频中看，整张脸是完全被遮挡住的。

　　"东走廊"的监控视频显示：宁雪与同乘电梯的另外 5 人一同在六楼下了电梯，那名戴着兜帽的男士低着头，仍旧看不到脸。换到"西走廊"的视频，除宁雪外，刚刚那拨人中只剩下 1 女 2 男，戴兜帽的男士依然在，依然看不到面庞。浪客酒吧，位于西走廊的尽头，所处的位置距离监控摄像头比较远，不过在视频中依稀能够看到，宁雪和这一拨人相继走进了浪客酒吧。

宁雪系当晚 23 点 40 分许坠楼，出租车司机报警，5 分钟后两辆巡警车赶到，一路负责封锁现场，一路赶到浪客酒吧核查。巡警来到酒吧后，当即封锁酒吧大门，限制宾客出入，宾客只有在登记完身份证和做完笔录之后方能离开。所以，从宁雪坠楼到警察封门这中间的 10 多分钟里，如果有人从浪客酒吧匆匆离开，或许便跟宁雪的死有关，当然前提是她是"被跳楼"的。

按照骆辛的提示，叶小秋将"西走廊"监控视频快进播放到相应时间点：23 点 41 分，一男一女摇摇晃晃搂抱着从浪客酒吧里出来，两人走近监控摄像头，可以看清两人的脸，是一对老外；23 点 43 分，两对男女共 4 人走出浪客酒吧，从摄像头下走过时，看得出都是二十出头的青年；23 点 45 分，一个高个男人，脑袋上戴着黑色运动帽，并在外面罩着衣服兜帽出现在监控视频中，只是他头垂得很低，根本无法看到面庞，这个人也是先前与宁雪一同出现在电梯中，并走进浪客酒吧里的那个男人。叶小秋自作主张，点开"电梯"的监控视频，快进到相应时间点处，却未见高个男人的身影；她又点开"东走廊"的监控视频，这才发现，原来高个男人走了电梯旁的消防通道。

"这人是不是很可疑？"叶小秋定格视频，指着画面中的高个男人说。

"倒回去，找个最近景、最清楚的画面，把这人用手机拍下来。"骆辛说。

叶小秋照办，拿出手机一番摆弄。与此同时，从骆辛裤子口袋中传出一阵电话铃响声，骆辛掏出手机放到耳边接听。十几秒之后，他默默挂掉电话，一抬头却见叶小秋正用无比诧异的眼神盯着他，准确点说是盯着他手中的那部"复古滑盖手机"。

"你这用的是啥古董手机？"叶小秋终于明白不是骆辛不加她微信，是骆辛的手机压根就加不了微信，哭笑不得地说，"哈哈，都啥年代了，您这手机还是滑盖的，够有情怀的。"

骆辛木然地瞅了瞅她，转身回了自己的小玻璃房，不多时背着双肩包又走出来，语气淡淡地冲叶小秋说了句"跟我去趟支队"，说罢便先走出了办公室。

这肯定又有案子了，并且看骆辛这模样似乎也早忘记前几日的不愉快，也不需要她郑重其事地道歉了，叶小秋心里一阵欢呼雀跃。抬头望了一眼程莉，后者会意微微点头，叶小秋便赶紧从包里掏出车钥匙追出门去。

6月4日，上午10点45分，刑侦支队2号审讯室。

方龄亲自上阵，旁边坐着张川，接受讯问的是一名中年模样的男子，长着一张大圆脸，八字眉，小眼睛，再加上地中海式秃顶，看着就很猥琐。

…………

"我承认我用手机拍了那姑娘，又跟了她一小段路，但我真的啥也没干，也没想过要干啥！"中年男子急赤白脸地解释说。

"没想过要做什么，那你干吗跟着人家？"方龄问。

"那小姑娘长得特别带劲，我看着心里舒坦。"中年男子大言不惭地说。

"那女孩还是个小学生，你这么大岁数了，说这话要不要脸？"张川忍不住拍着桌子呵斥道，"你最后跟那孩子跟到哪儿了？"

"就是公园北门出口外面的那条路上，她站在路边的街牌下面来回张望，好像在等什么人，正好那时邻居打电话说'三缺一'，我立马就赶回去了，不信你们可以找我家邻居对质。"中年男子缩着身子，怯怯地望向张川说道。

"路名叫什么？"张川追问。

"天成路。"中年男子未加思索地说道。

…………

里面正审着，骆辛和叶小秋赶到观察室，周时好和郑翔早已候在里面。

"什么案子？"骆辛问。

"一个 12 岁的小女孩，昨天傍晚放学后失联了……"周时好嘴上简单介绍着夏晴失踪的情况，顺手把一份装着案情报告的卷宗夹交给骆辛。

"跟这人有关？"叶小秋指指审讯室里的中年男子问。

"这家伙以前在内衣厂当保安时因强奸厂内女工被判了 5 年刑，住在失踪女孩夏晴就读的小学附近，有群众提供信息说经常看到他在学校背后的公园里，用手机偷拍放学路过的女学生，并且我们查阅监控时也看到他在昨天傍晚尾随夏晴的画面，所以就把他给拘了。"郑翔介绍说，"在他手机里发现很多张女学生的照片，其中也有失踪女孩夏晴的，可这小子只承认尾随过夏晴，而极力否认与夏晴的失踪有关。"

"原来是个强奸犯。"骆辛把目光从案情报告上收回，"哼"了下鼻子，"家里什么情况？"

"和老母亲同住，没有正经工作，靠着老母亲的退休金勉强生活。"郑翔继续介绍说，"在他家只搜到了一些黄色报刊和碟片，没发现与夏晴有关的物件。"

"孩子已经失踪近 15 个小时，目前除了里面这家伙，别的任何线索都没有，市里的领导都在盯着这个案子，帮忙想想法子？"周时好拍拍骆辛的肩膀。

"相关大数据分析表明，国内儿童失踪案件主要集中在两个年龄段：

一个是 3 岁到 5 岁的年龄段，多以出卖牟利为主要动机；另一个是 12 岁到 14 岁的年龄段，该年龄段的失踪儿童以女孩居多，动机则以贩卖为人妻和性侵犯为主，很明显眼下失踪的孩子属于后者。"骆辛语气机械地说，"而针对儿童被诱拐杀害案件的统计表明，失踪在 1 小时之内被杀害的占 44%，在 3 小时内被杀害的占 74%，在 24 小时被杀害的则高达 91%……"

"别科普了行吗？"叶小秋在一旁耐不住性子催促道，"赶紧的吧，这不眼看着快 24 小时了吗？"

"你要做好凶多吉少的准备。"骆辛盯着周时好的眼睛说道，这也是他刚刚一番科普的主要目的，然后又抬手指指叶小秋，"把沿途监控视频发到她手机里。"

"嘿，你这人，什么她她的，我大名叫叶小秋好吧？"叶小秋一脸不忿地说。

第十章
失踪路径

———┼

"6月3日傍晚4点56分，天河街小学正门的移动推拉门缓缓敞开一条缝，夏晴穿着一身蓝白相间运动装，背着双肩背包走出校门，紧接着扭身朝学校西侧方向走去。"

6月4日，中午12点08分。

天河街小学大门口，骆辛和郑翔的视线都聚焦在叶小秋手中的手机屏幕上，里面正播放着夏晴放学后从校园里走出的监控画面。

叶小秋把视线从手机屏幕上收回，说："这孩子比常规值日生放学时间早走了几分钟，并且故意选择与回家路途相反的方向，很明显是离家出走吧？"

"事发前一天晚上她和妈妈闹了点别扭，她妈妈也有这种担心。"郑翔接话说。

骆辛轻摇摇头，若有所思道："这女孩走出校门，未做任何张望动作，向西侧方向走得很自然，连头也没回一个，这不符合她个人的常规意识，除非她很清楚地知道妈妈不会出现。"

"你是说母女俩合谋？"叶小秋诧异道，"为什么啊？"

"仅凭这一点还不能判定。"骆辛道，"走吧，去公园看看。"

骆辛口中的公园便是天河公园，位于天河街小学的后身，与天河街小学毗邻，是一个供周边居民健身休闲的开放式公园。整个公园被一圈塑胶跑道包围着，两边有林林总总的花草树木，中间有一个方方正正的小广场，里面设有羽毛球网、篮球架、单双杠等运动器材，除了东侧被一组铁栅栏墙封闭着，西向、南向、北向，均有一个出入口。

叶小秋手机中播放的沿途监控视频显示：夏晴从学校正门出来，绕道至学校后身的天河公园中，然后斜穿过公园广场，直至由北门出了公园，此后便从监控中消失。

顺着上面的路径，三人也来到公园北门外。北门外，有一条东向封闭的马路，路边街牌上写着三个大字"天成路"。这天成路仅有一进一出两排车道，周边分布着几栋低矮老旧的居民楼，一些住户的车随意停靠在街边，整条马路显得非常拥挤，关键是这一片区域内并没有架设安防监控，也因此导致夏晴脱离了所有人的视线。

从离开学校，到行至公园北门外失去踪影，夏晴只用了短短的八九分钟，并且视频中她步伐坚定，方向明确，随后又恰巧消失在无监控区域内，越发地让骆辛觉得整个事件有很强的设计感。如果真如"猥琐中年男子"所目击到的那样，夏晴当时站在路边似乎是在等什么人，那么她等的人会是谁？资料中显示夏晴在学校里一贯老实本分，从未与校外不三不四的人有过接触，而且她没有手机，无论她等的是谁，他们是如何认识的，他们是通过何种渠道建立联系的？

"这周围的房子，都是原来橡塑机厂的家属楼，建造年份据说得有40多年，现在大多数原住户都搬走了，剩下的主要是一些老人家和外地来咱们金海务工的租客，人员成分比较复杂，所以一开始这里就是我们重点排查的区域之一。"见骆辛站在街牌下左顾右盼，似乎也有些茫然，郑翔一脸沮丧地说，"我们和辖区派出所民警，连夜把这里每一栋楼都摸排过一遍，结果就抓了刚刚在审讯室里的那个前科犯，没发现任何与夏晴有关的其他线索。"

"这不该查的都查了，咱们现在岂不在做无用功？"叶小秋接话说。

"那倒不一定，办案不怕举一反三，就是眼下不知道该从哪儿寻找突破口。"郑翔用十分老成的语气说。

郑翔话音刚落，只见一直默默四下打量的骆辛，幕地缓缓举起右手，冲着马路斜对面一辆白色轿车指了指，紧接着迈步向白色轿车走过去。叶小秋和郑翔不明所以，但也快步跟上。很快两人就明白了骆辛那一指的含义，原来在白色轿车内的中央后视镜旁，用吸盘器吊着一个小屏行车记录仪，并且正显示着实时监控的画面，显然这是一个带有停车监控功能的行车记录仪。

三人一阵兴奋，随即郑翔又在轿车前挡风玻璃下沿处，看到司机留的挪车电话，赶忙掏出手机拨打过去。

10多分钟后，一个瘦高个的小伙子一路小跑着过来，气喘吁吁地问："咋了，我的行车记录仪咋了？"

郑翔亮明身份，反问道："昨天傍晚五六点钟你的车停在这儿吗？"

"是啊，我住附近，是做网约车的，这两天感冒没拉活，车一直没动地方。"小伙子说。

"我们想借用一下你这记录仪里的存储卡可以吗？"叶小秋着急地说。

"噢，是不是跟昨晚失踪的那个小女孩有关？"小伙子显然昨夜被询问过，双手一拍，情绪亢奋地说，"说不定我还真能帮上你们的忙，我这个记录仪是双摄像头大广角录像的，只要那小女孩从这经过，前后左右都能拍到。"

小伙子说着话，掏出钥匙打开车门，迅速把身子探进车里，三下五除二从记录仪上拆下存储卡，反身出来，把卡交到郑翔手里，解释说："这条路是死胡同，掉头、挪车啥的时不时会发生一些小剐蹭，关键有个别不讲究的司机剐完就跑了，我女朋友就给我买了这么个玩意装上，没想到还真派上大用场了。"

"行，谢了，我们用完会第一时间还给你的。"郑翔把存储卡攥在手中说。

"没事，不急。"小伙子明事理地说。

探完夏晴的失踪路径，郑翔赶着回队里调看监控录像，先打车走了，骆辛和叶小秋则又在天成路附近转了转，随后原路返回，钻进停在学校门口的车里，接着便是去夏晴家中一探虚实。

夏晴家所在的小区距离天河小学不远，行车只用了三四分钟。小区是封闭小区，除了业主的车，其余的车不让进，叶小秋便在门前找个空位把车停好。进小区时还需要登记，两人不想节外生枝，老老实实登了记。进了小区，找到夏晴家所在的楼栋，本来还有一道门禁，正巧有住户进入，两人也省得按门铃跟随着进了楼里。乘着电梯到夏晴家门前，还未等两人敲门，门却先被推开了，苗苗嘴边浮着一丝狡黠的笑容站在门里，估计是外围布控人员早已把两人进入小区的消息传了进来。

苗苗把两人让进客厅，里面除了表情严肃、抱着膀子站在客厅中央的方龄，还有一名技术队的警员坐在沙发上盯着追踪器出神，但却未看到夏晴父母的身影。见骆辛一脸疑惑，苗苗赶紧解释说夏晴的母亲哭了一整夜，身子有些顶不住，这会儿正在卧室休息；夏晴继父有高血压的毛病，加上熬夜和焦虑，早晨上洗手间时突发眩晕摔了个跟头，被120

125

急救车拉到市中心医院去了。刚刚传回消息说问题不大，打几个点滴留院观察一段时间就能出院。

房子是三居室的，装修很不错。与南卧室相对的房间里贴着粉色墙纸，窗帘也是粉色的，靠窗摆着一张单人木床，床头枕边坐着一个毛绒兔子公仔，床头上方贴着一张明星海报，靠近房门这一侧墙边，摆着一组集书桌、书架、衣柜于一体的乳白色家具，如此这番布置不难看出，这便是失踪女孩夏晴的房间。

骆辛和叶小秋走进夏晴的房间。骆辛瞅了眼墙上的明星海报，不经意似的问了句这是谁啊，叶小秋回说是最近很红的一位男明星叫潘月明，还夸了句潘月明真的好帅，骆辛撇撇嘴一脸不屑，然后便把注意力放到夏晴的书桌和书架上。

骆辛拉开书桌抽屉，里面塞得很满，但各种物件摆放得整整齐齐，尤以大大小小、花花绿绿的日记本居多。骆辛逐一翻开日记本，里面并没有文字，均是空空如也，看来夏晴只是有收集小日记本的爱好，却没有写日记的习惯。

关上抽屉，骆辛抬头，书架上也摆得很满，同样也码放得十分整齐。有既往用过的教材、各种门类的辅导书，还有漫画书和故事书，只是当骆辛仔细一打量书脊上的名字，便发现夏晴在看书方面的兴趣和爱好与别的孩子明显不同。这孩子喜欢看探案类的书籍。书架上除了一些小学生必读课外故事书籍，其余的尽是如神探柯南、福尔摩斯探案集青少版、阿加莎少年侦探所、神探狄仁杰等带有侦探色彩的书籍，甚至也不乏成人类的侦探书籍。骆辛开始觉得有点意思了，只是这意味着什么，他一时还不想点破。

骆辛正凝神，便听到叶小秋轻声发出一声感叹："这孩子还真是特别喜欢潘月明，这本书差不多都翻烂了！"原来叶小秋从夏晴睡床的枕头下面，摸到一本潘月明主演的探案剧同名小说，书页都已经被翻得很旧了。

叶小秋把书举在手上冲骆辛挥挥，突然从书中滑出一张卡片落到地上，她赶忙捡起，发现是一张潘月明的明星照，上面还有用黑色水性笔签的名字。

叶小秋又把照片冲骆辛扬扬："这孩子对这张签名照这么宝贝，估计是潘月明的亲笔签名。"

骆辛微微皱眉："这就说明夏晴失踪，并非有预谋的离家出走。"

"对啊，她这么爱潘月明，若是离家出走肯定得带上他啊！"叶小秋摇着手中的签名照说，顿了下，自言自语道，"如果不是离家出走，又没有绑架电话，这孩子失踪到底是因为什么呢？"

"走，去找孩子妈妈聊聊。"骆辛冲北卧室房门指了指。

"你觉得她妈妈有嫌疑？"叶小秋压低声音问。

"不是她有没有嫌疑的问题，是确实存在这样的几率。"骆辛大脑又开启调取存储模式，也不介意被张凤英听到，大大方方地说，"新中国成立以来，咱们金海市共发生过279起儿童失踪案件，其中53%系陌生人犯罪，39%涉及朋友或熟人犯罪，9%涉及家庭成员和密友犯罪，所以理应对她进行询问。"

骆辛话音落下，人已经出了夏晴的房间，但是刚迈了没几步，突然又停住脚步，想了想，临时改主意，转身走到客厅中，冲苗苗伸出手说："夏晴的平板电脑呢？"

"噢，在我这里。"坐在长条沙发上的技术队警员，从手边拿起平板电脑递向骆辛，"里面检查过了，没发现什么问题。"

骆辛点点头，接过平板电脑，顺手转交给身边的叶小秋。叶小秋明白他是想让她看看平板电脑上有没有被动过手脚，不过她脑袋里一点思路也没有，技术队的人都检查过说没问题了，她又能检查出什么花样来，便眼神茫然地看向骆辛。可骆辛这会儿已经不搭理她了，而是又冲向苗苗说："把那女孩的妈妈叫出来。"

苗苗愣了愣，不敢擅自做主，抬眼瞅向一直冷眼旁观未发一言的方龄。方龄微微点头，表示同意。苗苗便走到北卧室门口，敲敲门，隔着门语气温和地说道："张女士，麻烦您出来一下，我们想跟您再核实一些细节问题。"

静默好一阵，屋内隐隐约约传出一声"好"，磨磨蹭蹭五六分钟，门才被从里面拉开，一个面容憔悴、脸颊挂满泪痕的女人，穿着一身粉色半袖棉质家居服，慢吞吞从北卧室中走出来。眼瞅着张凤英身子有些打晃，苗苗赶紧把她扶到长条沙发上坐下。

而就在苗苗伸手的一刹那，张凤英有个似乎是本能地抬臂遮挡动作。虽然动作微小、时间短暂，但却没有逃过骆辛的眼睛——当一个人抬手冲你挥起巴掌，你能够在第一时间做出遮挡动作，并且这一动作已经成为一种下意识的应激动作，说明什么？说明要么经过专业训练，要么经常性地遭受虐打，莫非这张凤英长期被"家暴"？

骆辛从餐桌旁拉过一把靠背椅，隔着茶几坐到张凤英对面，眼睛直直盯在她的脸上。张凤英默然垂眸，身子斜靠着沙发扶手，双手抱在胸前，右手略显局促地捻着左边的睡衣袖子，并不理会众人的目光，看上去有些万念俱灰的感觉。

默默打量片刻，骆辛问道："平板电脑平时谁在用？"

"平时白天我在家待着没事，用它上网看些影视剧打发时间，晴儿放学回来便归她使用，主要是上面有一些学校要求用的阅读和作业软件，再有晴儿每天晚上都要听平板电脑放的有声故事才能睡着，所以前天晚上我把她的平板电脑没收后她特别生气。"张凤英语气缓慢，有气无力地说。

"喜欢看什么类型的影视剧？"骆辛似乎是随口一问，目光却变得锐利起来，"推理、探案类的你很喜欢吧？我看到你女儿书架上有很多侦探类书籍，一个涉世未深的小女孩对那些小说感兴趣，想必是受到大人的影响吧？"

"各种类型的都有。"张凤英抬手将散落在耳边的头发挽至耳后，稍微扬了下声音说，"当然，破案的也会看看。"

骆辛扭头看向叶小秋，叶小秋知道轮到自己发声了。其实随着骆辛的问话，她这会儿已经找到思路，正飞快在平板电脑屏幕上滑动着手指，少顷，一脸严肃冲张凤英说道："如果你说的是真话，那我有些纳闷了，你这平板电脑中所有的影视播放软件我刚刚都检查过，里面的播放记录被清除得干干净净，而且我还发现了几款成人类社交软件的卸载残留文件，你知道这会给我一种什么感受吗？会让我觉得你事先做好准备，想到我们会检查你的电脑，还会让我觉得，你不愿意让我们知道你看过什么样的影视剧。"

"你，你说这话是什么意思？"张凤英猛一抬头，瞪大眼睛说。

"是担心我们怀疑你从那些探案剧集中学到犯罪技巧吗？"叶小秋开始找到些感觉了，追问道。

张凤英正欲狡辩，骆辛突然冷笑一声，嘴角露出一丝轻蔑，语气直白地说道："你看了那么多影视剧，想必对演员表演也略知一二，你觉得你刚刚表现出的情绪对头吗？仅仅过了一夜而已，没有一个母亲会在这个时候选择灰心放弃，你现在应该非常急迫地追问我，你女儿到底在哪儿，我们的寻找工作有没有进展才对。"

"对，对啊，你们，你们有线索了没？"张凤英眨眨眼睛，似乎如梦初醒，呜咽着说，"我的晴儿到底去哪儿了？"

"我认为你知道。"骆辛有点针锋相对的意思。

"你，你这是污蔑，我干吗要把孩子弄失踪？"张凤英放声大哭，情绪骤然激动起来，扭头冲向方龄嚷道，"你是领导，你，你们的警官说话怎么能这么不负责任？我的孩子丢了，你们找不到，竟然把脏水往我身上泼，还让不让人活了?!"

"不好意思，不好意思，您别激动……"方龄其实心里对骆辛和叶小秋也有些看法，觉得他们的问话方式有预设立场之嫌，但是她不愿与骆辛正面较劲，便冲苗苗使了个眼色。

苗苗赶忙出来打圆场，一边安慰张凤英，一边沉声呵斥骆辛道："是啊，您别激动。小辛，别说些没根据的话！"

"你是不是长期遭受着你丈夫对你的家暴？"骆辛并不理睬张凤英的东拉西扯，依然按照自己的思路问道。

一听"家暴"两个字，张凤英顿时愣住了，在场的其他人也霎时安静下来，而就在这时门外响起一阵急促的敲门声。

话说先前郑翔拿了行车记录仪的存储卡急三火四赶回队里，在电脑上把里面的监控视频播放出来，恰好周时好和张川也从外面回来，三人便一起围在电脑前观看。

监控画面显示：……6月3日，17点05分，穿着一身校服背着双肩包的夏晴，出现在天成路的街牌下面，17点08分，一辆灰色轿车自西向东驶来，缓缓停靠在夏晴身前，夏晴冲车里打量一眼，紧接着拉开副驾驶一侧的车门坐进车里，随后灰色轿车掉转车头，驶离天成路……

正如开网约车那小伙子所说，他的行车记录仪果然拍到了夏晴的身影，并且也拍到接走夏晴的那辆灰色轿车的车标和车牌——是一辆国产

"吉祥"轿车，车牌号为"宁BL2498"，不过由于司机放下了遮光板，没能拍到司机的模样。另外，从夏晴的反应上看，她与开车的司机似乎是相熟的关系。

这可以说是一个重大发现。周时好即刻吩咐张川再去趟天河公园的管理处，把事发前几日乃至一周之内公园中的监控视频，细致筛查一遍，如果夏晴失踪真是一次有预谋的事件，那么驾驶那辆灰色轿车的司机，很有可能事先去公园附近踩过点，或许被公园中的监控拍到也不一定。而他和郑翔则需要立马赶去车管所，落实灰色吉祥轿车的车主信息。

一刻钟之后，两人在车管所里如愿拿到车辆注册信息，原本推测有可能是套牌车辆，但事实上注册信息和嫌疑车辆是能对得上号的。车辆登记在一个名叫刘愈深的男子名下，该男子是外省人，但车是5年前在金海买的，登记的手机号码为151×××××××8，随后，车管所又帮忙调出刘愈深的驾驶证信息，看到驾驶证信息中有照片，周时好便让车管所的同志帮忙复印一份。

以免打草惊蛇，周时好把车主手机号码发给技术队请求定位。很快技术队传回消息，该手机目前是开机状态，活动位置在西城区黄明街道181号2-1号。周时好和郑翔立刻驱车前往，到了之后发现是一间临街的小饭店。

此时虽已过了中午饭点，小饭店里的客人还是很多，基本没有空桌，看起来生意相当不错。周时好和郑翔装作找位置，晃晃悠悠在酒桌之间穿行，视线则在各个食客脸上逐一掠过，只是一番打量之后，并未发现与驾驶证照片相像之人。这时候有服务员迎上来，给二人引位，周时好便试探着说想找一下刘愈深。服务员立刻回说刘愈深是他们的老板，因为有个厨师临时请假，这会儿他正在后厨帮着大厨打下手。周时好便让服务员帮忙把老板叫出来。

不多时，一个胖墩墩、一脸油腻的男人，从吧台侧面的一个门钻出来，一边用毛巾擦着手，一边大大咧咧地说："是您二位找我？有啥事吗？"

"你是刘愈深？"周时好用确认的语气问道。

"对，是我。"高个中年男人点头说。

"我们是刑侦支队的。"郑翔亮出证件的同时，用身子挡在刘愈深身前，以防他突然逃窜，"'宁BL2498'的吉祥车是你的车吧？"

"原来是我的，但早几个月前卖给我一个同乡了，这阵子她忙我也忙，一直没时间过户。"刘愈深干脆地说。

"你那同乡叫什么？做什么的？住在哪里？"周时好一连串地问道。

"叫梁霜，是个女的，在一家物流公司做快递员，住在哪里我还真不知道。"刘愈深咂了下嘴，解释说，"这梁霜和她男人先前是做海鲜批发生意的，我这饭店的海鲜原来都是从她家进货，生意本来干得挺好，谁承想去年她男人和一个朋友合作搞财务公司，做什么P2P贷款生意，结果生意赔了不说还欠了一屁股债，房子、车啥的能卖的都卖了还账，现在应该是在什么地方租房子住。"

"她在哪个快递公司？"郑翔问。

"不清楚。"刘愈深说。

"有她手机号码或者照片吗？"周时好问。

"有，都有。"刘愈深从屁股兜里掏出手机，摆弄一番，念出一个手机号码，然后又把手机屏幕冲向周时好，"年前我们几个同乡搞了一次聚会，梁霜也参加了，这是当时照的照片，那个留短头发穿花毛衣的就是她。"

周时好把手机接过来，看到屏幕上显示着一张十来个人的合照，按刘愈深提示的特征，看到梁霜站在前排偏左的位置。周时好把食指和中指搭在屏幕上，想把梁霜的面部放大，可动作刚做到一半却突然停住了。

照片中紧挨着梁霜，站在前排最左侧的也是一位女士，周时好仔细这么一打量，竟有些似曾相识，他把手机屏幕举到郑翔眼前，迟疑着说："看看梁霜旁边那女的，是不是夏晴的妈妈张凤英？"

"有一点像。"郑翔有些咬不准地说。

"对，是叫张凤英。"二人正踌躇着，刘愈深插话给出肯定答案。

"她也是你们老乡？"周时好挑着双眉说。

"我其实和她不熟，是梁霜带她来的，据说小时候两人做了多年的邻居，还一起上了几年小学，不过那张凤英全家很早就搬到金海来了。"刘愈深说。

周时好点点头，把手机还给刘愈深，又掏出自己的手机，让刘愈深加一下他的微信，然后把那张合照发给他。两人一同摆弄手机，很快合照传到周时好手机上，他看了眼，顺口问道："对了，你有梁霜的微信是吧，她这两天在朋友圈里发没发什么信息？"

"没发。"刘愈深干脆地摇摇头，"我闲着没事经常刷朋友圈，她要是发了我肯定能看到，对了，梁霜到底出啥事了？"刘愈深话到末尾，一脸关切地问。

周时好笑笑，不解释，挥挥手说："行，你忙吧，不打扰你做生意了。"

出了小饭店，周时好试着拨打梁霜的手机，不出所料手机中传来对方已关机的提示音。梁霜缺钱，与张凤英相熟，知道她的家庭经济环境很好，所驾驶的车辆与嫌疑车辆也相符，夏晴失踪之后，张凤英夫妇俩都在微信朋友圈中发过好多条寻找孩子的信息，作为张凤英好朋友的梁霜不可能看不到，但她却并未帮忙转发，说明她心里有鬼，综合起来看夏晴的失踪大概率与梁霜有关。

周时好正和郑翔讨论梁霜的嫌疑，握在手中的手机响起铃声。接听，是张川打来的。张川在电话里说在天河公园的监控录像中发现上周四上午，有一个女的在公园里晃悠半天，行迹很可疑，这女的在公园的几个出口都留下身影，或许就像周时好说的那样，是来踩点的。

周时好挂掉电话之后，即刻收到一条微信，是张川把用手机翻拍的可疑女子的照片发给了他，周时好定睛一看，照片中的女子正是梁霜。

"川，去失踪女孩家会合。"周时好给张川发了条语音微信。

6月4日，下午2点35分。

在夏晴家，骆辛正与张凤英紧张对峙，从门外传来一阵急促的敲门声。苗苗快步走到门口把门打开，便看到周时好带着张川和郑翔站在门外。

周时好进了房里，冲方龄点点头打个招呼，随即径直走到张凤英身前，拿出手机调出同乡会的合照，举到她眼前，语气笃定地说道："照片中站在你旁边的梁霜你认识吧，我们怀疑是她诱拐了你的女儿，你知道她住在哪里吗？"

张凤英蓦地僵住身子，神情惶恐地盯着手机屏幕上的照片，脸色更加惨白，也许是太过震惊了，一时竟也说不出话来。

"如果你知道嫌疑人家的地址最好快点说出来，晚一分钟，你女儿就会多一分危险。"看周时好的架势，方龄估计应该是错不了，便跟着向张凤英提示道。

"她……她……"张凤英吞吞吐吐说不出个所以然来，抬头看看周时好，又看看骆辛，双眼快速地眨着，像是在权衡什么，须臾缓缓垂下头，嗫嚅着轻声说道，"不，不是诱拐，是我求梁霜帮忙把孩子带走的。"

"真是你一手策划的？"方龄一脸震惊，厉声质问道，"为什么？"

"我，我……"张凤英手捂着嘴呜咽着又说不下去了。

方龄正欲再追问，被周时好挥手拦住，方龄狠狠瞪了他一眼，走到一旁拿出手机打给马局，汇报起这边最新得到的线索。

屋内一阵静默，众人的目光齐刷刷盯着张凤英，等着张凤英把情绪稳定下来，然后道出事情的原委。

两三分钟之后，张凤英伸手从纸巾盒中抽出两张纸巾，擦干脸上的泪痕。随即抬起头，眼神木然，缓缓将两边的睡衣袖子挽至肩头上。随之裸露出来的两侧上臂上，竟分布着若干个紫色的圆斑。紧接着她从沙发上站起，转过身，撩起上衣，露出后背，一道道紫色长条瘀痕，纵横交错映入众人眼帘。

"肩膀上的疤痕是我丈夫夏建民用烟头烫的，后背的伤是他用皮带抽的。"张凤英整理好衣服，坐回沙发上，以一种异常平静的语气说，"我和夏建民原本是一个单位的同事，也是恋人关系，后来他辞职下海做生意，生活开始变得不稳定，他经常到外地出差，我们俩的隔阂渐渐多了起来，争执也越来越多，最终我提出分手。几年后我们各自结婚，便没再联系过。大概 5 年前，我到灯具市场买灯，偶然进了他的店，彼此留了电话，加了微信。

"我们的上一段婚姻都不尽如人意，再次重逢后觉得是老天爷给予我们重新来过的机会，所以冲破层层阻隔，又重新走到一起。在我成为这间房子的女主人之后，有那么一刻，我觉得自己的婚姻和人生都已经很圆满，但其实只是我的自作多情罢了。我不知道分开这么多年夏建民经历了什么，让他性情大变，又或者是当年我们分手时给他造成很深的心灵创伤，原本这段婚姻便是他对我的报复，以至于结婚没多久他便一层层撕下伪善的面具，逐渐暴露出恶毒和残暴的一面。他在所有人乃至我女儿面前，都是一副谦谦君子的模样，但脱离人们视线之后，便使用各种手段对我极尽折磨……"

"你为什么不和他离婚啊？"叶小秋忍不住插话说。

"离婚？哪儿会像你说的这么轻巧？"张凤英斜了她一眼，冷笑一声，"我抛弃原先的家庭，拆散夏建民的婚姻，辞掉工作，不顾所有家人和朋友的劝阻，才和夏建民重新走到一起，你觉得我离得起这个婚吗？就算我想离，夏建民又能放过我吗？我不是没反抗过，不是没想过要离开他，可是每当我表现出一点点这样的苗头时，他便丧心病狂地拿把刀架在我脖子上，威胁说要是敢离开他就杀了我和女儿。"

"既然无心改变现状，为什么要策划孩子失踪事件？"方龄追问道。

"不是不想改变，是先前很茫然，不知道怎么改变，直到去年年末我逛商场时，遇见近 30 年未见过面的梁霜，我开始有了一些想法。"提到梁霜，张凤英脸上充满感激，"我出生在龙江市，和梁霜是邻居，儿时我们是形影不离的好伙伴，小学也在同一个班级，10 岁那年父亲调动工作举家搬来金海，我们才逐渐断了联系。在商场重逢之后，我们时常会见面聊天，我告诉了她我的处境，她极力劝我离开夏建民，也愿意尽一切努力帮我，而且有利的是夏建民并不知道梁霜的存在，于是我开始认真想这个问题。当然，前提是不能让晴儿受到任何伤害，所以我计划着让晴儿去梁霜家待几天，然后报警说孩子丢了，等风声不那么紧了，再让梁霜偷偷把孩子送到龙江她父母那儿住一段时间。孩子走了，我便没有后顾之忧，就算夏建民杀了我，我也要把这个婚离了。"

"为什么选在昨天实施计划？"骆辛突然发问。

张凤英愣了一下，眨眨眼睛："也没什么特别选定，反正只要是晴儿上学的日子就行。"

"孩子知道你的计划吗？"方龄问。

"她不知道。"张凤英嘴角边泛起一丝苦笑，"小孩子好骗，我跟她说要考验下爸爸对我们重不重视，让她去梁阿姨家住几天，看看爸爸会不会努力找她。"

"行了，别浪费时间了，去换件衣服，你来带路，咱们现在去见孩子。"周时好冲张凤英招招手说。

张凤英听了周时好的话，去卧室换下家居服，又去洗手间洗了把脸，便带着众人离开家前往梁霜的住处。但是出了门，上了车，周时好才发现骆辛和叶小秋并没有跟来，而是留在了张凤英家中。不知道骆辛又要作什么妖？周时好拿起电话，想想又放下，冲张凤英家外窗瞥了一眼，发动车子，驶了出去。

对长期遭受家庭暴力伤害的人来说，最显著的人格特征便是低自尊。而低自尊必然会导致不自信，主动贬低自我价值，总觉得自己一无是处，若是离开施暴者便无法生存，于是对施暴者产生一种近乎病态的依赖。这样的人会因为他人的一点点开导而幡然醒悟吗？骆辛认为不会那么容易。并且，张凤英为了与夏建民结婚付出巨大代价，她舍得就这么放弃所有吗？一定还有什么别的刺激性事件，才会让她做出如此极端的行径。挖掘更深层次的动机，就是骆辛留下来的目的。

前面说过张凤英家住的是三居室的房子，除了南北两个卧室，靠近门口玄关处还有一间书房。书房是中式风格装修，书柜、写字桌、茶桌都是棕色的，充斥着古朴气息，书柜中摆满装订精美的书籍，略一打量主要的都是中外名著，茶桌背后的墙上还悬挂着一幅水墨山水画，更加凸显出书房中的文化氛围。在骆辛看来，这样的书房倒是也符合夏建民的人设，一般现实中的斯文败类，都特别愿意装文化人。

骆辛冲写字桌努努嘴，示意叶小秋把放在写字桌上的笔记本电脑打开查查。叶小秋照做，但开机之后发现进入系统需要密码。她便从裤兜里掏出一个钥匙扣，上面除了拴着她的车钥匙，还拴着一枚 U 盘。她把 U 盘插进电脑，重启电脑，双手熟练地敲击着键盘，很快便破解密码，进入电脑主界面中。

"咱们要找什么？"叶小秋偏着头看向骆辛，然后紧跟着自问自答道，"查看浏览历史、图片、文件、隐藏文件，是这些吗？"

"对。"骆辛一边神情平淡地回应着，一边在书房中四处打量。

……好一阵子，二人各司其职。骆辛在书房、张凤英夫妇卧室，乃至整个房子里试着寻找可疑之处，叶小秋则耐心地在电脑中翻找线索，而当叶小秋在一个标着字母"E"的磁盘中，发现多个隐藏的文件夹之后，脸上的表情逐渐由轻松变得凝重起来……

下午3点20分，张凤英指路，将周时好等人带至市区边缘的顺发小区，这是一个非常破旧的居民住宅区，说是梁霜的丈夫生意失败之后，4个月前夫妻俩在这个小区租了一套房子住。

张凤英引着一众警员来到出租房门前，敲了好一阵子门，房里没有任何回应。拨打梁霜手机，依然关机。周时好直觉事情有可能出了意外，便和方龄商量一下，随后下令撬门而入。

张川亲自上手，三下五除二便轻松将破旧的铁皮防盗门撬开。一众警员涌进两居室的房内，但里面并未见到梁霜与夏晴的身影，只是在其中一间卧室的地面上，发现一堆摔碎的玻璃碴子，和一大摊鲜红刺目的血迹……

第十一章
峰回路转

——————十

　　夏晴与梁霜踪影全无，出租房内留下一摊血迹，显然事件复杂化了，事件走向也脱离了原先的计划，张凤英一时情绪失控，当众捶胸顿足，号啕大哭起来。

　　警方这边眼下首先要确认地上的血迹是谁留下的，是夏晴？是梁霜？还是其他什么人的？在出租房的卫生间中，法医沈春华收集了梳子上的毛发，并带走梁霜和她丈夫的牙刷，对比地上的血迹检材，申请加快DNA鉴定，估计两三个小时后便会出结果。

　　而如果说先前夏晴是假失踪，那么眼下她应该是真真切切被掳走了，并且梁霜和她的吉祥轿车也一同消失，那么梁霜在这其中会扮演着什么样的角色呢？先前掌握的信息表明梁霜的丈夫欠有巨额外债，两口子非常缺钱，有没有可能一开始她是真心帮助张凤英收留孩子，但当她看到张凤英与夏建民发的重金悬赏微信后，见钱起意，改主意想把这笔钱讹下来呢？尤其夏建民在悬赏微信中明确表示，任何人不管是出于什么目的把孩子带走，只要把孩子还回来，便可以领取30万现金赏金，并保证不追究任何责任。这等于暗示说：即使是有人绑架了孩子，只要把孩子还回来，他不仅会付一笔钱，而且绝不会报警。从某种程度上看，这应该会对缺钱的梁霜形成一种推动力，怂恿她背信弃义。对了，还有她丈夫，目前也去向不明，他有没有参与其中呢？又或者是二人合谋而为？

如果真是这样，梁霜夫妇或许会通过某种方式联系夏建民。说起夏建民，众人才发觉好像这大半天有些忽略他了，周时好让张川赶紧打电话探探口风。结果电话拨通后，夏建民在电话那头表示他还在医院，并没有任何人和他联系过。张川担心他受刺激加重病情，便没有将案件进展情况如实相告，只是说还在尽力寻找孩子，并嘱咐他如果有人联系他，要第一时间联系警方。

接下来，便是围绕梁霜夫妇，全力展开调查：包括背景信息调查、社会关系排查、调阅车辆交通监控信息，以及对二人住所附近邻居的走访询问。

据张凤英介绍说：梁霜从老家来金海打拼有10多年了，她男朋友叫黄凯，两人在一起7年，不过男方的家庭嫌弃梁霜是外地的，死活不同意两人的婚事，他们便一直没领证。梁霜目前在东风快递西城区分部做快递员。至于黄凯，张凤英只闻其名没见过本人，梁霜当着张凤英的面也很少提他，只知道他是金海本地人，先前做生意赔了很多钱，公司解散了，目前没有正当职业，其余的便不大清楚。

通过调阅户籍信息，获取到黄凯的手机号码，但是拨打之后，也显示关机。同时通过户籍信息，又联系到黄凯的母亲和姐姐，二人均表示很长时间没见过黄凯，不知道他有可能去哪儿，也不清楚他平时都和什么人来往。

梁霜夫妇住的出租房楼下，住着一对外来务工的小夫妻，女的在市场里卖煎饼馃子，男的在一家物业公司当保安。今天男的轮休，正好待在家里。

"楼上住的那对男女你今天见过吗？"负责外围走访的张川，敲开楼下邻居家的门问道。

"噢，你是说梁霜和黄凯？倒是确实见过黄凯。"男邻居不假思索地说，"今早大概6点，我送媳妇出摊，在楼栋口正好碰到他从外面回来，一张脸丧里丧气的，估计又是打了一宿麻将打输了。"

"你和他们很熟？"张川接着问。

"也不是，偶尔在楼下闲坐着聊了几回天。"男邻居说。

"他经常参与赌博？"站在张川旁边的郑翔问。

"是啊，也没个正经工作，整天游手好闲，要么喝酒，要么打麻将，喝醉了、赌输了回家就打老婆，来了没几个月，在我们这楼里就出名了。"男邻居撇下嘴，语带不屑地说，"据说他打麻将输多赢少，在麻将馆欠了好多人的钱，还有他以前做生意也欠了不少外债，时不时有债主找上门要债，我要是女的一天也跟他过不下去。"

"昨天你见过梁霜吗？"郑翔问，"看没看到她领一个小女孩回家？"

"没见过，怎么，她出事了吗？"男邻居反问一句，紧跟着一脸愤愤不平地说，"要是梁霜有个什么三长两短，一定是黄凯干的，先前她就因为受不住男人的打偷偷逃回过老家一次，结果黄凯硬是追到老家把她给抓了回来，据说把那边的岳父岳母都给打了。"

"黄凯都跟什么人在一起打麻将？"张川问。

"具体和谁我不清楚，不过我知道他平时在哪里打。"男邻居介绍方位说，"出了我这楼您二位往北走，走过两栋楼临街有个江华茶楼，我见过好多次他在那里面玩。"

黄凯目前去向不明，有没有可能又去了江华茶楼呢？即使他不在那儿，会不会有人知道他有可能的去向？在关掉财务公司之后，很多亲戚以及原来的朋友都和他断绝了关系，他唯一的社交圈，应该就是那些赌友了，所以按照男邻居指点的方位，张川和郑翔很快赶到江华茶楼。

黄凯确实不在茶楼，但茶楼老板表示和黄凯很熟络，证实黄凯昨晚的确在茶楼打了一宿麻将，早上离开之后便没再回来。

"你仔细想想，黄凯除了家里和你这里，他还有没有别处可栖身的地方？"张川说话并不客气，虽然老板一再强调在他茶楼里的麻将局输赢都很小，只是客人随便玩玩，但张川心里明白不是这么回事，不过眼下也懒得跟他计较。

"好，好。"茶楼老板殷勤地点头，凝神想了想，忙不迭地说道，"想起来了，黄凯风光的时候，在郊区鑫业村买过一块地盖了一处厂房，因为没有正式手续一直卖不出去，顶账给债主人家也不要。他知道我认识人多就托我帮忙问问有没有人想要租的，我带了几个朋友去看过，不过最终都没租成。"

"就是说你知道具体方位？"郑翔紧追着问。

"对，对。"茶楼老板使劲点头。

"行，那你跟我们走一趟。"张川说。

…………

与此同时，交警指挥中心也传回消息，车牌号为"宁 BL2498"的吉祥轿车，在上午 10 点 05 分出了西城区市区，于 10 点 28 分从距离市区 20 千米左右的永城镇永城东路拐进鑫业村，随后消失。

傍晚 5 点 08 分，方龄和周时好带领一众警员奔赴鑫业村，从现有线索看夏晴很有可能被困在鑫业村黄凯所持有的房产中。途中周时好接到技术队的消息，DNA 鉴定结果表明留在出租房地面上的血迹是属于梁霜的，这就意味着梁霜很可能也遭受胁迫，至于绑匪应该就是极度缺钱的黄凯。

早几年前房地产火热的时期，市区土地可谓寸土寸金，一些大资本和小老板纷纷把视线转向郊区。大资本搞拆迁开发商业地产，小老板则圈地盖房出租，能不能租出去倒是其次，主要目的还是为了土地升值。不过大资本有政策加持，有统一的规划，往往都会得到村委会的大力支持，而对于这些小老板，村里可不敢轻易出售土地，尤其是耕地，所以鑫业村西部地界有一大片几乎寸草不生的盐碱地便成为一个灰色地带，有人愿意买，村里就敢卖。一些小老板被当时"爆炒"土地升值的神话冲昏了头脑，也不管以后能不能办土地手续，一窝蜂都拥向那片盐碱地，黄凯的这处厂房就是在这样的背景下建成的。而随着国际局势动荡和国内政策的变化，那批建立在盐碱地上的房子，实质上鲜有人能够租出去，没有土地手续自然也无法出售，现如今便几乎都是荒废状态。

傍晚5点半，一众警员在茶楼老板的指路下，找到黄凯在鑫业村的房产。周时好大概打量一下，整个院落占地至少1000平方米，四边有水泥墙围着，两扇红色漆的大铁门敞开了一扇，一辆灰色吉祥轿车停在院中，看情形梁霜和夏晴果然被黄凯绑架至此。周时好将人员分成两组：一组由方龄指挥，任务是把整个厂房包围住，以防出现意外状况导致绑匪逃窜；另一组则在他和张川的带领下进院解救人质。

进到院内，众人迅速向坐落在院子东侧的钢结构厂房靠近。推测人质应该在厂房里，但是当他们刚刚越过停在厂房边的吉祥车尾部时，却赫然发现一个男人倒在血泊之中，手边还躺着一把壁纸刀。周时好冲张川打个手势，示意他不要停，继续进厂房里查看。而此时厂房的推拉门也是打开的，张川带着几名探员轻手轻脚走到门边，没听到里面有任何动静，随即几个人以迅雷不及掩耳之势冲进去。结果一看，里面空空如也，并无人影，只是在门边的地上，看到几截透明胶带。

茶楼老板指认，躺在血泊之中的男人是黄凯，此时已经停止呼吸。周时好粗略观察一下，胸部、腹部至少有七八处刺创。他蹲下身子，冲尸体的下巴和颈部轻戳几下，强直反应明显，虽然没有法医判断那么精准，但凭着多年出现场的经验，他估摸着黄凯死亡时间已超过3小时。如果是梁霜磨断捆绑自己的胶带，刺死黄凯后带着夏晴逃走，她是不是早就应该和警方取得联系了？显然现在不是这么个情况，那究竟是谁杀死黄凯带走梁霜和夏晴的呢？

案情急转直下，先前认为是绑匪的黄凯竟被刺死，梁霜和夏晴依然不知所终，在吉祥轿车里找到两部手机，估计可能是梁霜和黄凯的，但均已关机，重新开机需要密码，一时半会儿还破解不了。为谨慎起见，不放过任何一种可能，周时好和方龄商议一番，随后吩咐张川、郑翔等人将人手分成几个小组，趁着天还没黑，在厂房周边进行细致搜索，试着寻找梁霜和夏晴有可能留下的足迹和线索。不过眼前的疑惑并没有维持太久，随着骆辛给周时好打来一通电话，转瞬间案件脉络又重新清晰起来。

骆辛在电话里告诉周时好，他和叶小秋去中心医院找夏建民问话，却被告知夏建民早在中午12点左右便离开医院。紧接着他和叶小秋又去了夏建民开在松江路灯具批发市场中的灯具店，结果店员说夏建民中午来过，取走了放在保险柜中的30万现金，还拿走店里的水果刀，并且还借用了店员的丰田轿车，车号为"宁B428E4"。

夏建民悄无声息地离开医院，去店里拿了现金、借了车，估计很有可能是黄凯通过微信与他接上了头，表示夏晴在他手上，让夏建民拿30万赏金到鑫业村赎人。至于他们碰头之后发生了什么，则让人有些难以捉摸。黄凯的死与夏建民有没有关系也不好说，如果真是夏建民刺死的黄凯那也应该是出于自卫，可他干吗要躲起来，还关了手机？而梁霜和夏晴是被他带走了，还是被别的什么人带走了，更是个很大的疑问。总之，接下来要开始全力追查夏建民的下落。

傍晚 7 点一刻，天已经完全黑了下来。周时好和方龄回到支队，其余的探员则按照两人的布置，全力追查夏建民的下落，重点线索是夏建民所驾驶的丰田轿车。

由于在梁霜家扑了个空，张凤英整个人已陷入崩溃，也拒绝回住处，哭哭啼啼坚持要留在支队等女儿的消息。方龄把眼下面临的情况如实向她进行了说明，希望她能提供一些夏建民有可能藏身的地点，可她想来想去也给不出一条有用的线索。

骆辛这会儿也在支队，他和周时好通完电话本想去鑫业村会合，不过周时好说他去了也没用，让他先回支队等着。其实周时好当时很纳闷，骆辛到底在夏晴家发现了什么，怎么会突然想要找夏建民问话？一见面，他便把这个问题抛了出来。骆辛让叶小秋打开笔记本电脑，把里面的东西调出来给周时好看，当然这个电脑是从夏晴家拿回来的，平时是夏建民在用。

周时好盯着笔记本电脑的屏幕，表情逐渐凝重，继而怫然作色，紧咬着牙关，脸上暴起一道道青筋，很显然他被电脑屏幕上的画面激怒了，而且是怒不可遏……

通过移动公司提供的基站定位，表明下午夏建民接听张川电话时，所处的方位就是在他家住的小区附近。调看小区大门口的监控，的确看到那辆丰田轿车，不过车停在大门口的路边，并没有人走下来，不久之后又开走了。

调取交警指挥中心的道路监控，发现多个目标车辆动向。感觉夏建民有点像无头的苍蝇，驾驶着车辆在市区里乱窜。而监控摄像头最后捕捉到目标车辆的时间是晚上 8 点 10 分，当时车辆正从海滨路东段，往黑石岛北部方向行驶。

黑石岛是以山、海、岛、滩组成的自然保护区，岛内南部有开阔的海洋和细软的沙滩，北部则山崖密布、绝壁如削，除本地一些熟悉地形的钓鱼爱好者外，游客甚少踏入。这夏建民大晚上驾车去那里做什么，想想便让人觉得不寒而栗。接到张川从交警指挥中心打来的电话，周时好心里隐隐有一种不祥的预感，命令各路人马全员立刻赶往黑石岛，进行地毯式搜索。

晚上 9 点 45 分，张川和郑翔巡视到一段山路边，终于发现目标车辆。但车里空无一人，只有一个皮箱子放在后排座位上，不出意外里面装的便是那 30 万赏金。两人用手电筒冲四周扫射，看到山路边不远处有一处山崖，而隐约地从崖头方向传来断断续续的呻吟声。两人赶紧翻越护栏冲崖头疾走，很快手电筒的光束下现出两个人影，这两人躺在崖头边，双手双脚被宽胶带紧紧缠住，不是别人，正是夏晴和梁霜。

第十二章
真相背后

晚上 11 点，清风徐徐，月夜微凉。

几辆警车无声闪着警灯驶入刑侦支队大院，缓缓停在办公大楼门外。从为首的警车中走下张川，他拉开后车门相继将夏晴和梁霜搀扶下车。

早已候在大门口的张凤英像疯了一样冲下台阶，一把将女儿夏晴揽入怀中，失声痛哭起来。她紧紧搂住女儿，似乎生怕一撒手女儿会再度消失，直到方龄劝说她老站在外面容易着凉，应该赶紧把孩子带进楼里，她才放开女儿。随即，她又与梁霜轻轻拥抱了一下，也许是过于激动，两人身子都微微颤动着。

简单洗漱一番，夏晴和梁霜被带到会议室，两人身上都裹着毛毯，梁霜的一只胳膊上绑着一圈白色纱布，看起来是受伤了。两人身前桌上摆着一堆面包、香肠、饮料等吃的喝的东西，苗苗还特意给两人端来两大杯热水。毕竟是孩子，折腾了差不多一天一夜，体力早已耗尽，再加上有妈妈和警察叔叔围在身边，心里终于得以彻底放松下来，一个面包才吃一半，夏晴便歪倒在靠背椅上睡着了。周时好让郑翔把孩子背到他办公室的长沙发上，嘱咐苗苗从旁照应。

梁霜很识时务，她知道包括坐在身边的张凤英在内这一屋子的人，都特别想知道她把夏晴带回家之后到底发生了什么？所以飞快吃完一个面包，把杯里的热水喝尽之后，便娓娓讲述起来：

"……我知道凤英经常被她男人夏建民打之后，就劝她赶紧离婚，她说她得好好想想，主要担心夏建民狗急跳墙伤害孩子。后来，她考虑了3天，跟我说了个计划：就是先把孩子藏起来送回老家，然后再跟夏建民提离婚。

"那天我按计划把夏晴带回家，黄凯打通宵麻将没在家，直到第二天早上6点多才回来。他看到我在床上搂着个孩子睡觉，便问我孩子是谁，我这人不会撒谎，也怕黄凯出去瞎说，便把他拽到客厅里说了事情的来龙去脉。也给他看了凤英的微信，证明我没说谎，可没想到他看到凤英转发夏建民写的悬赏寻人公告，就动起了坏心思，说要联系夏建民领赏金。我当然不同意，说我把孩子带回家，回头再去领赏金，那不成绑架了吗？还说凤英也知道我住的地方，真要是那样人家就带着警察来抓我们了，再说就算能拿到那笔钱，以后也得四处逃亡。反正不管我怎么劝，黄凯那时已经被30万赏金搞红了眼，完全丧失理智，下定决心不顾一切也要领那笔赏金。然后，他从厨房找到一卷宽胶带和一把壁纸刀，进去卧室把夏晴绑了起来。我跟在他身后阻止，和他撕扯，不小心把放在窗台上的大凉水杯碰到地上摔碎了，划伤了胳膊，流了一地的血。而黄凯不仅不理会我的伤，还丧心病狂地拿壁纸刀抵在夏晴的脖子上威胁我，让我拿车钥匙到外面的车里等着，要是敢不从他，就即刻杀了夏晴。

"随后，黄凯指挥我把车开到他在郊区建的那栋厂房的院子里，把我拖下车将手背到后面加上脚也用胶带绑了起来，和夏晴一起关在厂房里。夏建民悬赏公告里留有联系电话和微信号，黄凯就加了他的微信，向他发出交易信息，等了一个多小时，黄凯便离开小院去交易了。至于他在微信里怎么说的、和夏建民约在什么地点我不清楚，反正他离开前傻傻地说夏建民在微信里保证不会追究他的责任。之后又过了40多分钟，他和夏建民一前一后开车进到小院来，两个人下车走进厂房里，随即从厂房里传出一阵激烈的争吵声，转瞬看到黄凯握着壁纸刀从厂房里仓皇跑出来，夏建民手里挥着一把短刀在后面追赶。黄凯跑到轿车附近不知道被什么绊了下突然跌倒，夏建民追上来二话不说冲着黄凯身上接连捅了几刀。黄凯一开始还挣扎几下，慢慢就不动了，当时的场面特别吓人，夏晴禁不住叫出声来……"

"那时你们俩在哪儿？"梁霜的讲述角度从一个当事人，突然转换到旁观者，让众人很诧异，方龄忍不住打断她的话问道。

"噢，在家里出来的时候我偷偷在地上捡了一块玻璃碴揣在裤兜里，趁着黄凯去见夏建民的工夫，我和夏晴合力把玻璃碴取出来，费了一些力气把手脚上的胶带割开，然后拉开厂房大门逃了出来。只是我们刚逃到院门前，听到门外发出响动，知道肯定是黄凯回来了，情急之下赶忙躲到大门边原本给狗建的狗窝中，随后目睹了我刚刚说的那一幕。"梁霜声音颤颤巍巍描述着，一脸的心有余悸，"夏建民听到从狗窝里传出惊叫声，红着眼睛，提着刀便奔狗窝走来，那时我和夏晴都吓得脚软，连站都站不起来，更不可能逃跑了。夏建民看到在狗窝里的是夏晴和我，一边戚戚哀哀地解释说他杀死黄凯纯粹是为了自卫，一边伸手去拉夏晴。夏晴看到他手上还带着血，吓得把他的手打到一边，死死抱住我不肯出去。几番拉扯，都被夏晴拒绝，夏建民失去耐性，凶相毕露，举着刀呵斥我俩赶紧出来，不然就把我们全都捅死。我们俩无奈只好爬出来，紧接着他用刀逼着，把我们俩塞到他开来的车的后备厢中。

"我和夏晴被闷在一片漆黑的后备厢中，渐渐失去了时间的概念，也不知道他都开车去了哪里，反正当他再次打开后备厢时，我晕晕乎乎地看到满天星星,周围是山林密布。他用胶带把我们的手脚又都捆绑住,一个一个把我们扛到山崖边,然后坐在崖头抽起烟来。我当时心里已经绝望了,以为他肯定是要杀人灭口。谁知道他抽完两支烟,走过来摸了几下夏晴的脸,然后不声不响地纵身从山崖上跳了下去。随后没过两分钟,你们的人便找到我们。"

综合梁霜的口供,与张凤英之前的招供,整个案子的脉络基本可以梳理清楚:起初,是由张凤英和梁霜共同策划了夏晴的假失踪,之后被负债累累、急需用钱的梁霜的丈夫黄凯,借机制造成一起真实的绑架案。而夏晴的继父夏建民,付出赎金却并没有在拘押地点见到夏晴,便认为黄凯在设局骗他的赏金,于是愤而追杀黄凯,直至将之刺死。夏建民很清楚自己的行为根本不属于自卫,甚至连防卫过当都称不上,完全是故意泄愤杀人,杀人之后开车载着梁霜和夏晴在市区里乱窜,显然是心里茫然无措的表现。随后,当他冷静下来,将梁霜和夏晴绑至黑石岛,企图从山崖上将两人推下海,以达到杀人灭口的目的。至于最终他为何突然改变初衷自己跳下山崖,很可能因为当时他发现警方的搜索人员已近在咫尺,有感法网难逃,心理崩溃,便选择畏罪自杀。当然,案情最终的认定,还需要参考小女孩夏晴的口供,以及技术队对夏建民当时驾驶的车辆,还有几个事发地点的勘查结果。

梁霜在支队会议室里讲述案情的同时,技术队正联合海上搜救队连夜在黑石岛相关海域搜索夏建民的尸体,只有找到夏建民的尸体,案子才能彻底完结。稍后,还需要对梁霜和张凤英做一次正式的笔录,之后会对两人采取刑事强制拘押。她们两人虚报假案,消耗公共资源,浪费大量警力,已涉嫌编造、传播虚假信息罪,也将会为自己触犯法律的行为付出代价。

　　从接到报案开始，所有探员已经连续奋战三四十个小时，可谓人困马乏，精疲力竭，现在案子只剩下些收尾工作，方龄便让周时好带几个骨干探员把后面的工作做了，让其他人抓紧时间回去休息。未料，话音刚落，骆辛不知道从什么地方突然冒出来，让众人暂缓行动，表示自己有话要说。

　　实质上打从梁霜和夏晴被张川从警车上搀扶下来那一刻，骆辛便一直在人群中冷眼旁观，也就在梁霜和张凤英相互拥抱、彼此安慰的那一刻，他更加坚定了自己的判断：案情发展其实从未脱轨，一切都在张凤英和梁霜的计划之中。

　　"我希望我接下来说话的时候你们不要打断，我也不需要你们回答任何问题，你们要做的是认真反思你们到底在这个案子中需要负起什么样的责任。"骆辛隔着会议室的长条桌坐到张凤英和梁霜的对面，右手放在大腿外侧，五指交替弹动，语气冷淡地说，"我想应该恭喜二位收获了你们想要的结果，而且是超预期的结果，以至于你们刚刚在支队门口相拥的时候，会情不自禁晃动彼此的身子。从一个人的微反应上来解读，晃动躯干，是松弛和心情愉悦的反应，在女性身上表现尤为明显。如果你们注意看一些女子团体的运动比赛，胜利一方会经常做出这样的庆贺动作。也就是说，那一刻你们心里都很清楚，在这个案子上你们获得了极大的收益。而对我们警察办案来说，收益和作案动机是因果关系。"

　　骆辛顿了下，抬手指指梁霜，又指指张凤英，接着说："你梁霜，终于可以摆脱黄凯那个渣男，不会再被他打，也不必再为他还债，可以光明正大、轻松愉快地追求新的生活。你张凤英，同样不必再遭受家暴的伤害，还可以继承夏建民大部分财产，更为关键的是你的女儿不会成为夏建民的猎物，从而彻底逃脱这个恋童癖的魔爪。

　　"关于这一点，我稍微展开说一下，我们在夏建民的电脑里，发现很多张不堪入目的儿童照片，大部分是从国外色情网站上下载的，有少部分应该是在现实中偷拍的，而其中就有你女儿夏晴的裸照，所以我很愿意相信保护女儿，免遭变态侵犯，是你策划整个案件的最主要动机。

"我们再说回来，如果只是按照二位目前给的口供，虽然也会面临法律的制裁，但鉴于家暴和生命被威胁等因素，刑期应该不会太长，甚至大概率可能获得缓刑。如此多的收益，想想你们给出的动机，自己觉得能说得通吗？"

骆辛又再次停下话头，撇撇嘴角，露出一丝意味深长的冷笑，接着说道："作为爱人，我想二位都十分合格，对自己另一半的人性，了解非常透彻：黄凯贪婪狭隘，好赌成性，总是幻想着东山再起，却放不下身段，突然间有一大笔钱摆在眼前，他不可能不动歪心思。夏建民人前人后两副面孔，本性暴戾变态，睚眦必报，你张凤英很清楚在你和他的这段婚姻中，他要的不是你，而是你的女儿，所以他一定会不惜血本找回夏晴，哪怕是私下交易，付出一大笔钱也甘愿，但是有人敢耍他，敢坑他的钱，他一定会怒火中烧，狠狠地报复。

"至于夏晴失踪的时间点，我想也是精心挑选的。你们选择了一个总喜欢用现金结账的烧包土豪，给夏建民结了一笔灯具工程款的日子实施计划，那笔钱犹如一条炸弹引子，最终被黄凯引爆，炸得他失去性命，也波及夏建民成了刽子手。当然，前者引爆炸弹是在预料之中的，即使他不被炸死，也免不了牢狱之灾。而夏建民的下场，则多少有些赌博的成分，你们设下圈套，让他误以为黄凯要骗他的赏金，然后导致两人发生械斗，过程中无论谁伤到谁都对你们有利。只是没想到结果会如此惨烈，差点还搭上夏晴和你梁霜的性命，好在最终结局可以说非常地幸运，不过接下来你们猜还会不会这么幸运？你们其中的某一个人能不能经受住考验？或者你们主动坦白，争取从轻处罚？"

话音刚落，骆辛霍地站起身来，毫无征兆地结束话题，然后低着头谁也不搭理，径自走出会议室。

叶小秋愣了愣，似乎有些搞不清楚状况，一脸疑惑地跟了出去。

"咱还要去哪儿？"

"回家睡觉。"

"你刚刚说那一番话是什么意思？"

"真相。"

叶小秋一时没读懂骆辛的话，久经沙场的周时好却听得明明白白。其实刚刚他听完梁霜的招供，心里隐隐觉得这个案子破得过于顺畅，顶多也就算是乐清男孩失踪案的升级版，尤其这当中还掺杂了侵害儿童的因素，想来不应该这么简单，似乎哪里有些不对劲，但又说不出个所以然来。而听了骆辛的一番解读，瞬间让他茅塞顿开，梁霜和张凤英这么痛快，甚至急迫地招供，原来是想要掩盖更深层次的犯罪动机，她们做这么多，真正的目的，是企图引诱、教唆他人实施绑架杀人。

周时好倾向于骆辛的判断，那方龄呢？这个问题从她用钦佩的眼神目送骆辛离开会议室时，已经给出答案。并且她不仅同意骆辛的判断，也领会到骆辛当着梁霜和张凤英的面，拆穿二人罪行的用意。因为骆辛虽然推理出真相，但并没有实际证据，所以他把人性和友情作为赌注，让梁霜和张凤英被迫做出选择。可以说实实在在营造出一个"囚徒困境"的氛围，为接下来的审讯打下坚实的基础，方龄忍不住在心底里为骆辛鼓掌，于是在骆辛走出会议室的一刹那，她即刻发号施令，让张川和郑翔迅速把梁霜和张凤英，分别带到1号和2号审讯室中，不再给两人任何交流的机会，哪怕是眼神上的也不行。

"你1号，我2号。"周时好也读懂她的心思，提议道。

"随时通气。"方龄点头回应。

"等等，等等……"两人还没动地方，突然见叶小秋急三火四地跑进会议室，刚进门就嚷嚷起来，"有证据，咱们可以找到证据。先前我检查张凤英的平板电脑时，发现她卸载过一款时下流行的成人社交软件。那款软件叫眯眯，与微信的功能差不多，也可以加好友聊私信，我想梁霜手机上一定也有那款软件，如果她还没来得及卸载的话，说不定咱们在那上面的聊天记录中，能找到她们共同谋划案件的证据！"

第三卷

镌骨铭心

——推理演绎法——

第十三章
开箱见尸

——十——

清晨，天刚蒙蒙亮，黑石岛海域，一处高约 40 米的山崖下方，周时好带着一大队骨干探员，以及技术队法医和勘查员，分别从两辆搜救冲锋艇上跳下来，蹚了几步水，上到岸边。

距岸边四五米远处，一名男子仰倒在乱石堆上，腰间的皮带和衣裤均已崩裂，脑袋更是摔得四分五裂，脑组织散布在周边的石头上，面部已无法辨认，不过从其随身携带的钱包中找到一张身份证，显示该男子就是夏建民。

而距离夏建民尸体所在方位以东 10 多米远处，有一个拱形的大礁石，由于部分礁石立在海水中，便在海滩和礁石中间形成一个溶洞，洞内的水位很浅，所以一眼便能看到在溶洞中间部位，平躺着一个大号旅行箱，此时箱子已被掀开，里面孤零零蜷缩着一具白骨。

真可谓按下葫芦又起瓢。支队那边连夜审讯张凤英和梁霜，没几个回合，张凤英便供认自己是策划案件的主谋。据她供述：先前虽然时常遭到家暴，但碍于面子只能选择忍气吞声，偶然有一天她在夏建民手机中发现女儿夏晴的多张裸照，看场景那些裸照应该都是夏晴洗澡时被偷拍的，再想想她和夏建民刚结婚那会儿，夏晴还很小，而夏建民总是抢着给孩子洗澡，张凤英便不寒而栗，于是才下定决心要摆脱夏建民。但明着说，或者报警，她担心如果治不了夏建民的罪，他会真的杀了她们母女俩。再者，她也担心这种丑事一旦被揭露，女儿一定会被别人说闲话，甚至一辈子都活在被人指指点点的阴影里。只能剑走偏锋，拉上梁霜，精心策划一起可以让夏建民和黄凯两败俱伤的假失踪案。

除了张凤英的口供，在梁霜的手机上也找到与案件相关的证据。果然，正如叶小秋推测的那样，张凤英和梁霜担心事后会被警方从微信上找到突破口，便利用一款关注度相对不算高的交友软件进行私聊，在梁霜手机上这款软件的聊天记录中，两人曾多次聊过执行案件的细节问题，可谓铁证如山。

当然，最终审讯能够进行得如此顺利，一方面是骆辛前期铺垫到位，更为关键的是两位犯罪嫌疑人都非大凶大恶之人，说到底只是两个苦命的女人而已。本质上都并不坏，若不是被两个渣男逼上绝路，也不会铤而走险，以身试法。只不过法律就是法律，用违法的手段去纠正违法的行为，同样需要付出代价。

而黑石岛这边，本来是要搜找夏建民尸体的，却在找到他尸体的同时找到了个大旅行箱，结果打开来发现旅行箱是用来抛尸的。待勘查员拍过一系列存证照之后，几个搜救队员帮忙把旅行箱从溶洞中抬到夏建民的尸体旁，一位搜救经验丰富的搜救员猜测说，旅行箱应该是从山崖上面抛下来的，然后被风浪涌进溶洞中。他的观点得到大部分人的认同，因为此处海域周边全是高山悬崖，距离最近的人可以下到海里的海岸也在200米之外，除非抛尸者有船只或者摩托艇，当然这种可能性也不能完全排除。

　　从黑石岛现场回到支队已近中午，差不多两天两夜没合眼，铁打的人也顶不住，方龄赶紧安排周时好等人吃了中饭去宿舍补觉。几个人也没客气，一睡就睡到大半夜，起来之后支队里仍是灯火通明，没办法，前个案子还没收尾，紧跟着又来个大案子，必须得合理分派人手，加班加点侦办。

　　夏建民的尸检结果已经出来，颈椎骨折、颅骨粉碎性骨折、内脏出血，高坠死亡特征明显，加上梁霜和张凤英、夏晴母女的口供，结合几个现场的勘验结果，犯罪嫌疑人涉嫌编造、传播虚假案件，并诱导、教唆他人实施绑架杀人，基本可以定案。至于在黑石岛发现的无名白骨，首先要做的是确定身源，目前只能等待尸检和物证勘验结果出炉，才能展开具体工作。

　　次日一大早，周时好迫不及待赶到解剖室，没想到有人更早，骆辛和叶小秋已经站在解剖台前打量起尸骨了。要说叶小秋这孩子还真不错，在派出所也没接触过什么重大刑事案件，这初次面对骇人的尸骨，也没矫情地又吐又躲，若不是有意撮合她做骆辛的搭档，周时好觉得她还真的可以调到支队这边来做刑警。关键是骆辛身边必须得有个人辅助他，无论是生活还是工作方面，想到此周时好心下忍不住吐槽马局，真是个老狐狸，他应该早就看到这一步，才把叶小秋调到档案科的。当然，这对叶小秋欠缺公平，所以周时好每次看到叶小秋心里都不免有些内疚，不过他完全多虑了，跟着骆辛经历了两个案子，叶小秋对骆辛已是心悦诚服，现在不让她跟着她都得跟着。

　　周时好在队里威望高，除了工作能力，还有就是对下属事无巨细的照顾。这不，想着沈春华连夜做尸检，肯定顾不上吃早饭，他特意到食堂买了包子和小米粥带过来。看到周时好和他手里的早点，沈春华又开始起腻，迎上前像老夫老妻似的挽着周时好的胳膊，开玩笑说："还是男朋友好，心里总想着我。"

"别自作多情，我是想你的尸检报告。"周时好把胳膊从沈春华的臂腕中抽出，把早点放到工作台上，"以后少瞎咧咧，赶紧吃你的早点吧！"

"哎，我发现你们新来那老大总是劲劲儿的，官威还挺大的。"沈春华走到墙边的洗手池前，边搓手，边说道。

"别胡说，人那是正常工作态度。"周时好说。

"哎哟，这就护上了。"沈春华撇撇嘴，走到工作台前，从饭盒中取出一个小包子塞到嘴里，眯着眼睛说，"你还别说，你们这新老大一脸御姐范儿，气质和身条都不赖，有种别样的风情，你们这些臭男人是不是就中意这样的？"

"我算是服了你了，"周时好一脸无奈，指指沈春华的脑袋，"你那里天天都想些什么乱七八糟的东西，赶紧正经找个男朋友吧。"

"嘻嘻，我就喜欢你这个不正经的男朋友。"沈春华作势又要去挽周时好的胳膊。

"别闹了，一手包子油，赶紧吃，听完你这里的情况，我还得回去开会。"周时好抬手推开沈春华，冲旁边使了个眼神，意思是在孩子面前让她收敛点，然后一脸谄笑对着骆辛和叶小秋说："你们俩吃早饭了吗？"

"吃了，吃了。"骆辛面无表情，一副懒得搭理周时好的模样，叶小秋赶忙抢着说。

"报告我还没来得及做，就先给你说说情况吧。"沈春华端起饭盒，一边往嘴里塞包子，一边凑到解剖台前说，"头颅的顶骨部位有多条线状骨折并相互截断痕迹，说明被害人脑袋曾被钝器反复击打过，导致全颅崩裂死亡。耻骨联合部位背侧面背侧缘有骨质凹痕，是分娩所致，意味着被害人系女性，且生过孩子。耻骨联合面有下凹，背侧缘向后扩张，联合面有呈卵圆形倾向，表明其年龄大致在 31 岁到 34 岁之间。测量尸骨长度，再以填充 5 厘米的软组织厚度综合计算，被害人身高大致在 1.61米左右。至于死亡时间，还需要综合骨密度、钙化程度的检测结果才能最终确定，不过根据我的经验判断，被害人已经死亡相当长时间，5 年、10 年都有可能。"

"提取骨骼做 DNA 检测了吗？"周时好问。

"已经在做了，结果还要等一等。"沈春华说，顿了下，走回工作台前，敲击几下电脑键盘，电脑屏幕上显现出抛尸所用的旅行箱照片，接着说道，"这是一个叫'章鱼牌'的大号旅行箱，材质是用高级防水牛津布制成，质量和做工都很不错，在海水里泡了这么多年也没怎么腐烂。"沈春华又敲了下键盘，屏幕上显示的照片由旅行箱换成一个圆形似乎是衣服扣子的东西，扣子周边被银色金属包裹着，扣面是一个粉色的塑料花瓣，"这是在尸骨下面发现的一枚女士衣扣，由合金和 ABS 塑料制成，属于廉价品，采用的是针帽式免缝设计，主要是做装饰用的，比如钉在衣服领口、袖口，有的时候也可以钉在衬衫最上面和第二个扣子中间防走光。不过我们只找到了扣子的上半部分，下面的金属帽没在箱子中，估计是凶手在除掉被害人衣服时落下的。旅行箱和扣子，痕检科还在做进一步的检查，具体资料我会在报告中写明，不过都被海水泡过了，估计很难在上面找到遗留的证据。"

"那扣子有没有可能是凶手落下的？"叶小秋插话问。

"当然有可能。"周时好说。

"那就必须考虑凶手是女人的可能性。"骆辛接下话道。

离开解剖室，骆辛和叶小秋跟随周时好一同回到支队办公楼，一走进办公间，郑翔便从工位上站起身迎上来，指了指方龄的办公室，说道：

"周队，陈大爷又来了，情绪挺激动，被方队带到办公室了。"

"行，我知道了。"周时好拍拍郑翔肩膀，朝方龄办公室走过去，敲敲门，推门进去。

"陈大爷是谁？"叶小秋望着周时好的背影好奇地问。

"陈大爷有个女儿，几年前突然失踪，当时有人在黑石岛中一个叫望鱼崖的山崖边，发现了他女儿的项链和一只运动鞋，结果我们在山上和崖下搜索好几天也没找到尸体，后来这个案子兜兜转转查了很长时间都没什么进展，陈大爷的女儿始终没有下落，可谓是生不见人，死不见尸，最后转为积案。"郑翔介绍说，"陈大爷女儿失踪的时候是秋天，自那年开始的每年秋天，他都会和老伴到队里询问案子有没有新的线索，这不昨儿看到网上传咱们在黑石岛发现一具无名尸骨，自认为是他女儿，一大早赶过来嚷着要认尸。"

"档案号 J21020020151028，姓名陈洁，年龄 38 岁，失踪时间 2014 年 10 月 24 日。"郑翔话音刚落，骆辛机械地说道。

"你知道这个案子？"郑翔说着顿了一下，拍拍自己的脑袋，笑着说，"我忘了，你是你们档案科行走的数据库。"

"解剖室里那具尸骨，会不会真就是陈大爷的女儿？"叶小秋问。

"应该不是，发现陈洁遗物的山崖和咱发现无名尸骨那地儿不是一个地儿，差着百十来米的距离。"郑翔叹口气说，"要证明很简单，陈大爷女儿的 DNA 信息咱们的数据库里有记录，等法医对无名尸骨的 DNA 检测结果出来，比对一下不就知道了？"

三人正聊着，方龄办公室的门被轻轻拉开，陈大爷一脸哀戚地走出来，周时好跟在身边轻声安慰，大爷不住地点头，情绪看起来缓和不少。周时好冲郑翔招招手，吩咐他开车把陈大爷送回去，然后反身又回到方龄的办公室里。

"我知道你想说什么，但是这个案子不够重启条件，暂时只能继续搁置。"方龄身子靠在椅背上，冷着脸说。

"我明白，但是刚刚你也听到了，大爷的老伴患了肝癌晚期，只剩下三个月的寿命，老人家临终前想搞清楚在女儿身上到底发生了什么，我觉得这个要求不过分。"周时好双手按在方龄的桌边，脸上赔着笑，套着近乎说，"咱人民警察不就是专门为人民服务，想人民之所想，急人民之所急吗？哪怕这次最终仍然没什么结果，咱也算为老人家努把力了，也就没什么可遗憾的。"

"感情归感情，工作归工作，查案子不能由着你的性子来，知道吗？"方龄皱着眉，看着周时好把身子凑在自己办公桌前，一脸忍无可忍地说，"你能好好站着吗？你看看你手下那些探员，一个个散漫得都跟你似的，站没个站样，坐没个坐样，还有点纪律部队的样子吗？"顿了下，方龄稍微缓和口气，接着说，"就算我让你查，咱队里有人吗？别的队都上着案子，你们一大队还得接着查无名尸骨案，还有你别以为我不知道，你在背后还偷偷查着那个叫宁雪的女民警的跳楼案。"

"行，行，我一定整顿，保证让他们以后在队里都板板正正的。"周时好并不介意方龄的数落，继续厚颜讪笑说，"人员方面没问题，只要你同意重启，其余的我来安排。"

周时好说着话，扭头透过办公室门上的玻璃向大办公间张望，却发现骆辛和叶小秋已经不在视线内，他走到门口，拉开门，四下张望，依然没看到两个人的身影，便冲苗苗扬了下头，苗苗知道他想说啥，赶忙回应说："骆辛和小秋跟着郑翔一块出去了。"

和郑翔一起走了？这小子是不是对陈大爷女儿的案子感兴趣了？周时好本意就是想推荐骆辛来办这个案子，没想到他已经开始行动了，所以眼下必须要说服方龄同意重启案子，办案子得"师出有名"，这是原则问题。实质上，别看周时好嘴上不靠谱，其实大多数时候他都是个很守原则的人，宁雪的案子他也是没办法，他知道自己无论如何也阻止不了骆辛，干脆和他一道帮他解开心结。

周时好正愣神，方龄指指办公桌前的椅子，深吸一口气，说："行了，我知道你说的是谁，你先坐下，正好我要找你说说那俩孩子的事。"

"你不是找崔教授调查过了吗？还要问什么？"周时好显然已经知道方龄在暗中调查骆辛的事，将椅子向后面拉了拉坐下，没好气地说。

"我说周时好，你也太不把我放在眼里了，我好歹是一队之长，队里请人做顾问，总得经过我的批准吧？就算是我没来之前就敲定好的，局里也同意，那总得知会我一声，让我知道事情的来龙去脉吧？"方龄用手指敲敲桌子，一脸疑惑的表情说道，"那女孩我知道，是去世的叶队的女儿，叫叶小秋，和你的宝贝顾问骆辛都在档案科工作，至于这骆辛首先我很纳闷的是，我查过他的户籍信息，为什么那上面显示你是他唯一的监护人？"

"简单点说，骆辛的父亲是我师父，母亲对我有恩。"周时好无声地笑笑，笑容略显苦涩，沉吟一会儿，抬头说道，"我进支队第一天就跟着他父亲，那时他是一大队大队长，办案非常厉害，我缠着他主动要求做他的徒弟。骆辛的母亲，知道我没有家人，对我很照顾，逢年过节就让我去家里过，还时常给我置办换季的衣服，可以说他们两个人都把我当成家里的一分子。后来，在骆辛8岁那年，不幸遭遇暴力报复社会事件，一个极端仇恨社会的亡命之徒，驾车撞进放学过马路的孩子堆里，当时骆辛的爷爷和奶奶一同去接他放学，结果两位老人家当场身亡，骆辛也被撞伤脑袋成了植物人，在病床上躺了差不多3年的时间。至于他苏醒之后，脑袋出现异于常人的表现，这方面崔教授应该已经和你介绍过，我就不多说了。而就在他奇迹般苏醒的3个月前，他父亲也是我师父，在执行任务时牺牲了。再早大概 5 个月，他母亲因为个人原因，选择离开我们这座城市，很多年没有音讯，苏醒之后的骆辛形同孤儿，所以我申请做了他的监护人。"

"他妈妈因为个人原因离开是什么意思？"方龄挑了下眉毛问。

"这个，很复杂，就不说了吧。"周时好脸色有些为难，显然不想就这个话题深谈，便转了话题道，"你知道我也是孤儿，自小在孤儿院长大，所以我和苏醒之后的骆辛有共情，这也是我做他监护人的另一个因素。"

"可是即使这样，你也不能放任他在支队里横行，想做什么就做什么，一点规矩和一点礼节都不懂得遵守吧？"方龄稍微扬了些声音说。

"如果我算是他的家长，我承认我在教育和引导这方面很无能、很绝望。"周时好深叹一口气，"说实话，我是真不知道该如何跟他相处，即使过去这么多年，面对他我仍时常感觉手足无措。我必须承认由着他的性子来是我的一种逃避方式，我担心对他越严格，他的逆反心理越严重，一旦出现冲突很可能会导致无法收拾的局面。"

方龄点点头，语气和缓说："这点你倒不必过于自责，面对他这种大脑患有严重认知障碍疾病的孩子，大多数家长也都是有心无力，何况你是单身，工作又这么忙，但是总这么放任他也不是个办法。"

"其实他先前没有现在这么过分，主要是宁雪去世了，对他的打击很大。"周时好脸上露出一丝少有的黯淡，"实质上这 10 多年来，真正陪在骆辛身边的人是宁雪，真正为骆辛付出心力，真正教会骆辛如何工作、如何生活、如何自理、如何与人交往的都是她。虽然直到今天，骆辛在待人接物上仍有很多欠缺，但是你要知道最初的他是一个连喜怒哀乐情绪都不懂得正确表达的孩子。"

"我知道，这样的孩子的内心情绪，往往都是以相反的表情呈现在脸上，很容易引起误会。"方龄脸上露出一丝同情，"我听说宁雪生前也只是档案科的一个普通民警，她怎么会懂得心理方面的引导，骆辛又怎么会乐意接受她？"

"这点还真有些玄妙，可能真的是所谓的缘分吧。"周时好紧了下鼻子，清清嗓子说，"骆辛苏醒之后，大概做了半年的康复，随后就复学了。可这一上学不要紧，他的认知问题才真正显现出来。在课堂上乱讲话，随意在教室里走动，不与同学交流，稍微有人惹他便大发脾气。踹桌子、咬人、打架，谁说都不好使，对老师乃至校长也没有一丝敬畏感，我三天两头被叫到学校挨批评，给别的孩子家长道歉，时不时就得把他从学校接出来。

"带到队里他也不消停，到处乱跑，乱翻东西，把队里搅得乌烟瘴气。有一次他又在学校惹祸，我把他接到队里，他在办公间胡闹，搞得我焦头烂额，正好宁雪到队里办事，便主动说把骆辛带回档案科帮忙照看一下午，结果傍晚我去档案科接他，看到的一幕差点让我掉下眼泪——宁雪在工位上整理档案夹，骆辛安安稳稳坐在她身边翻看档案，整个人显出从未有过的平和。我问宁雪他怎么会这么老实，宁雪说一开始也不安生，后来随手给他一本档案看，他竟然看入迷了。也不知道是他与宁雪投缘，还是档案的魔力，此后只要有机会他就让我把他送到档案科，他和宁雪也相处得越来越好，逐渐宁雪承担了几乎所有是我这个监护人应该做的事情。她还四处奔波带骆辛到各大医院去检查脑袋，通过一些门路找各种心理医生咨询，直到经朋友牵线与崔教授建立了联系，才算安定下来，骆辛的学习和生活也相对地走向正轨。"

"以骆辛的智力，他考个研究生读个博士应该都不在话下，干吗那么急着让他参加工作？"方龄插话问。

"是他自己的选择。"周时好应道，"在学校闹腾归闹腾，学习在他那儿就跟玩似的，虽然在病床上耽误了3年，但是一路跳级到大学毕业，反而比同龄人早了两三年。当年报考时觉得他打小在档案室里浸淫，对档案工作应该比较感兴趣，正好师范大学有个档案学专业，加上崔教授当时还返聘在学校任职，对骆辛也能照应着，所以就给他报了那所学校。其实当时也没多想，就觉得他这种孩子将来能够考上公务员，在局里安安稳稳做个档案员，一辈子也算有依靠了。谁承想，他感兴趣的不是档案工作，是那些犯罪资料信息，他把它们作为大脑摄取的营养，为日后参与侦查办案做准备，他真正想做的是一名刑警。"

"你们怎么发现他有这方面的才能？"方龄问，"是谁想到邀请他出任支队顾问的？"

"最早，是他大学还没毕业的时候，有一个周末我去学校接他，当时手上正办着一件失踪案：一个年轻的妈妈带着两岁多的女儿逛自由市场，其间她去了趟市场里的公共厕所，让孩子在门口等着，前后大概两分钟，出来的时候孩子就不见了。中间过程就不多说了，反正查了几个月，案子一直没有进展。那天我拿了些卷宗放在车上，想带回家研究，骆辛上车之后顺手拿过去翻看。

"那个案子从调查伊始，我们就把视线锁定在孩子妈妈身上，所以一直派一组人手对她进行暗中监视，她每天去哪儿，做什么，卷宗里都有记录。大概跟了半个月，我们发现她在外面有个情人，是本地一所艺术学校的学生，才20岁，家里条件应该不错，有自己的车，还独自在校外租房子住。在我们跟踪孩子妈妈的那一段时间里，两人见了3次面，每次都去酒店开房，除此两人没什么别的异常举动，与孩子失踪也建立不起联系。然而，骆辛看完卷宗，非常明确地指出孩子不是从自由市场失踪的，大概率已经遇害，凶手是她妈妈和其情人，犯罪现场就在情人的家中。

"骆辛的逻辑非常简单：其一，从监视记录看，孩子失踪之后，她妈妈再也没有去过事发的自由市场以及周边，如果孩子真是在那边失踪的，一个负责任的妈妈一定会三番五次去那边试着寻找孩子；其二，她的情人独自在外面租房子住，两个人偷情完全可以在情人家中，为什么要冒着被别人看到的风险去酒店开房？显然那个家里有让两人避讳的东西，尤其对孩子妈妈来说，原因或许是因为孩子就是死在那个家中。

"骆辛的一番分析，确实给我们提供了一个新思路，于是我们把那个学生传唤到队里像煞有介事审了一通，结果没多长时间他就招供了，承认孩子是死在他的家中。随后我们又抓了孩子的妈妈，据她供认：她丈夫经常出差，大多数时候都是她带着孩子和婆婆一起生活，她没有工作，平时闲着无聊经常上网，在一个社交网站上认识了那个学生情人，此后便一发不可收，频频在学生家约会。先前她出去偷情时，都是把孩子交给婆婆看管，但那天婆婆临时有事出去了，她又被情欲冲昏头脑，便带着孩子一起去约会。她把孩子关在学生家的另一个房间里，等她和学生情人一番云雨之后，心满意足过来看孩子时，孩子躺在地上已经没了呼吸。原来是孩子不知道从哪儿摸到一个玻璃球塞到嘴里，生生把自己卡死了。毕竟孩子是因自己疏忽而死，又怕奸情暴露，两个人商量一番后决定，学生情人开车把孩子尸体运到郊外的山沟掩埋，孩子妈妈去自由市场制造孩子失踪的假象。"

"怪不得夏晴失踪的案子，骆辛一开始就盯着她妈妈不放，想来也是因为先前有这么个案子让他有所警惕。"方龄接话说。

"我留意观察过骆辛办案，他用的方法就是调取大脑中存储的旧案素材，套用到现实亟待解决的案子中。厉害之处就在于他每一次套用得都十分恰当，感觉就好像现如今一些网站上的大数据应用，网民在网上的一举一动都会被收集和加以分析，然后向网民推送喜欢的网页内容和广告产品，这也是我觉得骆辛真正的天才之处。"周时好说。

"其实并非完全如你所说的这样，他确实有天才的一面，但更为关键的是他懂得运用正确的思维方法，笼统些说，就是换位思考。"方龄反驳一句，跟着解释说，"他把自己换位成犯罪人的身份，结合过往大脑中对犯罪行为的归纳，以犯罪人的思维逻辑去推演犯罪人如何策划案件，如何实施犯罪，如何逃避追捕。这是一种非常棒的而又富有成效的推理演绎法，很多侧写专家也是运用这样的方法对罪犯进行心理画像，但对骆辛而言，这也是让我最忧心的地方。"方龄停下话头，看了眼一脸纳闷的周时好，斟酌一会儿，才又接着说，"咱们用影视演员举个例子。有一种优秀的演员他可以在任何角色中随意转换、不留痕迹；而还有一种优秀的演员，因为塑造角色太用心，会沉浸在角色中长时间走不出来。这种演员往往都是性格过于内向、心思很重的人。以骆辛在认知方面的缺陷，以及他的成长经历，虽然经过崔教授多年疏导，我也不觉得他是一个心理健康的孩子，我很担心他会成为我说的后一种演员。你要知道，他的那种换位思考，有时候还需幻想被害人遭到侵害时的反应和感受，甚至还要试着体验犯罪人实施作案时的快感和满足感，这对一个人的内心是非常撕裂和阴郁的，非常残酷，你有没有想过有一天他会太执着于某个罪犯身份而无法抽离，导致他酿出极端事件？我作为一队之长，需要对队里的每一个人、每一个案件负责，我不能把他这个隐患留在队里，所以考虑暂停他这个所谓的顾问职位。"

"别啊，骆辛可是帮队里破过不少案子，也没出过什么纰漏，怎么能说不用就不用了呢？再说宁雪的去世已经对他打击很大，这要是再取消了他顾问的职务，他不更得走极端啊？"没想到方龄说着说着竟是要把骆辛扫地出门，周时好忍不住动气，竖眉横眼道，"我告诉你方龄，我不管你有什么背景，你在支队怎么折腾也好，你要是敢动我的人，敢打骆辛的主意，别怪我不给你脸，拆你的台！"

"拆我的台你能怎么着？没骆辛那孩子，队里就没法办案子了？"

方龄针锋相对，扬唇反击道，"别以为我想不出来，骆辛能当上队里的顾问完全是你假公济私一手促成的，你不就想锤炼他，让他多接触社会的各个方面，多接触各色人等，尽可能像正常人一样融入社会吗？我承认你对他的一片苦心，但我们这是要对老百姓和社会负责的纪律部队，不是你和骆辛的试验场和训练场，懂吗？"

"切……"周时好被方龄揶揄得一时找不到反驳的话。

"你切什么切？怎么着，还想骂人？"方龄杏眼圆瞪道。

"不，不，没骂，一个大男人骂女人多没劲，再说您是我领导，我哪敢呢？"周时好瞬间转怒为笑，龇牙咧嘴，讨好着说，"不然这样，咱别一刀切，给那孩子点缓冲时间，逐步让他淡出行？"

方龄一脸无奈，她知道周时好这是在用缓兵之计，不过经过刚刚这么敲打，她相信周时好能认真反思到底该不该用骆辛这个顾问，也算达到了她一半的目的，便苦笑着说："时好，你年轻时也算是一身正气，怎么现在这么混不吝？"

"混不吝是你们北京人儿说的话，我们这叫二皮脸、滚刀肉。"周时好见方龄有松口的迹象，便又开始油腔滑调，紧接着蹬鼻子上脸说，"陈大爷女儿这案子，让骆辛和小秋先办着，行不？"

方龄使劲吐口气说："行，你打报告吧。"

"好嘞。"一听方龄终于被说动，周时好麻利地从椅子上站起身来，快步出了办公室，一副生怕方龄又改主意的架势。

方龄望着他的背影，陷入一阵沉思：很显然，在解释骆辛身世以及他们之间渊源的问题上，周时好是有所保留的，他到底隐藏了什么信息，是在保护他自己，还是保护别的什么人？仅仅出于报恩，或者所谓身世上的共情，真的值得周时好为骆辛付出这么多吗？

第十四章
旧案重启

———┼——

    周时好猜得没错，骆辛确实对陈大爷女儿陈洁的失踪案上心了。他和叶小秋随陈大爷一道上了郑翔的车，叶小秋坐前排，他和陈大爷坐在后排，只是他坐在喜欢的中间位置，看着有些挤。

    "从你的角度考虑，陈洁有没有突然离家出走的理由？"骆辛语气直白地问。

    "不会，我们小洁一直是个老实规矩的孩子，她不会干那种傻事，再说那天她还特意给我发微信说晚上要和女婿一起回家吃饭。"陈大爷说着，颤颤巍巍从系在腰间的小帆布包中掏出一个手机，挥了挥，"我到现在还留着她那天发给我的微信。"陈大爷摆弄几下手机，放出案发当日陈洁给他发的语音微信。

    "您确定这是您女儿的声音？"叶小秋从副驾座位扭头问。

    "当然，我听了无数次，而且当年你们的技术部门也鉴定过，确实是小洁的声音。"陈大爷肯定道。

    叶小秋看了眼骆辛，斟酌着说："大爷，您介不介意把手机借给我们带回去再鉴定一次？"

"当然没问题，只要能找到小洁的下落，让我给你们什么都行。"陈大爷忙不迭把手机塞到叶小秋手里，随即又从腰包中掏出一个手机，"我还有个手机，你们要联系我打这个手机。"

"如果陈洁是因为遭受人身伤害才失踪的，你有没有怀疑对象？"骆辛问。

"我不敢想我们小洁已经不在人世，如果真是被害了，原本我怀疑过我女婿文斌。"陈大爷一脸苦楚，眨了眨眼睛，忍着泪说，"我早年做生意做得不错买过几套房，其中有两套归在小洁的名下，那时小洁还没和文斌结婚，包括他们现在住的房子也是我出钱买的，都算是小洁个人的私有财产。不用我说你们也知道，现在这三套房已经很值钱了。还有小洁买过很多份保险，生前受益人是她自己，身故受益人按法定分配，也就是说，如果她身故了，保险公司赔付的保费，配偶可以继承一大部分，我和小洁妈妈继承一小部分。并且这么多年那两套房子的租金，小洁工作赚的钱，加上我给她的零花钱，家里的存款也相当可观。也就是说，如果小洁和文斌离婚了，他顶多能分点存款，可如果小洁死了，他继承的财产可是相当丰厚的，所以一开始我和老伴都怀疑是文斌图财害了小洁。不过没想到的是，到去年年底小洁算是满 4 年没音讯了，可以按法定宣告死亡，保险公司赔付了保费，文斌这孩子竟分文未要，全部都分给了我们。还有房子，他只留了他和小洁原先住的房子，包括另外两套房子和一部分家里的存款，他也一并转到我和小洁妈妈名下，那孩子用行动证明这几年我们真是冤枉他了。"

"那您这个女婿现在近况如何？"叶小秋问。

"还开着原先那个五金建材店，逢年过节也会来家里看望我和老伴。"陈大爷叹口气说，"唉，那孩子说了，不管小洁是死是活，他都想等个明确的结果，以后也不准备再找媳妇，就一个人过了。"

把陈大爷送回家之后，三人回到支队，周时好把重启调查陈洁失踪案的任务，正式分派给骆辛和叶小秋。有了正式授权，两人先去了物证库，登记领取涉案物证，紧接着便返回档案科，又从档案库的积案区中取出案件卷宗。

案发于 2014 年 10 月 24 日，陈洁自上午 9 时许离开家之后，便再未返回。当日下午 3 时许，她给父亲陈自强发微信，说晚上要和丈夫一起回娘家吃饭，此后便再无消息。次日，10 月 25 日下午，有垂钓者在黑石岛望鱼崖上拾到一条带血的项链，并在崖头山石上发现几滴血迹，遂报警。警方对项链以及山崖上的血迹进行了检验，结果证明均与陈洁的 DNA 吻合，于是对黑石岛望鱼崖周边以及海域进行大范围搜索，可最终除了在海滩上发现一只属于陈洁的运动鞋，并无更多收获。涉案物证：包括一条带血的项链，单只某国外品牌的运动鞋，以及一枚 1TB 容量的移动硬盘，里面储存着与案件相关的一系列监控视频录像。

了解完整个案情，叶小秋问骆辛下一步从什么地方入手调查，骆辛说先不急，眼下需要做的就是把所有涉案的监控录像全部审看一遍。

金海商场坐落于金海市最繁华的商业圈，是金海市老字号商场，也是金海市经营面积最大、货源最全、客流量最多的百货商场。

张川通过网络搜索，找到"章鱼牌"旅行箱制造厂商的官网，看到总公司地址是在南方一座城市，不过在金海市各大商场都有它的销售柜台，而设在金海商场中的柜台，同时也是"章鱼牌"旅行箱金海地区代理商的办公地点。

张川和郑翔把抛尸用的旅行箱照片拿出来让店员辨认，店员表示箱子确实属于章鱼品牌，但款式很旧，目前在售的箱包中已经没有这一款。随后，店员帮忙在网上查询了一下品牌名册，告知二人该款旅行箱于 2007 年 9 月开售，至 2010 年底停产，以经验来说估计 2012 年左右，市面上应该就没这种箱子在售卖了。

离开商场箱包区，两人又去了服装区，拿着从抛尸箱中找到的那枚扣子，挨个服装柜台询问，希望能打听到出处。问了好多人，都说只是一枚普通的女性衣扣，没有什么特别的辨识度，也不一定是衣服上原本就带有的，也可能是单独买的，钉在衣服上做装饰用。不过一位年龄稍大的售货员给他们指出一条明路，说在服装区这个楼层靠近电梯旁有一个裁缝点，平时专门给客人改个裤脚、缩个腰、钉个扣子什么的，但那里面有一位经验丰富的老裁缝，原先自己开了30多年的裁缝店，在这一行中阅历相当丰富，问问她没准能打听到一些消息。

二人赶紧去找那位老裁缝，果然是行家，人家一看到扣子，立马就能说出个子丑寅卯来。老裁缝介绍说："这扣子的面其实是一朵樱花，很多年前在本市流行过一段时间，追溯起来大概在2008年，那一年金海市举办了有史以来第一次国际樱花节，从年初开始有关方面就开始宣传，在老百姓当中也获得了很好的响应，官方和民间都做了很多周边纪念品，我记得那会儿有特别多的女孩做衣服喜欢用樱花扣。"

"那您觉得这枚扣子会是2008年那会儿做的吗？"张川问。

"这个没法说，樱花节自那年开始每年都举办一届，每年也都会生产一些类似的周边纪念产品，不过要说流行，也就那么一两年，近10来年好像很少见人把这种扣子钉在衣服上。"老裁缝说。

"那您觉得我们能从生产厂商方面着手，找到具体生产年份吗？"郑翔问。

"很难，做这种扣子也不用啥高精尖的工艺，甚至小作坊都能做出来，你们想要找到具体出处真比大海捞针还难。"老裁缝说。

听老裁缝这么一说，二人都有些泄气，不过综合旅行箱首售和停售的年份，估计案发应该在2008年至2012年之间，虽然时间范围还是比较笼统，但好歹也算有个靠谱的区间。

失踪者陈洁，早年在一家国营工厂做会计，后来厂子倒闭，陈洁下岗，便没有再入职正式的单位，而是在三家小公司做兼职会计。陈洁结婚后没有生育，失踪前和丈夫住在西城区晶科小区 28 号楼 1 单元 501 室，该小区是一个全封闭人车分离的高档住宅小区。小区大门口、楼栋门口、电梯里、地下车库，全部装有安防监控摄像头，进出单元楼可以说是无监控死角。

失踪当日，监控录像显示陈洁于上午 9 点 08 分走出所住的单元楼，一分钟之后出了小区大门。以此时间点开始，至随后陈洁遗物出现在黑石岛的两天时间里的小区中各部位的监控录像，骆辛和叶小秋耗费一下午加上一整晚的时间总算是看完一遍，陈洁的身影未在任何小区中的监控画面里出现过，而且其丈夫和邻居的进出也毫无异常之处，所以两人得出的结论和几年前办案组的结论一致，陈洁无论是失踪还是死亡，都发生在晶科小区之外。

看了一夜的监控录像，趁着还没到上班时间，两人抓紧时间在科里眯了一会儿，等同事们陆续都到了，两人便和科长程莉打招呼说要外出，接下来便是要与陈洁的丈夫正面交锋，他也是本案中最受关注的嫌疑人。

陈洁的丈夫叫潘文斌，是外省人，十七八岁时独自一人来金海闯荡，干过保安、出租车司机、装修工人，攒下一些钱后开了家五金建材商店，算是在金海站住脚跟。至于他与陈洁相识，是缘于一场相亲大会。那时陈洁自身家境、学历、工作、相貌都不错，选男朋友眼光自然比较高，没承想挑来挑去过了 30 岁还单身一人，便在朋友的怂恿下参加了一家婚恋网站举办的相亲大会。而潘文斌同样也是被朋友拖去凑热闹的。也就在那一场相亲大会中，潘文斌对陈洁一见钟情，随后展开追求。潘文斌比陈洁小两岁，人长得帅，嘴也甜，虽然两人各方面条件相差悬殊，最终陈洁还是被潘文斌强烈的情感攻势所打动，携手走入婚姻的殿堂。

　　按两人身边的朋友以及陈洁父母的话说，婚后两人相处十分融洽，潘文斌对陈洁是百般呵护，洗衣、做饭、打扫卫生等所有家务，全都被他一人包揽。但即便如此，当年的办案组仍将他作为第一嫌疑人重点调查。除了陈洁父亲先前说过的图谋巨额家产动机，也是据陈洁朋友反映说，案发一个月前陈洁和潘文斌曾发生过一次激烈争吵，起因是潘文斌炒股票赔了很多钱，想拿家里的一部分存款补仓，结果被陈洁拒绝。过程中，两人说了很多狠话，陈洁还动手挠了潘文斌，为此两人冷战一个多星期，最后以潘文斌妥协收场。其实这也不是两人第一次因炒股票的事情发生争执，那一两年潘文斌一直醉心炒股，也一直赔钱，所以一提起炒股票，陈洁就气不打一处来，总得数落潘文斌几句。再有，无论是潘文斌的朋友，还是陈洁的朋友，都提到在陈洁失踪前，大概有半年的时间里，潘文斌不知为何突然迷恋上跳舞，经常只开上午半天店，下午便锁了店门去舞厅里跳舞。有几次还被陈洁的朋友看到他和浓妆艳抹的女子从舞厅里出来，去饭馆吃饭。不过在这一方面陈洁倒是比较开通，并没有因此与潘文斌闹得不可开交。所以说，这个家庭和大多数家庭一样，表面上看着和和美美，实质上也有一些不尽如人意的地方，陈洁强势，在家里掌管财务大权，潘文斌缺钱，投资不顺，时常混迹于舞厅自甘堕落，似乎预示着他与陈洁的失踪脱不了干系。

　　骆辛和叶小秋在潘文斌经营的五金建材商店见到他时，潘文斌没显出过分意外，想必是陈洁父亲从支队回家之后与他联系过。这潘文斌身材高高瘦瘦，面相和蔼，前额宽阔，略微有些秃顶，看着比较沉稳老成。

　　"您最后一次与您爱人陈洁联系是什么时候？"叶小秋问。

　　"就她失踪那天。"潘文斌具体解释说，"早上我临出门时，她说晚上去妈家吃饭，让我看着买点海鲜带过去。我问她用不用开车回来接她，她说不用，说那天要去她兼职的一家公司做报表，完事后自己打车去妈家。

到了傍晚，我去到妈家，发现她没在那儿，就给她打手机，但电话里提示她关机了。我又开车回我们自己家找她，结果她也不在，我便给她的朋友们打了一圈询问电话，都说那天没见过她，我开始有些担心她出了什么事情，便到派出所报案。"

"当天你都去哪儿了？做过什么？"叶小秋继续问。

"上午在店里看店，下午去舞厅待了一下午。"潘文斌说。

其实这个问题，卷宗报告中显示当年的办案人员也问过，潘文斌给出的说辞也跟他现在说的一样，那时他还给出两个当天下午和他跳过舞的女伴的名字。办案人员为此特地去舞厅核实过，由于舞厅门厅的监控摄像头已经坏了很久，所以最终只能以他的两个舞伴的口供为准。

据两个舞伴证实：潘文斌那天下午确实在舞厅里待到傍晚，但不敢保证他一直都在、中间没离开过，因为她们也和别人跳舞，舞厅里又乌漆墨黑的，潘文斌不可能总在她们的视线里。而当日，陈洁给她父亲发微信的时间是下午 3 点 10 分，办案人员查过相应时间点的基站定位，显示陈洁发微信的区域在北城区文体路地带，距离潘文斌所在的舞厅，有 9 千米左右的路程，同时从网络中心反馈的信息看，那次微信发出之后，陈洁的手机便关机了，如果陈洁就是在那时遭遇不测，应该就和潘文斌没什么干系了。

"现在还跳舞吗？"骆辛盯着潘文斌问。

"早不跳了。"潘文斌苦笑一下，"原本那舞厅跟我这店只隔着一条街，现在都拆了，想跳也没地儿跳。"

"那还炒股吗？"骆辛接着问。

"股票倒是还炒着。"潘文斌紧了下鼻子，表情略尴尬，"不过现在也没原来想挣大钱的心气了，小打小闹，当个爱好，没什么大的盈亏。"

"陈洁做兼职会计的那几家公司您了解吗？"叶小秋问。

"你们警察原先不也查过吗？小洁当天根本没去她说的那家公司。"

潘文斌怔了下，又说，"对了，我听说这家公司的老板去年被抓了，说是注册了几家空壳公司，通过虚开增值税发票牟利，被判了无期徒刑。"

"陈洁有参与吗？"叶小秋追问。

"不清楚，小洁从不跟我说工作方面的事，不过我觉得小洁应该没参与过，不然调查期间，警察也应该来找小洁取证的是吧？"潘文斌说。

"那公司的老板叫什么？"骆辛问。

"陈洋。"潘文斌说。

陈洁的失踪会不会与陈洋有关呢？带着这个疑问，骆辛和叶小秋赶到金海市第一监狱，对陈洋进行提审。来之前，两人特意回了趟支队，申领了提讯文书。

监狱审讯室，叶小秋发问道："认识陈洁吗？"

"认识，认识。"穿着囚服的陈洋，频频点头，"我先前都说过了，她失踪那天真的没来过公司。"

"当天你都干吗了？"叶小秋继续问。

"我在公司啊，和我表弟，也是我的司机，我们在公司联网打了一天的游戏，我表弟没参与发票的事，他没有被抓，你们可以找他核实。"陈洋急赤白脸地说，"你们不会怀疑是我把陈洁搞失踪的吧？当时她才跟公司合作不长时间，我还没摸清她的底细和脾气，没敢贸然让她参与虚开发票方面的业务，根本不需要对她那样做啊？"

"你是通过什么方式雇的陈洁？"骆辛问。

"是一个哥们儿帮忙引荐的。"陈洋说，"那哥们儿叫杜明辉，我印象里他好像说过他和陈洁是大学同学。"

"杜明辉"？这个名字从未在先前的调查报告中出现过，想必是办案组忽略了，骆辛凝了下神问："我们怎么能找到这个杜明辉？"

"他手机号我记不全，要不你们直接去他店里找找看吧。"陈洋说，"他在港湾广场开了家西餐厅，名字叫美食港。"

刚刚在监狱审讯室中陈洋提到美食港时，叶小秋顿时双眼放光，其实也没什么特别的理由，就是饿了。熬了一整夜，早饭也没顾得上吃，这又到中午了，叶小秋真是感觉前胸已经贴到后背，尤其从车上下来之后，被餐厅中传出的饭香冲击着味蕾，她哈喇子都快掉下来了，几乎是小跑着冲进美食港西餐厅。

刚一进门，便有一位穿戴齐整的迎宾员迎过来："女士，您几位？"

"两位。"叶小秋急不可待地说。

"我们这一楼是自助商务餐，二楼是单点，您需要哪种服务？"迎宾员介绍道。

"杜明辉在不在？"未等叶小秋发话，从后面赶上来的骆辛，语气冷冷地问。

"您是？"迎宾员脸上多了丝警惕。

骆辛亮出警察证。

"噢，我们老板在二楼办公室，您二位跟我来吧。"迎宾员迟疑一下，侧侧身，露出身后的楼梯，做出请的动作。

叶小秋轻拉了下骆辛的手臂，冲大厅里的餐台努努嘴，意思是先把饭吃了再问话，骆辛没搭理她径自冲楼梯走去，叶小秋无奈地在后面翻了个白眼，随即跟过去。来到餐厅二楼，立马能感觉到氛围的差异：一楼宾客爆棚，相对嘈杂；二楼则异常幽静，装修也豪华一些，伴着轻柔舒缓的音乐，气氛浪漫而又温馨。

迎宾员将两人请到靠窗的卡座坐下，随后离开。不多时，一个穿着白衬衫、面庞干净、头发梳理得一丝不苟的中年男人，来到两人桌前，语气温和地说："我是杜明辉，是您二位警官找我？"

"您先请坐。"本来与骆辛相对而坐的叶小秋，起身把杜明辉让到自己的座位，然后坐到骆辛的身边，才又继续说道，"您认识陈洁吧？"

杜明辉未急着回应，冲站在远处的一位服务员招招手，又指指身前的桌子，服务员心领神会，用托盘端来三杯柠檬水，杜明辉端起身前的水杯轻呷一口，脸色露出一丝苦笑道："过了这么多年，你们终于还是找到我了。"

叶小秋微微一怔，但立即也学着骆辛的模样，脸上露出不置可否的表情。

"我承认我和陈洁有私情，她失踪那天我约了她。"杜明辉又大口喝口水，放下杯子，使劲摇摇手，"不过那天她失约了，我没见到她，她失踪真的跟我无关！"

"为什么当时不找警方说明情况？"骆辛盯着杜明辉问。

"我怕被当成嫌疑人闹出满城风雨的闲话。"杜明辉略显尴尬地笑笑，压低声音说，"不怕你们笑话，其实我和陈洁的老公差不多，都是吃软饭的，我的这些生意没有我媳妇家族的投资是干不成的。"

"你们当时怎么约的？"骆辛问。

"约的是上午 10 点，到我家。"杜明辉说，"我媳妇常年在国外陪孩子读书，去我家比较安全。"

"你住在什么位置？"骆辛继续问。

"文体路的新海小区。"杜明辉说。

"文体路"？岂不就是陈洁失踪当日给她父亲发微信时所在的区域？可当时已经下午 3 点多了，而杜明辉说两人约的是上午 10 点，那下午 3 点陈洁去文体路干什么呢？会不会是杜明辉在说谎？叶小秋和骆辛对了下眼色，叶小秋问道："那天没等到陈洁去你家，之后你都去哪儿了？"

"也没去哪儿，喝了点酒，睡到下午四五点钟，然后就来店里了。"

杜明辉跟着解释一句，"前一天下半夜看了场欧冠球赛，没睡好。"

"你和陈洁私下交往多久？"叶小秋又问。

"我们是大学同学，是从一次同学聚会后开始交往的，到她失踪大概有一年吧。"杜明辉想了一下说。

"你们俩的私情还有谁知道？"骆辛问，"陈洁的丈夫有没有察觉？"

"没人知道。"杜明辉使劲摇头，跟着强调说，"我们很谨慎，我问过陈洁，她说她丈夫从来没有怀疑过她。"

"那你能不能给我个理由，陈洁为什么会失踪？"骆辛又盯着杜明辉问。

"我真不清楚，可不敢乱说。"杜明辉忙不迭摆手道。

"行，那先到这儿吧，以后想起什么给我们打电话。"骆辛道。

"给，这是我的手机号码。"叶小秋从小挎包里掏出记事本和笔，写下自己的手机号码，撕下来，将纸片递向杜明辉，然后说道，"麻烦您把菜单拿过来。"

"菜单？"杜明辉接过纸片，愣了下，随即殷勤地说，"噢，还没吃午饭是吧？点，随便点，我请客。"杜明辉说罢，冲候在远处的服务员招招手，轻声说了声把菜单拿过来，服务员赶紧照做，把菜单送到杜明辉手中。

"白吃可不行，我们有纪律。"叶小秋从杜明辉手中拿过菜单，一边翻看一边说。

"对，对，影响不好，那打折行不？"杜明辉一脸谄笑说。

"嘻嘻，打折行。"叶小秋把菜单推给一旁的骆辛，对着杜明辉报出几个自己想吃的菜名。

"再给我一杯水。"骆辛看也没看菜单一眼，随口说道。

"就喝水？小气鬼，这顿我请，好吧？"叶小秋鄙夷地撇了下嘴，猛然又拍下脑袋，"噢，我忘了，你吃素。"

"没事，没事，素的也有，我们有进口的植物肉牛排，素菜沙拉也做得很棒，您尝尝？"杜明辉抢着接下话说。

"就给他来这两样。"叶小秋拿主意说。

"好，那两位稍等，马上就给您上菜。"杜明辉拾起菜单起身说，末了又补了一句，"我们这上菜很快的。"

杜明辉刚离开，骆辛便"嗯"了一声，清清嗓子，把叶小秋的注意力吸引过来后，冲对面扬下头，示意叶小秋坐过去。叶小秋白了他一眼，嘴里嘟哝一句，像谁稀罕坐你旁边似的，随后慢慢吞吞站起身子，一脸负气地坐到对面的沙发上。

叶小秋刚坐定没多久，服务员便陆续开始上菜，果然像杜明辉说的那样出菜很快。菜上齐了，两人开吃。骆辛一声不吭，默默地吃着，叶小秋因为刚刚被嫌弃，也赌气懒得说话，餐桌上便只有刀叉的声响。

正吃着，叶小秋听到从楼梯口传来一阵吵嚷声，便抬头望过去，随即赶紧又把头低下，缩着身子似乎很怕被什么人看见。结果还是没躲过去，两个和她差不多年纪的女孩，一边嬉闹，一边冲她走过来。其中一个顶着一副美容过度的面孔的女孩，发出一声夸张的惊叫："呀，是叶小秋吧？多少年没见了，你都死哪儿去了？"

"是啊，我们高中同学聚会你也不来。"另一个身材胖胖的女孩跟着说。

叶小秋勉强咧咧嘴，应付着说："我，我工作忙，实在没时间。"

"想起来了，据说你在派出所当片警？"美容脸捂嘴笑笑，故作矜持道，"你当年可是咱们班学霸加班花，当警察可惜了。"

叶小秋无话可说，只好敷衍着笑笑，静默了一会儿，见两个女孩没有要离开的意思，只好没话找话说："你们过来吃饭？"

"是啊，我俩刚提完车，过来吃个便饭。"胖女孩一脸傲娇，冲窗下停车场指了指，"看，那就是我们刚提的车。"

叶小秋顺着她的指向，看到停车场里多了两辆外形方方正正的吉普车。

"奔驰大G，落地两百个。"美容脸一脸自豪地说，跟着像是随口一问，"你现在开啥车？"

叶小秋抬手挠下额头，脸色有些尴尬，冲窗外奔驰大G方向指了指："你们那车旁边的就是我的车。"

俩女孩同时扫了眼，美容脸又掩嘴嗤笑一声，语带讥讽地说："呦，小秋，那是你的车啊，你可真够低调的！"

叶小秋正不知如何回应，就见骆辛稍微用力，将餐刀和叉子"当"一声放到餐盘上，一脸严肃地说："我们已经尽量高调了，你们没看出来吗？"

"哈哈，就那车，还高调？"胖女孩笑出声来，问骆辛，"你谁啊？"

"我，我同事。"叶小秋一脸莫名其妙地瞅向骆辛。

"你们这层级，理解不了倒也正常。"骆辛眯了下眼睛，用餐布擦擦嘴，不紧不慢地说，"你们俩听说过马云吧？"

"他谁不知道？"美容脸说，"不就一会儿首富，一会儿前首富那人吗？"

"知道就好。"骆辛叹口气，一本正经地说，"我给你们俩打个比方：你们说马云那人是开着你们这车出去有面子呢，还是开着我们这车出去关注度高？你们觉得马云开着你们那车出去群众会搭理他吗？可他要开着我们这车出去，群众可是会追着议论，什么报纸啊，电视啊，都得抢着报道，所以你们觉得马云是开着你们的车算高调，还是开着我们这车比较高调？"

"啥？"俩女孩挠着头，半张着嘴，互相看着，不知道该如何接话。

"你吃好了吗，吃好了就走吧，咱得上班了。"骆辛冲叶小秋说道，紧接着便站起身，径自冲楼梯口走去。

"吃，吃好了。"叶小秋忙不迭用餐布擦擦嘴，起身跟了过去，走到楼梯口，回身冲俩女孩挥挥手："先走了哦，你们慢慢吃吧。"

目送叶小秋的身影从楼梯口消失，胖女孩又挠着头，眼神迷离地说："那男的说的是啥意思？啥高调低调的，咱是高调还是低调？"

"对呗，好像挺有道理的。"美容脸使劲眨着眼睛，不知所云胡乱应着，随即愣愣地问，"咱算有钱还是没钱？"

这边，两人钻进车里，叶小秋一脸兴奋，扭头冲后排说："大明白，你刚刚太酷了，要是能把单也买了，那就更酷了。"

骆辛仔细地系着安全带，生怕出一点纰漏，一副没工夫搭理叶小秋的模样。

"那俩货上学的时候就特爱攀比，特爱显摆，真让人讨厌！"叶小秋继续兴致勃勃地说，"哎，就你刚刚那高调低调的理论真是绝了，你咋想出来的？"

"我都不知道我说的是啥，别没完没了的，赶紧开车走吧。"骆辛终于把安全带系好，催促着说。

"甭管说的是啥，反正很有效果，你看那俩货一脸蒙那样。"叶小秋透过车窗玻璃冲上面望，那俩女的也正愣愣地站在窗前瞅着她的车，叶小秋忍不住"呵呵"笑了两声，发动车子驶出去，跟着问，"咱们接下来是不是还得深入查查杜明辉？陈洁失踪当天，他的活动轨迹没有人证，还有他这么大大方方承认自己也是吃软饭的，是不是反常？"

"嗯。"骆辛点点头，"要么太急于证实自己的清白，要么慌不择路，才导致口无遮拦。"

第十五章
女王驾到

早晨，万里无云，和风荡漾。

不知道是不是天气好的原因，周时好的心情看起来格外轻快。他吹着口哨从车里走出来，三七分头梳得一丝不苟，上身穿着带蓝条纹的长袖衬衫，下身穿着灰色修身西裤，衬衫掖在裤子里，露出腰带上的名牌LOGO十分晃眼，配着一双锃光瓦亮、一尘不染的黑皮鞋，手上再握个黑色手包，活脱脱一个成功商务人士，可谓派头十足。

周时好穿得利利整整，一路吹着口哨走进办公大楼，不时与走廊里来往经过的警员热情洋溢地打着招呼，不知道的还以为他摊上什么大喜事了。当然，他也不知道方龄和苗苗就走在身后，跟了他一路。

方龄现在和苗苗已经相处得相当熟了，苗苗基本上算是她半个助理了，很受她信任，两人之间谈话也不像先前那么端着，方龄冲周时好背影撇撇嘴，皱着眉说："今儿这是怎么了，又抽哪门子风？"

"您不知道，周队其实一直都这样，前阵子可能太忙，没工夫捯饬。"苗苗一副见怪不怪的语气说。

方龄冷笑一声，犹豫了一下，可能觉得当着苗苗面说这话不大合适，但还是没忍住说出了口："你们周队这人是不是一贯属于闷骚型的？"

"他这哪儿是闷骚，他是真骚！"苗苗紧着鼻子吐槽道，"我跟您说，他心情好的时候见谁撩谁，就连保洁大婶都能撩两句。"

方龄叹口气，摇摇头，轻声自语道："真没想到周时好会变成这副模样。"

"您说什么？"苗苗没听清，追问道。

"没说什么，没什么。"方龄一边摇头，一边苦笑。

说说笑笑到了办公室，方龄刚推门走进去，便听见敲门声。回头看是周时好站在门边，对她说关于无名尸骨法医那儿有新发现，问她要不要一起去了解了解。方龄当然责无旁贷，赶紧把包放好，跟着周时好出了办公室。

解剖室里，工作台上摆着七八个骷髅头，旁边的台子上堆了一堆乱七八糟的斧头、锤子和棍棒等器物，沈春华俯下身子正聚精会神地盯在其中一个骷髅头的后脑部位。门口传来一阵脚步声，她抬头看是周时好，正想贫几句，紧接着又看到跟在后面的方龄，便赶紧把涌到嘴边的话，硬生生咽了回去。

"在哪儿弄来这么多脑袋，怪吓人的。"周时好走到工作台边打量着说。

"瞎嚷嚷啥，石膏做的，看不出来啊？"沈春华损了周时好一句，赶忙堆起笑脸冲方龄打招呼，"方队也来了。"

"这是又熬夜了吧？"看到沈春华眼角有些乌青，方龄体贴地说道，"工作再忙也得注意休息，要劳逸结合。"

"没事，都习惯了，昨晚还好，在科里睡了几个小时。"沈春华大大咧咧地说。

"DNA 比对有结果了？"周时好打断两人的寒暄问道。

"对，可以肯定无名尸骨不是陈洁，并且也不匹配数据库中现存的任何一个失踪者或无名尸首的 DNA。"沈春华回应道，"骨密度和钙化程度显示被害人死亡时间，距离现今超过 10 年。"

"这是不是和你们调查完旅行箱和扣子的信息之后，判断出的案发时间差不多？"方龄冲周时好问。

"基本一致，这样看来案发时间基本可以缩小到 2008 年到 2009 年之间。"周时好顿了下，指指工作台上的骷髅头，"刚刚说的都是开胃菜，这才是重点吧？"

"懂我。"沈春华走到周时好身旁，拍拍他的肩膀，随即从台子上拿起一个骷髅头，指着脑后的创痕，向两人展示一番，然后说，"无名尸骨脑后的创痕，就跟这石膏脑颅上的形态一样，属于线状骨折，很明显是被钝器所伤，我昨晚实验到大半夜，就是想找出符合这种创伤形态的钝器。"

"找到了吗？"方龄插话问。

"嗯。"沈春华点点头，脸色蓦地凝重起来，转身从写字桌抽屉里取出一样物件，放到工作台上，沉声说，"我反复试验过，就这个最接近，警用电棍。"

警用电棍？周时好一脸错愕地打量着工作台上的电棍。长度 50 厘米左右，外壳全部是金属的，棍身主要为狼牙棒结构。上手掂量一下，分量很足。

方龄也是一脸疑惑，如果警用电棍是凶器的话，那这案子太敏感了，便语气急促地问道："你这警棍从哪儿淘来的，是咱们正规配备的吗？感觉不像正在使用的装备。"

"我到装备库里找实验用的斧子、锤子啥的，看到在角落里堆了几根这种警棍，便顺手拿来一根，估计是很多年以前配备的，现在用的都是伸缩型的。"沈春华说，"具体年份等我再和库管落实一下。"

"也不一定跟咱们警察有关，早几年这方面管控不严，市面上售卖假警服、假警用装备的不法商贩不在少数，大可不必这么紧张。"周时好安慰道。

方龄迟疑着点点头，随即对沈春华说："无论如何这个事情都先不要声张，现在很多媒体都热衷于炒作，消息泄露了咱们就被动了，目前还是把精力放到追查身源方面。"

"我建议做颅面复原，不过队里的技术做不了，得拿到省厅物证鉴定中心去。"沈春华说。

"那就赶紧把头颅送过去。"方龄使劲点下头，"具体多长时间能有结果？"

"通常需要两周以上。"沈春华说。

从技术队往回走，周时好和方龄脸色都很难看。作为警察，最不愿办的恐怕便是涉警案件，因为警察这份职业最重要的品质是忠诚，对国家忠诚，对人民忠诚，对伙伴忠诚，所以当你迫不得已要去怀疑和警惕身边共患生死的伙伴之时，那种矛盾、犹疑、不舍、背弃，甚至兔死狐悲的感受，真的会让人的内心很撕裂。

心情沉重，脚下自然步履千斤，短短几分钟的路，也会觉得很漫长，两个人全程都默默地低头走路，没有任何交流。快走到办公间的时候，听到里面传出一阵喧哗声，本就烦躁的周时好，心里便有些撮火。

"上班时间都吵吵什么，像个什么样子，还有没有个规矩了？"一踏进办公间，也没看清里面的情形，周时好便厉声呵斥起来。

而此时的办公间里，一群警员正围在苗苗的桌前，被周时好这么一喊，空气凝滞了下，围观人群迅速散开，露出一桌子吃的喝的，咖啡、奶茶、蛋挞、面包圈、炸鸡，而在本该是苗苗的座位上，坐着一位长相精致而又有些娇媚的女子。

"林悦，你回来了？"周时好脸上顿时多云转晴，怒气瞬间烟消云散。

"干吗？不欢迎我啊，一进门就喊上了，好长时间没来了，给大家带点吃的怎么了？"叫林悦的女子嘴上气势汹汹，但眉眼却都含着笑，有点向周时好撒娇的意思，女子随即从苗苗的座位上站起身，一副豪气的做派冲众人挥挥手："你们吃你们的，别理他，对了苗苗，一会儿把礼物给大家分了，大家都有，男的腰带，女的香水。"

"谢了悦姐。"郑翔往嘴里塞着鸡腿说。

"换个称呼，这个不爱听。"林悦冲郑翔勾勾手指。

"噢，对，谢了嫂……子。"郑翔心领神会，特意在提到嫂子时拉长了音。

"滚，添什么乱，就你嘴好。"周时好笑着回了郑翔一句，然后对一旁的张川说："对了，川，黑石岛的无名尸骨在DNA库里没找到匹配的，待会儿你和翔子去档案科翻翻旧案子，看看有没有那种当事人情形和无名尸骨差不多，而DNA并不在库的积案。"说罢，语气温和地冲林悦说，"走，去我办公室。"

一瞬间，办公间里的情势发展得很戏剧化，把方龄看得有点迷糊，便站在门口处观望。待周时好把叫林悦的女子带到他的办公室，方龄才走回自己的办公室。走到门前，苗苗很有眼力见儿，拿了杯咖啡给她，被她笑笑婉拒，透过门上的玻璃冲周时好办公室里瞄了一眼，随后推门走进自己的办公室。

"不是说到欧洲考察要十天半个月吗，怎么这才一个多礼拜就回来了？"周时好把林悦安顿到沙发上说道。

"公司这边和厂商出了点问题，我提前回来处理下。"林悦说。

"严重吗？"周时好问。

"没事，可控范围。"林悦轻摇下手，"对了，我上回说那事你考虑得怎么样了？"

"什么事？"周时好一脸纳闷。

"哎，你这人，我的事你就不能上心一回？"林悦瞪了瞪那双妩媚的大眼睛，"哪天陪我跟我们家老爷子和老太太吃顿饭，要不然这一天天全是相亲的事，一会儿张伯伯的儿子，一会儿李奶奶的孙子，都快郁闷死我了。"

"你可算了吧，他们又不是不认识我，根本看不上我，假装是你男朋友他们也不会信啊。"

周时好举双手做出投降的样子。

"你原来是一个小刑警，现在是副支队长，能一样吗？"林悦"呵呵"笑道，"我们家老爷子和老太太都是正宗的势利眼，这回肯定待见你。"

"你让我考虑考虑。"周时好一脸不情愿。

"有啥可考虑的，不就吃顿饭吗，你能吃什么亏？"林悦又瞪起杏眼。

"那可不好说，我一身家清白的单身小伙，跟你一离过婚的女人搅和在一块，我说得清吗？"周时好表情贱贱地说，"再说一旦你爸妈看上我，逼着你和我假戏真做怎么办？"

"别臭不要脸了，谁跟你假戏真做，我离过婚怎么了，外面排队追我的小伙多了去了，哪个不比你强？"林悦白了他一眼，"找你纯粹是觉得安全系数最高，不会黏糊人。"

"行，行，好，不过我最近太忙了，等等可以吧？"周时好无可奈何地说。

"这还差不多。"林悦莞尔一笑，从自己的包里掏出一个方盒子，放到周时好身前的桌上，"这，给你的。"周时好打开盒子，见是一只手表，推辞说："这表挺贵的吧？我这跑跑颠颠的戴着糟践了，再说我用手机看时间挺方便的，用不上。"

"爱戴不戴，反正给你买的。"林悦深深叹口气，操着一副恨铁不成钢的语气说，"你能提升点品位吗？我跟你说男人成功与否看皮带，成熟与否看手表，不在乎手表有多贵，戴着就是一份气质，一种质感，你懂吗？"

"好，我戴，不就质感吗？"周时好把手表收好，放到办公桌抽屉里，敷衍着说，"行了，先回吧，我们支队来新领导了，你老待在这儿影响不好。"

"对了，我刚刚听翔子说了，你们来一新支队长，还是一女的。"林悦向前凑了凑身子，压低声音说，"这支队长的位置不是你众望所归吗？嘿嘿，怎么被截和了，是不是心里特失落？"

"我是那种注重名利的人吗？跟你说吧，领导找过我，被我拒绝了，哥们儿就喜欢出现场办案子，没工夫操心队里这些吃喝拉撒的事。"周时好一副大义凛然的样子。

"呵呵，别吹了，川都说了，人从北京来的，背景很深，灭你分分钟的事。"林悦掩嘴扑哧一笑说。

"不说了，不说了，你赶紧走吧。"周时好摆摆手，见林悦没动地方，皱着眉头试探问，"你是不是还有别的事？"

"还真有个事，得麻烦你一下。"林悦想了一下，似乎欲言又止，须臾脸上堆着笑说，"是这样的，我有个好姐们儿，她弟弟前几天被货车撞死了，结果司机当场逃逸……"

"这是交警事故科干的事，我插不上手。"没等林悦说完，周时好便不耐烦地说。

"你听我说完行吗？"林悦咂了下嘴，白了他一眼，接着说，"司机现在抓到了，不过他口口声声说是我那姐们儿的弟弟主动往他车上撞的，是自杀，交警那边调查了好几天一直也没个结果，你能不能帮忙问问情况？"

"车祸是哪天？"周时好问。

"星期一凌晨。"林悦说。

"这不才过去三四天吗？没结果很正常，谁来调查也不可能那么快！"周时好一脸苦笑，紧跟着安慰说，"放心吧，如果只是司机一面之词，交警方面很难采信，再说他属于恶意逃逸，甭管什么原因他都得负全责。"

"不是责任的问题，是我那姐们儿的父母纠结孩子自杀的问题，人家父母根本不相信孩子会自杀，如果真是自杀人家也想搞清楚原因，总不能让这么大个儿子不明不白地死了吧？"林悦说。

"那你要我做什么？"周时好紧鼻皱眉问。

"你们刑警肯定比交警有力度，不然你去审审那司机呗？"林悦像煞有介事地提议说，"他要承认是造谣，我那姐们儿的父母也就了却一份心事。"

"你这不胡扯吗？你怎么会有这么幼稚的想法？"周时好猛地瞪大眼睛，急赤白脸地说，"我算干吗的，插手人家的调查？除非这个车祸事件不完全是意外，有可能是刑事案件，人才能把案子转给我们。"

"那你帮忙打个电话，问问什么时候能有个结果总行吧？"林悦提高说话音量，一脸怨气地说，"你在公安系统也算有点名号，他们能不给你点面子吗？就算我求你了还不行吗？是不是非得我以身相许？"

"你小点声，谁用你以身相许，我打，我打还不行吗？"周时好晃晃脑袋，满脸愁容说，"当事人叫什么名字？"

"孙小东。"林悦说，"案子是北城区交警队在查。"

周时好拿笔把名字记到台历页上，小声嘟哝道："我算是叫你们这几个女的拿捏得死死的。"

"还几个女的？都谁啊？"林悦追问说。

"哪儿有，我就随口一说，赶紧回吧，公司不还有事情要处理吗？"周时好一副生无可恋的表情，催促着说。

"你出来送我一下，我给骆辛大宝贝买了几本外版书，都是他喜欢的心理学方面的，在我车上放着，你拿到你车上，带给他。"林悦的目的达到了，说话语气和脸上的表情都温婉起来。

"好，那走吧。"周时好站起身，扬扬手说。

周时好和林悦前脚刚迈出大办公间，苗苗便敲敲方龄办公室的门，推门走进去。方龄抬头，未及开口，苗苗抢着说道："您找我啊？"

"我找你？"方龄一愣，莫名其妙地说，"没有啊！"

"真没有？那我可走了？"苗苗意味深长地笑笑，"不想知道林悦姐和周队之间是怎么回事？"

"赶紧坐吧。"方龄这才反应过来苗苗的用意，指指对面的椅子，"说吧，你个小八卦精。"

方龄如是说，苗苗便一屁股坐到椅子上，兴致勃勃开讲道："据说林悦姐是周队唯一承认交往过的女人。"

"还唯一承认？"方龄嗤之以鼻道，"搞得像他多抢手似的，和他谈恋爱光荣啊？他俩现在到底是怎么个关系？"

"现在？您还看不出来啊？明显是林悦姐上赶着追周队，不过周队对她总是不冷不热，一会儿好一会儿坏的。"苗苗撇了下嘴，似乎有些为林悦抱不平。

"林悦多大年纪？"方龄问。

"应该也有三十五六岁了吧？"苗苗迟疑着说，"不过她保养得特好，看模样感觉就三十上下的样子。"

"她和你们周队以前交往过为什么中间分手了？"方龄又问。

"据我综合几个版本的传言，感觉最接近事实的事情经过是这样的：林悦姐的爸爸是我们市非常著名的书法家，母亲是一家国有银行的高层，哥哥在政府部门工作，家境极好，而且林悦姐以前是医生，所以家里人极力反对她和当时还只是一名普通刑警的周队交往。尤其当时林悦姐所在医院院长的儿子正追求她，那男的也是个医生，身份对比就更加悬殊了。

"但林悦姐对周队用情极深，对家人的劝阻以及其他条件再好的男人的追求完全置之不理，甚至不惜与家人决裂，辞掉医生的工作，也要和周队交往。只是后来不知道为什么，她突然和院长的医生儿子结了婚。有人猜测说是周队怕辜负林悦姐的深情主动提出分手，也有人说是因为林悦姐父母以死相逼令她妥协了。不过林悦姐的婚姻只维持了两年多，最后还是以离婚收场。"苗苗眨眨大眼睛，一脸崇拜地说，"要说起林悦姐还真是厉害，她辞了医生工作去卖车，竟然卖着卖着自己当了老板，现在开了好多家 4S 店。人品和性格方面也特别好，总是笑呵呵的，从不摆老板架子，每次来都请大家吃东西，出差回来也给大家带礼物，大家背地里都叫她嫂子，嘻嘻。"

"这么看，林悦真是非常优秀。"方龄诚服地点点头，"我看人长得也很出众，个子快到一米七了吧，细条柳腰，弯眉大眼，举止大方，很像模特，尤其性格热情奔放、敢爱敢恨，倒是挺适合你们周队的。"

"我们其实也很希望他们能成为一对。"苗苗点下头，又把头稍微仰起，犹疑着说，"不过两个都这么外向的人，结合到一起没有互补，能长久吗？"

方龄不置可否地笑笑。她心里很清楚周时好骨子里并不像现在大家所看到的这么张扬，尤其听苗苗讲述了他和林悦之间的故事，方龄突然间释然了周时好性子的转变：恐怕是接连在感情方面受挫，令他内心受到不小的冲击，他外表把自己塑造成狂放跋扈、风流不羁的人设，实则是对自己自尊心的保护。其实大多数人都不能免俗，内心越缺什么，外在却表现得越有什么。方龄何尝不也是如此。

第十六章
死之永恒

——十——

经过一系列外围调查，没发现杜明辉近几年生活有什么异常变化，他还住在原先的房子里，时不时还会在家里组织朋友聚会，也时不时带浓妆艳抹的女人回家过夜。生活轨迹也并不复杂，家里、店里，或者酒吧、夜店、KTV，也都是他常去的地方。一个曾经杀了人的人，应该没法活得这么洒脱，除非心理变态。

是的，在骆辛心里，陈洁已经死了。事实上没有一个人能够悄无声息、毫无痕迹地从这个世界上销声匿迹的，除非死了。那妈妈呢？杳无音信这么多年，她也死了吗？骆辛从不在外人面前提起妈妈，不代表他不想念。

陈洁如果被杀了，地点应该就在黑石岛望鱼崖附近，否则为什么会在那里留下血迹和遗物？只是无论是先前的报告，还是骆辛和叶小秋最新的调查，没显示有任何一条线索和任何一个嫌疑人能与黑石岛联系上，骆辛不由得怀疑是不是调查范围还不够大，嫌疑人在网外面，那接下来到底该从什么方向继续切入调查呢？

正当案件调查走进死胡同之时，叶小秋意外接到杜明辉的电话，说是有情况要反映，见面地点还是在他的店里。骆辛和叶小秋迅速赶去，一见面杜明辉便死乞白赖地哀求说："我求求两位收手吧，我真跟小洁的失踪无关，你们要再在背后调查下去，我非出事不可，我把我知道的全都告诉你们还不行吗？"

"嘿，你还恶人先告状，是你自己不老实，还赖上我们了！"叶小秋没好气地说。

"我不就想着多一事不如少一事吗？"杜明辉一脸难堪地说，"我是觉得我在其中的角色很不光彩，能远离尽量远离，尽可能不与小洁的事件发生纠缠。"

"你还知道自己做的事见不得人啊？别废话了，赶紧说正题吧。"叶小秋毫不客气地揶揄道。

"是这样的。"杜明辉左右看看，故作紧张，压低声音说，"当年我看报纸说小洁有可能是在黑石岛望鱼崖山上被杀了，只不过没找到尸首，你们应该不知道小洁她爸是一个垂钓爱好者吧？而且我听小洁说过，她爸曾经在望鱼崖那儿钓到过一条 3 斤重的黑鲷鱼。"

"你是说她爸有杀人嫌疑？"叶小秋半张着嘴，很是错愕。

"他有动机吗？"一直没吭声的骆辛，忍不住插话问。

"当然有。"杜明辉使劲点点头，"她爸不是垂钓迷吗，经常跟朋友到珠海那边去，据说靠近澳门那儿有一片海域，全国各地有很多钓鱼爱好者都去那儿钓鱼。后来有一次，他被朋友怂恿，过完钓鱼瘾之后去澳门赌场玩了一把，从那之后就开始作死了。三天两头打着钓鱼的幌子飞到澳门赌博去，结果不到半年不仅输了一大笔钱，还倒欠赌场 300 多万，人家赌场都派马仔到咱们金海来追账了。她爸也不敢和她妈说，偷偷把两套门头房抵押给银行，还央求小洁卖套房子帮他解套，把小洁气得和他大吵了一架，父女俩彻底闹翻了。"

"这事后来怎么解决的？"叶小秋问。

"那我就不清楚了，小洁后来不是就不见了吗？"杜明辉凝神想想，"算算小洁和她爸闹翻，也就距她失踪大概一个星期的时间。"

"陈洁如果死了，她爸是能分点财产，但也不能那么快拿到钱去解他的燃眉之急还赌债吧？"叶小秋看向身边的骆辛，征询着他的意见。

"我是这么寻思的。"杜明辉抢着接下话，"有没有可能当天小洁在来我家的路上被她爸叫去钓鱼了，她爸可能想借着钓鱼的机会和小洁缓和关系，可能爷俩当时没聊明白，又起了争执，她爸气急败坏就把小洁杀了。真的，我在社会上混了这么多年，算是看明白了，吸毒的和嗜赌成性的，是什么事都能干出来的。"

杜明辉一通高谈阔论，叶小秋又把视线放到骆辛脸上。骆辛稍微怔了会儿，紧接着从座位上站起身，走下楼了。叶小秋明白他是有话不想当着杜明辉的面说，便冲杜明辉俏皮地挥挥手，追着下了楼。杜明辉一个人被晾在那儿，有些丈二和尚摸不着头脑，可能不知道自己的话能不能被采信，也不知道自己会不会就此被放过，嘴里嘟嘟哝哝的，一副六神无主、欲哭无泪的模样，坐也不是，站也不是。

这边，叶小秋和骆辛上了车，叶小秋迫不及待地问："你觉得杜明辉说的有可能吗？"

"直接去问问陈自强不就知道了？"骆辛淡淡地说。

"啊，不会打草惊蛇吧？"叶小秋没想到骆辛这么直接。

"惊了才好，案子都过去这么多年了，什么证据也没了，如果真是陈自强做的，只能等着他自己露出马脚。"骆辛想了下说，"陈洁尸体在哪儿至今还是个谜，如果陈自强被惊吓到，做贼心虚之下慌乱无措，说不定能引着咱们找到尸体。"

"这主意好，那咱现在去会会他？"叶小秋问。

骆辛稍微思索了下："不急，先去支队。"

　　为最大限度对陈自强形成心理威慑，骆辛决定要把仪式感做足。让郑翔带着两个探员把陈自强传唤到支队审讯室里问话，并且周时好和张川亲自上阵负责审讯，和支队打了很多年交道的陈自强，当然知道他面对的这两个人在支队的分量，得让他充分感受到警方对他的嫌疑的重视程度。

　　"最近还去澳门吗？"周时好冷着脸问。

　　"你，你们怎么会知道？"刚刚一直怒气冲天、埋怨警方无理取闹的陈自强，瞬间安静下来，支支吾吾地问。

　　"我们如何知道的不重要，重要的是你早就应该告诉我们这件事，你在担心什么？"周时好步步紧逼道，"别告诉我这和你女儿的失踪无关，事实上你和你女儿为此大吵过一架，不久之后她就失踪了，而且遗物出现在你时常前去垂钓的望鱼崖上。"

　　"不，不，我是觉得太丢人了，这么大年纪还这么不着调，被孩子数落也是活该，我怎么可能为了这种事伤害自己的孩子？再说那笔赌债对我来说也不是没能力解决，主要是不想让老伴知道，她身体一直不太好，我怕她知道后着急上火再闹出个什么病来。"陈自强语气急促地解释着，随即深叹一口气，满眼内疚道，"实质上我也遭到了报应，孩子莫名其妙失踪不说，老伴后来还是知道了，用家里的储蓄帮我还了那笔赌债，她现在的病多多少少也是因为这件事，生气和郁闷造成的。"

　　"你女儿失踪当天你都去过哪里，做过什么？"周时好眼中闪过一丝黯淡之色，这个问题实质上迟问了好几年，想当年他们压根就没想过陈自强的嫌疑，现在再提这个问题也就是诈唬诈唬人而已，陈自强随便找个说辞都没法去证实。

　　果然，陈自强给出一个无法考证的说辞，他稍加思索后说："那天我大部分时间都在鸟鱼花市转悠，我一般喜欢周五去那儿，周六和周日人太多，然后我又去批发市场买了点菜和肉，接着就回家准备晚饭了。"

"你当天是自己开车，还是坐出租车去的？"周时好问。

"自己开车。"陈自强答。

"什么牌子的车？车号多少？"周时好问。

"……牌的 SUV，车号是……"陈自强答。

"你这车现在停哪儿了？"周时好问。

"在我住的小区的那个地下车场，我买了个独立车库，车停在里面一般也不怎么开。"陈自强说。

"稍后我们会对你的车进行勘查，希望你能配合，你也不必多想，我们只是例行工作，案子没破之前，任何人都有可能是嫌疑人。"周时好顿了下，又补充说，"近段时间你不要离开本市，我们有问题还会找你的。"

前面几个问题确实有唬人的意思，过了这么多年根本没法通过交通监控录像去查看汽车当日的行踪轨迹，不过要说对相关车辆进行勘查还是很有可能发现线索的，如果陈自强当年就是用他的这辆车转移尸体，并有血迹溅在车里，即使做过一定清洁，喷洒"鲁米诺试剂"也会让它显出原形的。

审讯结束，周时好打发郑翔送陈自强回去，按骆辛的意思吩咐张川选两组人手，白天一组，晚上一组，24 小时对陈自强实施跟踪监视，接下来便是漫长而又未知结果的等待。

等待是很折磨人的，也意味着主动权掌握在别人手里，所以一晃三天过去了，陈自强没有任何异常举动，跟踪监视小组也只能按兵不动。支队这边还好，蹲坑监视这种任务他们经历过太多了，别说等三天，三个月的也等过。而经验不多的叶小秋没那个素质，心里越来越没底，眼看着包括骆辛在内的所有人都很沉得住气，她有种干着急使不上力的感觉。

第四天早晨，情况有些变化，准确点说是骆辛有些变化。他一到科里，便坐到叶小秋的工位上，盯着电脑屏幕，反复观看着先前的监控视频资料。叶小秋看出他这是要将被动变主动，便急迫地问道："你是不是发现新的调查方向了？"

"恰恰相反，现在所有的方向都被堵死了，所以只能回到原点。"骆辛指指电脑屏幕，屏幕中正播放着潘文斌急急忙忙走进自家单元楼的视频画面。按潘文斌当年的口供，当日在约定时间里，陈洁没有出现在她父母家，打陈洁手机显示关机，他便急忙赶回家查看陈洁是否在家。视频中显示当时的时间是傍晚5点40分，潘文斌在家中停留约10分钟，便又从单元楼里走出来。

"你的意思是咱们又得回过头重新调查潘文斌？"叶小秋摩拳擦掌，一副跃跃欲试的模样，"案子要真是潘文斌做的，那岂不正应了福尔摩斯说的那句经典名言——排除了一切的不可能，剩下的不管多么难以置信，一定就是真相！"

"福尔摩斯还说过一句话：那些普普通通而毫无特色的罪行，才真正令人迷惑，就像一个相貌平凡的人，最难以让人辨认一样。"骆辛不以为然地撇撇嘴，"也就是说，案件越是普通，咱们可利用的线索和行为证据就越少，反之犯罪人越是自作聪明地故布疑阵，反而越容易让我们参透案件的本质。"

"这么说你今天想查潘文斌，并不是无的放矢。"叶小秋催促道，"快说说你发现什么可疑之处了？"

骆辛稍微组织下思路，解释说："其实证据可能一直就在咱们眼前晃，只是咱们没注意到而已：第一个，陈洁消失前发最后一条微信时，所处的方位在文体路附近，而那里恰好也是她的情人杜明辉所住的区域；第二个，陈洁的父亲喜好垂钓，并经常去望鱼崖钓鱼，而他在案发前不久因为嗜赌与陈洁发生了争执，而又恰好陈洁的血迹和遗物就出现在了望鱼崖上。我把这两个调查方向这样列出之后，你会不会有种感觉，有人在故意误导我们把杜明辉或者陈洁的父亲当成犯罪嫌疑人？而关键在于，谁会同时如此关心和了解陈洁的情感问题以及她与家人相处的问题？"

"除了主动向咱们提供线索的杜明辉，剩下最有可能的当然就是失踪者的丈夫潘文斌了。"叶小秋倒吸一口凉气，"这样看来，潘文斌应该已经知道陈洁和杜明辉在背地里做的见不得人的勾当了。"

"问题是尸体被他藏匿在哪里？"骆辛愤愤地说，"只有找到尸体才能真正钉死他。"

"呵呵，会不会就在快递员拉的那个箱子里？"叶小秋指着电脑屏幕，操着开完笑的口吻说，"这快递包装箱还真挺大的，里面装个人没问题，哈哈。"

两人谈话这工夫，骆辛的手不自觉地用电脑鼠标滑动着播放器的进度条，视频画面便一会儿快进，一会儿倒退，而刚刚的视频画面中出现了一名快递员，正用手拖车拉着一件大件快递。他走到陈洁潘文斌夫妇所住的单元楼前，在门铃处摆弄一番，继而掏出手机放到耳边，随后又摆弄几下门铃，然后拉开楼栋门，走进楼里。叶小秋正是看了这段画面，才说出刚刚那一番玩笑话。骆辛其实早就注意过这段画面，只是当他仔细查看画面中显示的时间，是案发当日下午 2 点 40 分之后便泄了气，因为陈洁在当日下午 3 点 10 分还给她父亲发过语音微信，是不可能在那个时间点出现在快递箱子中的。

说到微信，骆辛想起陈自强的手机还在叶小秋手里，便问她找没找人对微信进行鉴定。叶小秋便从工作桌的抽屉里取出手机放到桌上，说找人鉴定过了，声音确实是陈洁的，而且也没有剪辑的痕迹。骆辛便让她把手机打开，调出那段微信，播放出来听听。

整段微信的内容是这样的：最先是陈洁用文字写道："爸，晚上我和文斌回家吃饭。"然后陈自强用语音回："好，几点到家？"紧接着陈洁也用语音回："五六点钟吧。"然后陈自强又用语音问："想吃什么？"陈洁最后又用语音回："你看着做吧。"

"这微信我从头到尾听过几十遍了，对话简洁明了，又符合生活逻辑，没什么异常，唯一可辨识的因素，就是陈洁的声音相对要小一些，而且感觉四周比较空旷，似乎是站在什么大山上发的微信……"叶小秋说着说着突然怔住，用手轻轻掩着嘴，继而猛地一拍桌子，一脸兴奋地说，"噢，我想起来了，陈洁当时是在文体路附近发的微信，文体路区域内有一个椒金山公园，那公园是依靠着陡峭的山林所建，山中隐秘的地方肯定不少，陈洁的尸体会不会在那里？"

叶小秋自以为发现突破性线索，整个人异常激动，不过骆辛却呆呆地坐在座位上，面色毫无波澜，仍在用手机反复播放陈洁的微信语音片段，似乎根本没在听叶小秋说话。叶小秋有些生气，接连拍了两下桌子，嚷嚷说："你到底听没听到我说的话？陈洁的尸体？椒金山公园？"

骆辛微微扬手，示意她闭嘴，稍微侧了下脑袋，神情更加专注，在又放完一段陈洁的语音之后，指着手机说："你听没听到，这段语音的末尾，有发出'叮'的一声。"

叶小秋一脸不以为意，讥诮说："大明白，每个手机放完一段语音微信，都会有这样一声结束音，有什么可稀奇的？"

"不是，你仔细听，陈洁这两段语音微信的末尾，都有两声'叮'的声音，中间间隔很短，但确实是两声。"骆辛再次播放微信语音。

骆辛如此提示，叶小秋只好用心聆听，反复听过几次后，勉为其难地说："好像是有两声，那又有什么疑点？"

　　"按你说的，每段微信语音播放结束后，都会发出'叮'的一声，咱们现在听到的是两声，是不是意味着陈洁的这两段微信语音，是翻录自另一只手机上的微信语音，然后再播放出去？"骆辛指出问题的关键。

　　"声音、背景空旷、两声结束音，对啊，这就是翻录的！还是你厉害！"叶小秋恍然大悟，紧接着整理下思路，继续说道，"准确点说是直播，是有人用另一只手机上的微信，播放出陈洁的语音，然后通过陈洁手机上的微信，用语音功能实时发给她父亲陈自强。"

　　"谁的微信上会有陈洁这种语音的存档？"骆辛自问自答道，"除了她丈夫潘文斌，还能有谁？"

　　"'晚饭我来做，你什么时候回来？''五六点钟吧。''你想吃什么？''你看着做吧。'"叶小秋模拟着潘文斌和陈洁，通过微信语音交流的情形，然后说，"是不是这样，潘文斌就可以存下他用于造假的语音素材？可是他为什么要制造这条假微信呢？"

　　骆辛凝神思索片刻，然后试着推理说："他想强调陈洁是在家以外的地方失踪的，同时也能把侦破视线引到住在文体路的杜明辉身上，更为关键的是他可以模糊时间线——案发当天的监控视频中，唯一能引起咱们注意的，就是快递员送快递进楼的那一段，但是那个场景发生在当日下午2点40分，而假微信发出的时间是当日下午3点10分，快递在前，微信在后，自然不会有人怀疑快递有问题，也绝不会怀疑陈洁的尸体其实就藏匿在那个她和潘文斌一起生活的家中。"

　　"你是说那快递箱里装的就是陈洁的尸体？"叶小秋恍然大悟道，"潘文斌在外面杀死了陈洁，然后通过快递又把尸体运回自己的家里，他胆子也太大了啊！"

　　紧接着，叶小秋重新播放快递员进楼的视频片段，跟随着视频画面自言自语试着解读道："快递员按单元门门铃，没有回应，因为当时潘文斌在外面，于是快递员拿出手机打给潘文斌询问如何处置快递，潘文斌把门禁密码告诉快递员，这样快递员就可以自己开门走进楼里。如果潘文斌家也是密码门锁，便可以如法炮制让快递员把快递放进他的家中，如果他家不是密码锁，他也可以让快递员把快递放到门口，他那种全封闭的高档小区，这样的方式也是很安全的。"

"应该是你推理的后一种情况，因为电梯中的监控录像显示，快递员当时是把这单快递送到了那栋楼的 13 层。"骆辛道。

"13 层？可潘文斌家住在五楼啊，咱俩刚刚说得这么热闹，白说了？"叶小秋哭笑不得地说。

"不一定，我记得调查报告中提过，那是一个新小区，入住率不是很高，潘文斌家住的那栋楼总共 13 层，我怀疑 13 层没有住户，所以潘文斌让快递员把快递送到那儿：一方面，没人上去，自然不会有人去动快递箱子；最重要的，即使当年的办案人员注意到快递的问题，也不会将快递和他联系上，自然就不会深入调查，这等于在模糊时间线之外，又给自己加了一层保险。"骆辛显然对叶小秋的质疑早有所料，耐心地解释道，"刚刚你也看到了，当日晚些时候，潘文斌曾回过一次家，声称查看妻子是否在家，而他在楼里共停留了 10 分钟左右，足够他走楼梯从 13 层把陈洁尸体抬回自己家中藏匿好。噢，对了，调查报告中显示案发当天他的手机没有通话记录，应该是用了临时通话卡与快递员取得联系的。"

"果然，但凡妻子无故失踪的，丈夫都是凶手。"叶小秋咧咧嘴，一脸鄙夷模样，"这潘文斌隐藏得太深了，心机真够缜密的，太可怕了。估计是布局了很长时间，还装模作样自己因为炒股不顺自甘堕落迷上跳舞，其实就是要制造案发当天自己行动轨迹的人证。那舞厅里黑咕隆咚的，趁着没人注意的时候，偷偷跑出舞厅打车到文体街附近发个微信，然后再神不知鬼不觉地回到舞厅，一来一回顶多也就半个多小时，便能制造出他一个下午都待在舞厅里的假象。"

"再有，潘文斌事后拒绝接受财产的行为，也太有迷惑性了。"骆辛叹着气说，"如此也能说明，促使潘文斌作案的主要因素不是金钱，而是陈洁和杜明辉的偷情行为。"

"那接下来咱们怎么做？"叶小秋问。

"先去小区物业落实当年13层有没有住户的问题，如果真如我所说，那我就敢保证陈洁的尸体依然还在那个家中。"骆辛说。

说走就走，叶小秋驾车载着骆辛很快出了市局大院，直奔潘文斌所住的晶科小区而去。到了小区物业办公室，他们亮出证件，说明情况，在物业方的配合下，很快查明潘文斌所住的那栋单元楼的13层，直到前年才有住户入住，这就意味着骆辛猜对了。

离开晶科小区，两人迅速赶到支队，把情况做了详细汇报，周时好即刻撤回对陈自强的监视人员，改为关注潘文斌的行踪。随即，支队在方龄的主持下召开紧急会议，讨论如何找出陈洁尸体的问题，只有找到尸体才能定潘文斌的罪，这起失踪案才算圆满解决。

是否如骆辛推测的那样，陈洁的尸体就藏匿在她和潘文斌曾一起生活的家中，是会议讨论的重点话题。如果贸然行动，大张旗鼓把潘文斌家翻个底朝天却没发现尸体，打草惊蛇不说，也会引起外界对警方执法的质疑和指责，若是潘文斌再借此搞事向上级有关部门投诉，那问题就大了。所以为谨慎起见，方龄和周时好与众探员一道，将骆辛和叶小秋对整个失踪案的分析和推理，从细节上逐一列出来，加以讨论和确认，最终形成了统一的意见，方龄才拍板决定：申请搜查令，对潘文斌在晶科小区的住所，实施地毯式搜索。

晚上 8 时许，前方传回消息，潘文斌自下班回家后，始终待在家中，并未外出。随即，周时好亲自带队从支队出发，一路拉响警笛，奔向晶科小区。

来到晶科小区，进入 28 号楼，敲开潘文斌家的房门，众探员和勘查人员一帮人呼呼啦啦进入房间展开搜索。

…………

潘文斌住着三居室的房子，有两个阳台，客厅一个，还有一个连着南卧室。在南卧室的阳台上，勘查员发现了一个大冰柜，打开之后，被冻成冰坨的陈洁的尸体，便跃入众人眼帘。

潘文斌当场给出解释说："我爱陈洁，我不允许与他人分享她的精神和肉体，我越来越觉得我可能要失去她了，我想一辈子留在她身边，办法只有一个，杀死她！"

最后，当潘文斌被押到警车前，快要上车的时候，他突然顿住身子，冲周时好说："我心里一直有个疑问，在新闻报道中或者影视剧中也经常能看到这个问题，你们警察为什么总是三更半夜出来抓人？"

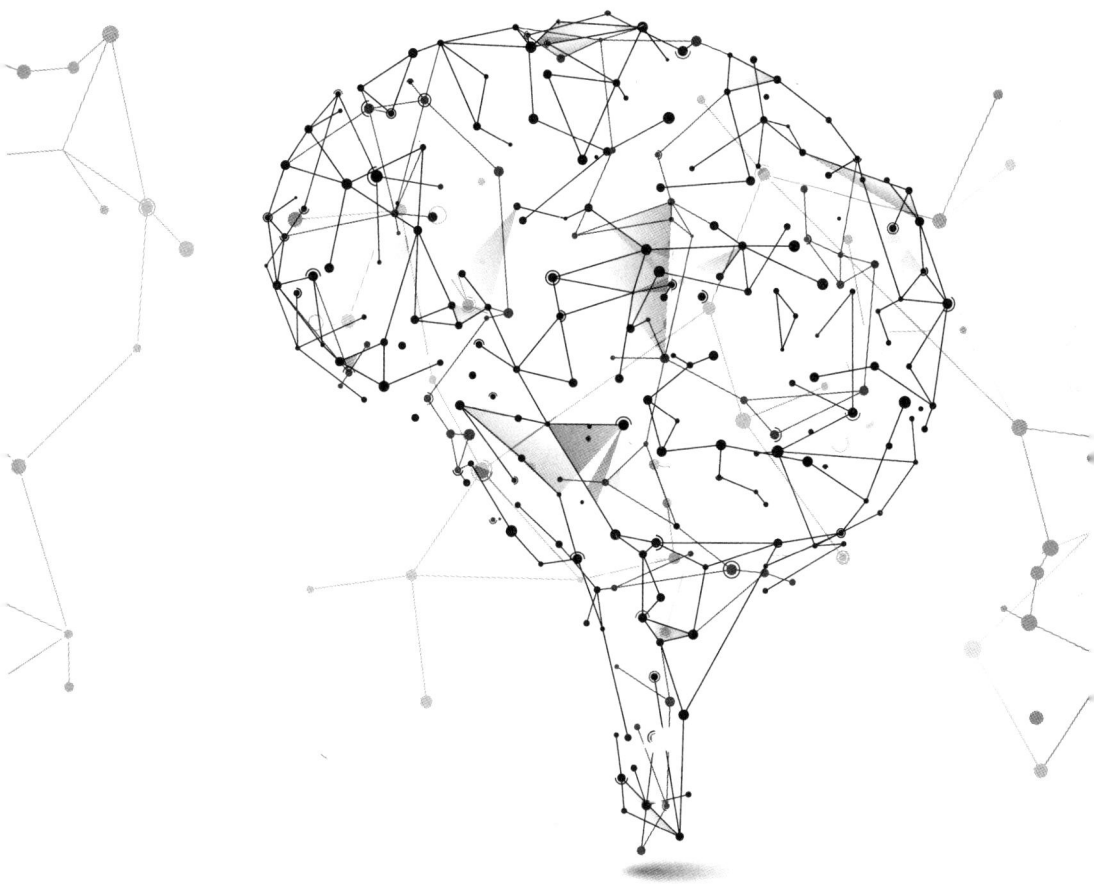

第四卷

雨人伤悲

————推理演绎法————

第十七章
隐秘之手

———┼

　　因为办着陈洁的案子时间紧，恰好周末的时候崔教授也接到邀约，出差到外省为一所大学的师生做演讲，所以这一次心理辅导的时间便延至周三。

　　在意象对话室中，骆辛坐在高背沙发椅上，整个身子都深陷其中，神情看起来相当放松。崔教授则一如既往地坐在他对面的椅子上，一手握着笔，一手捧着记事本，全神贯注地面对着他。

　　所谓意象对话疗法，源于精神分析学派，吸取了释梦、催眠技术、人本心理学和东方心理学思想，通过诱导来访者做想象，了解来访者的潜意识，对其潜意识的意象进行修改，从而达到治疗效果。

　　通常崔教授都会以来访者做过的梦开始意象对话，不过骆辛从来不做梦，自从作为植物人奇迹般苏醒之后，他真的从未做过一场梦。有关梦，著名心理学家弗洛伊德认为：梦是愿望的表达，它是人在现实世界的精神延伸，它把人们在现实世界中的渴望、期望、喜悦、悲伤、恐惧，乃至骤然降临的巨大压力，以梦的方式呈现。而崔教授认为，骆辛之所以从不做梦，是因为身体里有一种强大的保护机制，它主动抑制和拒绝了骆辛潜意识中的各种情绪在梦中呈现，究其诱因或许与现实中的某个事件、某段经历、某个人物对骆辛伤害过深，令他本能拒绝面对和拒绝回忆。崔教授认为骆辛出现严重认知障碍，并表现出与学者症候群者相近的行为方式，除了一定的脑损伤，也跟这种保护机制对他的心灵、神经、肌体形成桎梏有关。崔教授坚持认为，自己如果能够找到问题的根源，消除这种桎梏，或许骆辛就会变回一个正常人。

既然对骆辛无法以梦来做起始意象，崔教授便会选择以他坐立的姿势、当日的情绪、最近发生的某个事件、外在穿着打扮作为对话开始，今天骆辛一如既往着穿浅蓝色的衬衫，崔教授便借此让骆辛展开想象："如果让你在你的这件蓝衬衫上画一个小动物，你愿意画什么？"

这个问题，崔教授许久之前曾问过一次，那时骆辛给出的答案是"乌龟"。乌龟是以甲壳为中心演化而来的爬虫动物，重点是它的"壳"象征着一种自我保护，说明骆辛的自我保护意识很强，而壳的里面是柔软的肉体，象征着骆辛之所以有极强的自我保护意识，是因为他内心非常敏感而易受伤害，所以他在现实生活中时常以冷漠、傲然、蛮横、愤怒等姿态出现，都源于他潜意识里的自我保护意识。

"羊。"骆辛这一次给出的答案是"羊"。

"羊"是温顺、善良、柔弱、俯首、鞠躬的象征，也正因为这些与世无争、不谙世事的品质，羊很容易丢掉自我、迷失本性。

崔教授以羊的象征，延伸话题问："是不是最近遇到什么事情，让你心里本来坚持的某个信念出现动摇？"

骆辛默然点点头，面对崔教授，大多数时候他都愿意敞开心扉，沉吟一下，沉声说道："我看到了有关宁雪姐跳楼事件的调查报告，也循着她最后时刻的行动轨迹亲身走了一遭。我发现，那天她一个人把平时周末我和她一起经历的那些事情，全都做了一遍。看小丑表演、吃素食自助餐、到正阳楼听相声。我感觉到了，一种告别，一种针对我的告别，所以我开始怀疑，甚至很怕，她真的是……"骆辛不忍再说，抓起放在身边小茶几上的水杯，一饮而尽。

崔教授闭紧嘴巴，不动声色思量一番，继而说道："你知道我很少向你解释意象的象征，今天我可以告诉你'水'象征着生命力，你刚刚手里紧紧抓住的那一杯水，代表着你内心依然蕴含着抗争的能量。我和宁雪一直希望你能快乐、理性地面对生活中的一切事物，但是不希望你因此而产生任何心理负担，放弃未必不是一种理智的选择，而抗争如果是在理智判断下的一种抉择，坚持下去又有何不可呢？所以你不必彷徨、也不必焦虑，只要遵循你自己的内心去做，就一定会找到答案。"

周时好其实也从未忘记发生在宁雪身上的事件，此刻他把身子靠在椅背上，盯着握在手中的照片若有所思。照片是骆辛让叶小秋从监控视频中翻拍的，上面记录的是一个被黑色运动帽和衣服兜帽罩住大半张脸的高个男子。如果说宁雪是被跳楼的，那这个当晚紧随着她走进电梯并进入酒吧的男人，就是最大的嫌疑人。只不过在周时好的意识里，对这样一个高个男子没有任何印象，浪客酒吧里的人对这个男人也没有任何留意，他还试着让张川和郑翔，查了近段时间与金海市有交集的对在逃人员和犯罪嫌疑人的协查通报，但也未发现与之符合的嫌疑人员。

盯了照片好一阵，他拉开办公桌抽屉，小心翼翼把照片放进去。随之，门口响起两声敲门声，紧跟着张川拿着一份卷宗走进来："周队，北城区交警队那边转来一个案子。"

周时好把卷宗拿到手上，轻轻翻看。

受害人叫孙小东，现年28岁，上周一凌晨，也就是6月3日凌晨2点左右，横尸在大雨中的兴化路街头，被路过的出租车司机看到，并报警。

巡警赶到现场，发现是一起交通肇事逃逸案件，便通知交警方面出现场。

交警方面连夜冒雨勘查现场，搜集物证，认定肇事车辆为一辆中型货车，遂于次日在全区范围内展开搜索。最终在一家汽车修理厂院内发现可疑车辆，后经鉴定比对证实为肇事车辆，随后对司机采取了强制措施。

司机到案后，承认其于6月3日凌晨1点左右，驾驶车辆在兴化路撞人肇事，但因当时是酒后驾车，心里一时发慌，便驾驶车辆逃离现场。但他声称受害人当时是站在人行步道边故意扑向自己的车辆，有蓄谋自杀的嫌疑。司机同时向交警方面提交了行车记录仪录像。

由于雨天和时至深夜，街上行人罕见，缺乏目击证人，事发路上也无交通和安防监控，交警方面只能反复对司机进行问话，并在行车记录仪录像上下功夫，同时经家属同意对受害人进行尸检。尸检结果表明，受害人致死原因、死亡时间，均与车祸事件密切相关。受害人血液里并未检测到药物和毒物残留，但酒精浓度严重超标，每100毫升的血液酒精浓度，竟高达270毫克，基本能达到醉到不省人事的地步。

而汽车记录仪录像显示，在货车与受害人发生撞击的一刹那，实质上受害人是从矗立在人行道上的一棵大树背后突然跃向车头部位，确实有自杀嫌疑。出于严谨，交警方面反复对这段录像进行核查和讨论，而在一帧一帧查看录像的过程中，有警员发现当受害人从树后跃出之时，似乎有一只手也隐约随之露出树干，又快速缩回。为更加确认这一发现，交警方面特意邀请"图侦专家"来审看该段录像，结果证实了他们的判断：案发时大树背后还有一个人，是他将醉得不省人事的受害人推向货车车头，也就意味着这不是一起普通的汽车意外撞人事件，而是一起有预谋的刑事案件。

合上卷宗夹，周时好突然觉得受害人的名字怎么那么耳熟？好像在哪里听到过？脑袋里用力回忆着，视线漫无目的地在办公室里左扫右扫，手上下意识翻着桌上台历页，蓦然看到一个名字，这才反应过来：这个车祸的受害人孙小东，不就是林悦说的她那个好姐们儿的弟弟吗？自己忙忙叨叨的，竟然把林悦拜托打电话的事忘得一干二净，没料到这案子现在竟然还真就到了自己手上。周时好苦笑着晃晃脑袋，心说到底是什么莫名其妙的"缘分"，让自己想躲也躲不掉。

金海市分东西南北四个主城区，东城区最繁华，商圈、金融圈、写字间、星级酒店密集扎堆；南城区拥有城市中最美丽壮观的海岸线，以海滨和沿途美景闻名；西城区则为城郊接合地，大片的区域都是城镇乡村；北城区则是老工业基地，是各种重工企业和化工企业集中布局的区域，生活的人群也以工厂职工和家属为主。

上世纪八九十年代的工厂深受国家重视，工人阶级自然光荣而又让人羡慕，除了媳妇，其余的国家都给分，而随着改革开放，时代发展，经济的转型，政府对环保的要求，出现了一系列的工厂转型和兼并、迁移潮，时至今日金海市北城区已经没有任何一家大型工厂，但是很多厂区土地还在，繁衍几代的工人家庭还在，老工业基地的生活气息依然浓郁。相应地，它的商业规划、地产开发、生活配套设施的升级，便在几个城区中属于相对滞后的区域。

车祸事件受害人孙小东的一家，原本便生活在北城区最北端，也是早年间工厂分布最密集的区域。后来姐姐创业有成，在市中心为父母买了新房，而孙小东想要独立空间，加之距离工作单位也近，便选择一个人单独住在老房子里。

房子是标准的筒子楼，上了楼梯便对着一个大长廊，住户都聚集在长廊的南侧，孙小东住在304室，也就是从三楼楼梯口数第四间房。房子里面显然重新装修过，白色的乳胶漆墙面，木头本色的地板，家具也都是新式的，整个房间看起来很整洁。不过即使这房间里发生过什么，现场也都被破坏了。据孙小东姐姐孙颖说，原本没想过弟弟的死不是意外，所以和父母把这房子里里外外都收拾了一遍。但孙小东的手机和钥匙都留在家中，这就有了一个很值得探讨的问题：到底是孙小东因为醉酒出门忘记带了，还是说有人趁他酒醉不省人事，把他从家中拖到外面街上，才没顾及到这些呢？前者说明他可能只是犯罪人一个随机选择的目标，后者则意味着是预谋的，并且他和犯罪人之间是有交集的。

手机先前被孙小东的姐姐孙颖保管，现在交给了周时好，周时好让张川和郑翔到周边住户家问问，看案发当晚是否有见过孙小东的，或者看到有什么人来过他家？他自己则留下来和孙颖聊聊。

"我弟弟为人比较老实，先前在一家广告公司做文案策划……"孙颖坐在客厅中央的长沙发上介绍说。

"先前？"在房间里四处打量、寻找线索的周时好，打断孙颖的话问，"他辞职了？"

"对，有两个多月了，准确点说是被劝退的。"孙颖冷笑一声，摇摇头说，"他们策划部有位主管，仗着和公司副总经理有些亲戚关系，经常骚扰部门女下属，还总给女下属发恶心的留言和图片，甚至有一次都错发到我弟弟的微信上。我弟弟气不过，就把他的问题反映到人事部，结果公司并没有做任何调查，而那个主管倒开始无端找我弟弟麻烦。我弟弟一来气，干脆把那主管的丑事都发到了网上。随后公司将那位主管开除了，又过些日子，他被叫到公司人事部，人事经理当面跟他说公司不需要告密者，让他要么主动离职，要么到保洁部报到，于是我弟弟只能辞职了。"

"你弟弟的公司叫什么名字？"周时好问，"还有那主管叫什么？"

"晨日广告公司，主管的名字我不太清楚。"孙颖说。

"你弟弟经常这么喝酒吗？"周时好问，"平时都去什么地方喝？最近一段时间都和什么人来往聚会？"

"哪里啊，他也就是失业后这段时间，以前不怎么喝酒。"孙颖使劲摇摇头，跟着解释说，"他特别喜欢原先那份策划工作，做得很用心，也有晋升机会，没承想一时逞能断了自己的前途。其实要想再找份工作倒也不难，可找一份他自己喜欢的就不容易了，关键是他觉得自己明明做了正确的事，反而遭受了惩罚，心里憋屈。有一天半夜，他在浪客酒吧喝醉了，让我去接他，在车里撒酒疯，跟我说他后悔了，说没料到想做回英雄，结果被现实打脸，如果可以重新选择的话，他再也不管任何闲事，老老实实做好自己的事就得了。"

宁雪就是自浪客酒吧天台跳下楼的，正站在电脑桌前翻查抽屉的周时好，蓦地停下手上的动作，猛回身问："你刚刚说的是开在富嘉大厦里的那个浪客酒吧？"

"对啊，有什么问题吗？"孙颖一脸纳闷地问道。

"时间能具体些吗？"周时好追问道。

孙颖掏出手机，查阅一番："通话记录显示那天是 5 月 25 日，我弟弟是一个人去的酒吧，他也没惹事，能跟他被车撞有关系？"

"没什么，我随口问问，你也知道我们不希望放过任何一条线索。"周时好轻描淡写地说，然后转回身，继续在电脑桌的抽屉里翻查，嘴里问着，"你弟弟有女朋友吗？"

"先前有一个，不过早分了。"孙颖说。

"分得平和吗？"周时好问。

"情侣分手有几个能平和的，你以为都跟你和林悦似的，不过那孩子去国外了。"孙颖说。

孙颖是林悦的好姐妹，自然知道林悦和周时好之间的故事，开一句这样的玩笑倒也不稀奇，没想到周时好整个人突然愣住了，但其实并不是因为孙颖的玩笑话，而是他在电脑桌另一个抽屉里，发现一个快递文件袋，他把手伸进去，从文件袋中摸出两张长条票据，这票据他见过也用过，正是金海市著名相声茶馆正阳楼的门票。

"你弟弟喜欢听相声？"周时好转回身，冲孙颖扬扬手中的门票。

"不清楚，可能偶尔会听一次半次吧。"孙颖盯着周时好的手，"噢，对了，他那天到浪客酒吧喝酒之前，先去听了相声，他在我车上提了一嘴。"

周时好眼睛微微放光，怔了怔，将门票放回快递袋子中："这个暂时借用一下。"

"没问题，有什么需要我们配合的你尽管说，我弟弟人已经不在了，能把起因搞明白，也算能安慰安慰我爸妈。"孙颖说。

车祸发生在社区中一条叫兴化路的支路上，距离孙小东的住处并不远，步行只需两三分钟。

周时好带张川和郑翔来到车祸发生地点，还原案发过程。由于地处老街区，路街相对逼仄，一来一往两排车道显得比正常的双向单车道要稍微窄一些。案发时，肇事车辆由西向东行驶，由于西向地势较高，肇事车辆属下坡行驶，速度较快，又逢大雨天，视野模糊，这个时候从路边飞出一个人来，换成任何人恐怕都很难避让开来。再由于老街区道路两边的行道树都特别粗壮，挡住一个人的身子完全没问题，并且犯罪人当时选择隐身的那棵大树的斜后方有一条胡同，犯罪人把孙小东从大树后面扔出去，随后迅速钻入胡同，便可以神不知鬼不觉地逃离现场。如此看来，犯罪人作案还真是经过一番算计的。当然，犯罪手法经过精心设计，不意味着目标人选就一定是事先选好的，至于到底是什么样的一种选择，还需要在后面的调查中去探究。

第十八章
疑案连环

━━━━━┼━━━━━

回到支队已是午后 2 点多，周时好走进自己的办公室，见骆辛和叶小秋候在里面，叶小秋坐在沙发上摆弄手机，而骆辛则坐在他的高背椅上翻看着桌上的卷宗。

见骆辛没有把座位让出来的意思，周时好只好坐到他对面的椅子上，问道："你们俩怎么过来了，有事？"

"取书。"骆辛简单应道。

"噢，在车里，待会儿一起出去，把书直接放到小秋车上。"周时好拍拍脑袋，"我都忘了这事，林悦给你打电话了？"

骆辛稍微点下头，用手指点点桌上的卷宗，问道："刚刚去还原现场了？"

"是，卷宗你看了？"周时好问，"有什么想法？"

"我觉得……"骆辛迟疑一下，反问道，"你还记得先前在海滨别墅中死的那个吴俊生吗？"

"记得，已经判定意外死亡，撤销立案了。"周时好说。

"我刚刚在看这个卷宗时，突然想到了那个案子,再想想雪姐的案子，我发现这三个案子中有很多相似的情节。"骆辛沉吟一下，表情郑重地说，"案发都是在下雨天；时间都是深更半夜；被害人都是莫名其妙横死；死前又都严重醉酒。"骆辛抬手又点点桌上的卷宗，补充说，"如若不是被行车记录仪记录到从大树背后伸出的那一只手臂，这里面的被害人也一样会被当成横死。"

"你觉得凶手是同一个人？"周时好点下头，说，"他以制造横死，来掩盖杀人假象？"

周时好的反应有些出乎骆辛的意料，他盯着周时好的脸问："你好像并不意外？"

周时好把刚刚一直拎在手上的快递袋放到骆辛身前，沉声说："那快递袋子里装着两张正阳楼的门票，是在被害人家中找到的，并且被害人在5月25日曾去过浪客酒吧，在去酒吧之前，先去听了相声。"

"这与雪姐去世当天的路径相同，只不过死亡的时间压后了。"骆辛道。

"单凭咱们现在掌握的这些信息还很难并案调查，毕竟听完相声再接着光顾浪客酒吧的大有人在，纯属巧合也很有可能。而且你刚提到的吴俊生，他父亲后来给我们提供了他手机的密码，我们查了他手机中的微信和支付宝使用记录，以及他名下所有信用卡的使用记录，都没发现与正阳楼和浪客酒吧有关的消费记录，所以现在说这三起案件为同一凶手连环作案为时尚早。"周时好顿了顿，眼睛里闪过一丝光亮，下意识冲门外望了眼，压低声音道，"不过对咱们最有利的是，三个案件当中某些情节看起来似乎存在某种隐秘的联系，这就意味着咱们不必再偷偷摸摸，可以大大方方调查宁雪的案子了。"

骆辛点点头，脸上没有表现出特别兴奋的表情，低头打量着快递袋说："这快递袋子上邮寄人写的是吴雨，不就是正阳楼那个总管事吗？

看样子这里面的门票，是正阳楼方面邮寄给孙小东的。"

"这样，兵分两路，你和小秋去正阳楼问问这门票的事，我让张川和郑翔去浪客酒吧打探孙小东当日在酒吧里的动向。"周时好说。

"好，就这么办。"骆辛说。

半个小时后，骆辛和叶小秋已然来到正阳楼门前，赶上下午场刚刚散场，宾客正络绎不绝地走出来，脸上都洋溢着轻松愉快的笑容，想必是刚刚那场演出效果很好，观众很满意。

穿着中式短褂守门的工作人员挡住两人的进路，叶小秋亮出证件说想要找负责人问话，工作人员便引着两人来到演出后台。后台的气氛正热烈，李德兴满面红光，和卸着装的几个徒弟兴高采烈地用手比画着什么，似乎在点评徒弟们的表演，虚心受教的徒弟们不住地点头。李德兴的搭档冯忠毅和总管事吴雨也一脸笑模样，陪在旁边，有一句没一句地附和着。所有人的焦点都旁若无人地聚集在李德兴身上，有点众星捧月的架势。

虽然先前和宁雪来听过很多次相声，但是到后台来骆辛还是第一次。骆辛也不免好奇，四下打量开来，而视线很快便被摆在门边的供台吸引住。那供台是个长方形的桌子，上面围着红布，摆有水果和点心，一尊金色的香炉摆在正中，里面正燃着几炷香。这些都没什么可稀奇的，吸引骆辛目光的是摆在供台上的大相框，里面既不是关二爷，也不是神灵，也不是某个先人，而是一个普普通通的穿着现代人服装的人像照片。

骆辛正纳闷，只听叶小秋轻咳两声，有意要引起李德兴等人的注意。果然，还是处事圆润的吴雨有眼力见儿，立马扭身冲两人迎过来。他认识骆辛，知道他是警察，便满面堆笑说道："欢迎二位警官，有什么我能帮到你们的？"

骆辛面无表情，也不回应，直直地盯着吴雨。吴雨被盯得有些发蒙，脸上渐渐失去了笑容。叶小秋适时掏出手机，调出先前在支队拍下的快递袋子的图片，将手机举到吴雨眼前，说道："这个是你经手的吧，说说是怎么个情况？"

"对，是我邮寄出去的，里面装着两张门票，接收人叫孙……对，孙小东。"吴雨又把脸稍微凑近手机屏幕说，确认孙小东的名字，然后问，"有什么问题吗？"

"他死了。"叶小秋说。

"我们问的是原因。"骆辛语气淡淡地说，说罢瞪了叶小秋一眼，怪她多嘴先把底牌亮出来。

"哦……"吴雨微微一愣，欲言又止，回头冲李德兴望去。

"奖品，是抽奖的奖品。"冯忠毅有点抢白似的说道。

"对，对，是抽奖。"李德兴抬手摸摸额头，似乎在掩饰着自己的不自在，跟着解释说，"那孩子那天来看演出，被抽中为幸运观众，是我让小雨给他寄了两张票的。"

"既然是这样，那你们有没有注意到他那天是独自一人来的，还是和朋友一起？"骆辛问。

"一个人吧。"吴雨模棱两可地说，转回头，又看看李德兴眼色，再转回来，语气已经变得肯定，"对，是一个人来的。"

"我们想看一下当天门厅处的监控录像。"骆辛说。

"没问题，那咱赶紧去监控室，二位跟我来吧。"吴雨忙不迭点头，冲后台出口处扬扬手。

吴雨这般说话语气，很明显有种巴不得二人赶紧离开的意思，似乎这后台中隐藏着什么秘密。骆辛走出门口前，不由得回头盯了李德兴一眼，李德兴使劲闭着嘴巴，勉强挤出一丝笑容，骆辛迟疑一下，转身出了门。

骆辛的身影刚从门口消失，李德兴"哇"一声，张口喷出一股酸液来，随即大口大口喘起粗气，汗水瞬间布满脸庞……

跟着吴雨来到监控室，调出本年 5 月 25 日的监控录像，看到的是孙小东进出楼里都是一个人，身边没有同伴，也看不出神色有何异常。骆辛和叶小秋随即告辞，吴雨送两人出门，快到门口，骆辛回身突然问道："你们后台供奉的是什么大人物？"

"是家父。"吴雨微笑一下说。

"你父亲是……"骆辛满脸疑惑。

"家父吴正阳，与义父是师兄弟的关系。"吴雨解释说。

浪客酒吧的营业时间是从晚上 7 点至次日凌晨 2 点，不过这会儿已经有服务员和吧员在里面忙碌着做晚上开业的准备，老板赵小兰还没来上班。张川把孙小东的照片拿出来，分别让吧员和服务员辨认，几个人都表示对孙小东没印象。随后他让吧员把 5 月 25 日那天酒吧里的监控录像调出来。

监控视频显示：5 月 25 日晚 10 点 15 分，孙小东一个人来到吧台前坐下，他点了杯洋酒，一边玩着手机，一边轻呷。之后大约半个小时的时间里，他一直保持着这样的姿态，过程中总共喝了两杯酒。身边来来去去换了几拨人，他都没有理睬。时间来到 10 点 48 分，画面中出现一个高个男子，他也是独自一人，叫了杯酒，坐在孙小东身边默默啜饮。孙小东不经意侧头，微微怔了一下，然后主动和高个男子攀谈起来。看情形两人似乎认识。到了 11 点 40 分，孙小东醉意已经很明显了，结了账，晃着身子先行离开。5 分钟后，高个男子也结账离去。其站起身时，被监控摄像头拍到一个正脸，张川和郑翔几乎同时叫出一个名字——张家豪。

张家豪是宁雪的心理医生，看酒吧监控视频他与孙小东也相识，而孙小东同样遇害，难道仅仅只是巧合？张川和郑翔觉得有必要再会一会这个张家豪。于是两人迅速离开浪客酒吧，只用了不到 20 分钟的时间，便出现在张家豪设在世纪大厦九楼的心理诊所中。

因两人没预约，加之张家豪正在问诊，助理便以保护客户隐私为由将二人客气地请出诊所，连待在接待室里也不允许。两人虽心里冒火，但也无计可施，只好站在走廊里候着，等待时机。这么一站就是一个多小时，诊所的门终于打开，一男一女，戴着长舌帽，满眼警惕地走出来。见到走廊里有人，一男一女赶忙都用手遮住半边脸，冲相反的方向走开了。张川和郑翔对了下眼，耸耸肩，觉得很是莫名其妙。

二人再次走进诊所。这次助理没有下逐客令，通过内线电话向张家豪做了番请示，随后把二人请进诊所里间。先前调查宁雪跳楼事件时，就是张川和郑翔对张家豪做的问话笔录，所以张家豪对二人并不陌生，客气地将他们请到对面长条沙发上落座，并吩咐助理端来两杯茶水。

张川废话不多说，一上来便把孙小东的照片拍到张家豪身前的桌上："这个人你认识吧？"

张家豪把照片拿在手上看了眼，随即放下："认识，这不小孙吗？怎么了，出什么事了吗？"

"他死了。"郑翔冷眼盯着张家豪说。

"死了！"张家豪一脸惊讶，"怎么死的？"

"车撞的，但也有可能是谋杀。"张川也盯着张家豪的面庞说。

"那你们来找我是为了什么？"张家豪一脸莫名其妙地问。

郑翔拿出手机，调出翻拍至浪客酒吧监控的视频，起身走过去，将手机屏幕举到张家豪眼前，须臾关掉手机屏幕，走回沙发前坐下。

"噢，这是我那天在酒吧里偶遇他聊了几句。"张家豪解释说。

"你怎么会认识孙小东？"张川问。

"我和他姐姐孙颖以前谈过恋爱，那天小孙喝得有点多，还是我给他姐姐打电话让她过来接他回去的。"张家豪看似一脸坦然地说。

"这么说，你也知道他住在哪里？"郑翔追问道。

"当然。"张家豪满不在乎地说。

"上周日晚间一直到周一凌晨你都在哪儿？"郑翔继续问道。

"那天晚上应该下着大雨吧？"张家豪稍微想了下，说，"我待在家里，哪儿也没去。"

"一个人？"张川问。

"对啊，不然呢？我父母不在本地，感情目前还在空窗期，所以就是一个人生活。"张家豪笑笑说。

"本年4月27日晚间你在哪儿，都做过什么？"张川问。

"啊？这都是一个多月前的事了，我记不住了。"张家豪一脸苦笑说，"那天又跟我有什么关系？"

"宁雪跳楼事件就发生在那天？"张川提醒道。

"哦，对，是那天。"张家豪轻轻拍下前额，脸色稍显不快，"可是你们不能只是因为我恰巧认识她和小孙，就认为他们俩的死跟我有关吧？这是不是有些太不尊重人了？"

"你不必转移话题。"郑翔不客气地说，"据我了解，做你们这行的，时间观念都很强，每一天的行程也都是有计划的，你怎么会不知道你那天去过哪里、做过什么？"

"那天是周六对吧？"张家豪语气也变得生硬，"我只能告诉你们上午我在工作，至于下午之后的事情，我真的不记得了。"

"可是你们这行不是越到周末越忙吗？平时大家都要工作，应该周末才有时间过来咨询，你怎么会只工作半天呢？"张川质疑道。

"你们好像很了解我们这个行业，但是你们并不了解我。"张家豪语带讥诮地说，"我任何时候都不缺乏客户，如果我愿意，一年365天都会有客户来找我，我需要休息，给自己一点点空间，也给助理放放假，所以除特殊情况外，我周六、周日只会客半天。"

张家豪如此这般说辞，张川和郑翔便哑口无言，两人互相对了下眼色，张川又再试探着问："认识吴俊生吗？口天吴，俊俏的俊，生气的生。"

"谁？吴俊生？"张家豪怔了下，语气放平和道，"我还真知道这个人，我在崔教授那儿做过义工，她曾经和我讨论过他的病症，仅此而已。"

张家豪大方承认认识吴俊生，张川反而不再追问了，三个横死的人都与张家豪有交集，那就不仅仅只是巧合这么简单了，必须得从长计议。

离开正阳楼，叶小秋驾车载着骆辛往西城区走，约莫开了半个小时，两人在一处老旧住宅楼的街边把车停下。叶小秋拿出手机打了一通电话，不多时从楼栋口走出一个睡眼惺忪的中年男人。两人便推门下车，冲那男人走过去。

"交班回来身子乏，睡了会儿。"中年男子打个哈欠说。

这人便是5月4日晚间，将吴俊生送回海滨别墅的出租车司机，也是最后见过吴俊生的人。骆辛看过他的问询笔录，不过他想亲耳听他再说一次，由于事先打过电话，骆辛也就不必多言，言简意赅道："说说那晚的经过吧。"

"那天我是晚班，在明哥烧烤门前等活，快到11点的时候，明哥烧烤那个老板搀着他堂弟从饭店里走出来，说是他堂弟又喝多了，给了我100块钱，让我把他堂弟送回龙山村海滨别墅区的家。"中年男子不自觉地晃晃脑袋，"其实我是真不爱干那趟活，以前也送过他堂弟回去，每次都闹点事，要么半路非要下车小便，要么吐我一车呕吐物，不过那天还好，一路上都挺顺的。到了他那别墅门口，我把他扶下车，本想帮忙再把他送进屋里，结果他坐到大门前的地上耍无赖，把手包紧紧抱在怀里，不让我从里面取钥匙，非说我要偷他钱。我懒得跟他纠缠，就没再管他，开车走了。当时雨下得还不大，顶多算毛毛雨，我往市区方向开了会儿，雨就下大了。我寻思那哥们儿别在外头睡着了，淋一晚上雨再有个好歹来，心里不落忍把车又开回去了，结果开到他家那个街口，我用远光灯扫了扫，他不见了，我估计他可能进家里了，就走了。"

"你走了又回来用了多长时间，回来的时候附近有没有什么人或车？"骆辛问。

"来回得有个七八分钟，车和人没太在意，他那个破地方，说是别墅区，晚上连个路灯也没有，黑灯瞎火的啥也看不清楚。"中年男子顿了顿，紧跟着语气急促地说，"你们不是又怀疑上我了吧？上次不是都查行车记录仪了吗？"

"你别紧张，我们只是再核实一下。"叶小秋安慰道。

第十九章
步步为营

———————╋

一大早，叶小秋哈欠连天地走进科里，脸色异常苍白，显得有些疲倦，看上去应该是夜里没怎么休息好。

她卸下斜挎在身上的小单肩包放到工位上，扭头打量眼骆辛的玻璃房，看到磨砂玻璃上人影晃动，想必骆辛已经在里面了，便拉开包的拉链从里面取出一沓装订好的 A4 纸拿在手中，冲玻璃房走去。

敲门，听见应声，叶小秋推门走进去。眼见骆辛站在放置于写字桌旁的白板前，手里攥着水性白板笔，对着白板怔怔出神。白板上列着三个人的名字，分别是宁雪、吴俊生、孙小东，在三人的名字下面又分别标记出他们各自所属案件中的一些细节和特征，比如宁雪和孙小东名字下标有正阳楼、浪客酒吧等字眼，吴俊生名字下则标记有东方广场、五四青年晚会、明哥海鲜烧烤店等字眼……

"你在找他们身上的共通点？"叶小秋走到骆辛身边问。

"一定有共通点或者某种交集。"骆辛语气肯定地说，"无论他们是被随机选中的，还是被精心挑选的目标。"

"你交代的任务我做好了。"叶小秋把手里的报告放到桌上，"包括正阳楼的前世今生，包括李德兴和他师哥，我可是熬了大半夜才通过网络搜集整理好的。"

骆辛瞥了眼桌上的报告，语气淡淡地说："先说说看。"

叶小秋点点头，整理下思路道："这李德兴年幼丧父，母亲身患多病，所以很小便辍学流入社会打工谋生。一次偶然机会，他遇到后来成为他师哥的吴正阳，是吴正阳把他引进师门，带进相声圈子，因此他对吴正阳万分敬仰，出师之后便无怨无悔地追随吴正阳。两人是常年的演出搭档，更是生活中的良师益友，吴正阳创建了正阳楼相声茶馆后，他便成为吴正阳最得力的助手。只可惜大约20年前，也就是1999年的夏天，两人结束一场演出后，吴正阳驾车把李德兴送回住处，往自己家回去的路上遭遇车祸，送到医院之后不治身亡。

"后来，李德兴接管了德兴社，当然他没忘记吴正阳的恩情，不仅在演出后台供奉吴正阳的遗像，对吴正阳撇下的妻儿也担负起照顾的责任。那个吴雨就是吴正阳的儿子，目前公开的身份是正阳楼演艺公司总经理。李德兴目前和老伴居住在东城区明珠广场附近的爱华小区，他有一个女儿，大学毕业后留在省城工作。我在网上看到很多媒体对李德兴的采访，总体来说风评都特别正面，说他德艺双馨，对徒弟照顾有加，创作灵感丰富，作品正能量，与时俱进，除了一些经典的相声段子，几乎所有正阳楼演出的新作品都出自他一人之手。他在吴正阳去世之后有过两个搭档，目前的搭档就是咱们昨天在后台看到的那个冯忠毅。

"至于正阳楼，我看媒体报道说，它目前的经营状况并不是太好，而且那栋楼现在也正陷入归属权纷争官司。官司大致情形是这样的：正阳楼早年是通过银行贷款建成的，但是中间有两年因为经营不善、入不敷出，没及时给银行付贷款，结果银行就把楼卖给了一家公司，而这家公司转手又把楼卖给另一个买主，但是李德兴这方不认可这笔交易，他们觉得之前付了 10 多年的贷款给银行不能白付，得有个说法。目前的情况是，买方没有办法收楼，李德兴这方稀里糊涂地继续经营，如此处境想必也是够让李德兴糟心的。"

听着叶小秋的介绍，骆辛把李德兴的名字也加到白板上。

"对了，吴正阳出车祸那晚，天也下着大雨。"叶小秋补充说，"咱们查的那三起案子都发生在下雨天，这之间会不会有什么关联？"

"下雨天，就如同给一个普普通通的夜晚加个记号，发生的事情总是让人印象深刻，如果再加上某个撕心裂肺的事件，暗示性会更强。"骆辛的手指贴着大腿外侧飞快地弹动着，"它或许会促使一个人格扭曲的人去犯罪，或者成为犯罪的因素之一，但人格的扭曲不会是一朝一夕或者某个突发事件能诱发的，会有个由起源到发展的过程，是逐渐养成后才发生蜕变的。而真正付诸行动或者说首次犯罪，往往都会出现对这种人而言能产生激发型的紧张性刺激，以从李德兴的成长经历和眼前的遭遇，我看不到这种人格发生质的裂变的倾向，除非在他身上还有我们不了解的隐情。"

"那就试着再深入挖一挖他。"叶小秋迟疑一下，提出一条思路，"不过先前咱们查看正阳楼的监控录像，不论是宁雪还是孙小东都没出现什么异常行为，身边也没有可疑的人，而跟踪者是出现在宁雪去浪客酒吧的路上，加上孙小东也曾经在浪客酒吧喝醉过，所以咱们是不是应该把调查侧重点放到浪客酒吧上？应该更深入去挖挖那酒吧里的工作人员？"

"浪客酒吧中年龄大点的就是那个女老板，其余的服务员大都 20 来岁，在我心里犯罪人不会是女人，而且也不会是那样的年轻人。"骆辛摇摇头，直接否定了叶小秋的提议，把手中的笔放回白板下面，说，"走，先去交警指挥中心，咱们现在把吴俊生的死也归到连环案件中，我很纳闷他是如何被选中的，有没有可能是被尾随的，所以我想查查交通监控，看看当晚有没有车辆跟踪他所乘坐的那辆出租车。"

郑翔坐在驾驶人位置一边啃着汉堡，一边吸着可乐，张川坐在一旁闭目养神，不多时从街边一栋居民楼里走出一个女孩。女孩快要走到街边一辆红色两厢轿车前时，郑翔赶紧推了推张川，两人迅速下车拦在女孩身前。

"怎么是你们俩？"女孩愣了下，惊讶地说，"这是在干吗呢？"

"想耽误你一会儿，问你几个问题。"张川客气地说。

"是有关张医生的吧？我没什么可说的，张医生为人很正派，也很善良，是一个十足的好人，不知道你们干吗老找他麻烦？"女孩没好气地说，作势要把两人拨开，"起开，我上班要迟到了。"

"没事，没事，咱们上车聊，我们给你送到诊所。"郑翔在一旁赔着笑说。

"免了吧，让张医生看到，还以为我把他卖了。"女孩撇撇嘴说，"再说我自己有车，干吗坐你们的车？"

"他有什么值得卖的？"张川追问。

"我就随口一说而已。"女孩白了张川一眼，"不跟你们胡扯了，我真的要走了。"

"张医生最近真的没什么异常吗？"张川继续不甘心地问，"或者最近有没有出现什么让他备受打击的事件？"

"没有，没有，真的没有，他绝不可能做违法乱纪的事，你们不要在他身上浪费时间了。"女孩跺跺脚，不耐烦地说。

"话不能说得这么绝对，你能保证你说的话一定正确吗？这可是要负法律责任的。"张川有意说重话，要吓唬吓唬女孩。

"好，好，别挡着我的路，我保证还不行吗？"女孩不吃他这一套，把郑翔推到一边，从两人中间走过去，拉开红色轿车的门，上了车。接着发动引擎，开走。走之前，还冲两人俏皮地挥挥手。

"淘气。"郑翔揉着被女孩推搡的手臂，眼神暧昧地说。

"嘿，这丫头，伶牙俐齿的。"张川望着红色轿车的背影，一脸无奈地说，"你说她整天和张家豪朝夕相处的，会不会因为喜欢张家豪，所以包庇他？"

"心怎么那么脏呢？"郑翔也望向车影，一副嗤之以鼻的模样，"一男一女在一起工作，就非得发生点什么啊？"

"呵呵，你这唱的是哪一出，看上人家小姑娘了？"张川哭笑不得地摇摇头，催促说，"别花痴了，赶紧上车，去张家豪住的地儿证实下他说的话。"

"嗯。"郑翔心不甘情不愿地应了一声，望着红色轿车远去的方向，依依不舍地转身拉开车门上了车，一边系着安全带，一边问道，"这女孩叫啥来着？"

"最早那次咱们找张家豪问话，她好像介绍自己叫……郭燕。"张川想了一下说。

张家豪住在金海市比较高档的住宅小区——西山别墅区，毗邻金海市有名的环保公园——西山湖湿地公园，周边丛林掩映，湖波缭绕，置身别墅区，犹在天然氧吧之中。

小区里均为独栋别墅，别墅带有独立车库，张家豪住在园区北部，靠近围墙边。小区内安保措施严谨周密，进出大门口、小区主要路街、周边围墙上，都安装有监控摄像头。监控录像显示：上周日晚间7时许，张家豪驾车回到小区，将车停入自家车库中，随后便未再出门，直至周一上午8时许，再次驾车外出。

张川和郑翔围着张家豪所住的别墅转悠了一圈，发现要说监控漏洞还真是有，在那栋别墅的后身，有一段围墙便没有监控摄像头。围墙由青石砌成，高约2米半，张家豪若是从自家后窗跳出，再从这段围墙翻出去的话，倒是可以躲过监控视线。问题是2米半的围墙翻进翻出并非易事，并且围墙上爬满绿色藤蔓，据张川和郑翔一番细致观察，没发现有被踩踏的痕迹，应该能说明张家豪并未由此翻墙出去过。张川和郑翔未免有些泄气，但两人仍然坚信这张家豪肯定与案件有某种关联。

也不怪张川和郑翔不甘心，就现有信息看，张家豪确实是唯一一个与三个横死者都有交集的人，必须要深入挖掘，所以周时好给孙小东的姐姐、也就是张家豪的前女友孙颖打了个电话，说想约个时间和她聊聊，试图通过她的口对张家豪有更全面的评估。孙颖答应得很痛快，还说自己正好在支队附近办事，很快可以到支队接受问话。

挂掉电话，大概过了一刻钟，孙颖如约而至，只是后面还跟着林悦。刚刚周时好与孙颖通话时，她恰好和孙颖在一起，正好她也有事要找周时好当面说，便跟着一块来了。不过林悦性子虽闹腾，但很识大体，她知道周时好要和孙颖谈案子，便不敢跟着瞎掺和，进办公室来打个招呼，便出去和苗苗聊天了。

周时好请孙颖到会客沙发落座，从饮水机里给她接了一杯水，才开始问话道："你和张家豪交往多长时间，他这人怎么样？"

"在一起两年多，他人品特别好，心地善良，很细心，很有礼貌，很绅士。"孙颖笑笑说。

"那你们怎么会分了？什么时候分的？"周时好问。

"去年才分的，他是不婚主义者，跟他耗不起。"孙颖脱口而出道，顿了顿，斟酌着用词说，"两个人在一起久了，有时候优点慢慢会变成缺点，就比如家豪，他一贯沉稳、优雅，你就是用最恶毒的话去吐槽他和数落他，他也不回嘴，也不发怒，就笑眯眯地看着你。有人说恋人之间的冷暴力很伤人，可他那种冷暴力加蔑视你的姿态更让人难受，更挑战人的自尊心。还有，不知道是不是在诊所里每天面对客户话说太多，回到家之后他就变成了个闷葫芦，一声不吭，真是像人家说的，三扁担打不出一个屁来，没法跟他处长。"

"你们这些活祖宗，真难伺候。"周时好苦笑一下，随即恢复正色问，"他和你弟弟关系怎么样，以前发生过不愉快吗？"

"在我的印象里没有。"孙颖想了一下，说，"他们总共也没见过几次面，见面说话都客客气气的。"

"先别急着回答，你仔细地回忆回忆，你或者你弟弟有没有在无意间说了什么话，或者做了什么事，严重伤到张家豪的自尊心，践踏到他的尊严？"周时好耐心地补充道，"每个人的价值观和忍耐力都是有极限的，张家豪不会例外。"

孙颖再凝神思索，过了好一会儿，还是摇摇头："我真想不出来。"

周时好沉吟一下，抬头说："你们交往时在他口中听过宁雪和吴俊生这两个名字吗？"

"没听过。"孙颖干脆地摇摇头，蓦地怔了一下，提高音量说，"我想起来了，他好像隐藏着一个什么小秘密。"孙颖用手比画出一个方形，"在他车的后备厢中，经常会放一个黑色的密码箱，就这么大小，我问过他很多次，他一直不肯告诉我里面装的是什么，也不愿意打开让我看，总是笑着敷衍过去。"

"密码箱？秘密？"周时好嘴里念叨着，陷入一阵思索：密码箱中能装什么，会与案子有关吗？

"咱们是不是聊完了，那我先撤？"见周时好愣着不说话，孙颖试探着问。

"噢，不好意思，有点走神。"周时好被点醒，赶忙起身说，"行，我送你出去。"

"不必了，不用这么客气。"孙颖一边推辞，一边起身，紧接着兀自推门走出去，一出门口便冲林悦做个手势，轻声说，"我到外面车里等你。"

林悦拍拍苗苗的肩膀，示意先不聊了，随即走到周时好办公室前，也不敲门，直接推门走进去。她大大咧咧走到周时好的办公桌前，说道："考虑好了吗？"

"考虑什么？"周时好其实知道她在说啥，却故作不懂，想混过去。

林悦抬眼愤愤地瞪着他，看起来真是有些生气了。

周时好只好投降道："好，去，你定时间吧。"

"那就周末，周五或者周六找一个晚上，去我家吃顿家宴，我们家老头和老太太说要叫上我哥和嫂子一起。"林悦说。

"规格这么高？"周时好皱着眉，一脸为难说，"不就冒充你男朋友糊弄糊弄你爸妈吗？干吗叫那么多人？"

"我离婚这么多年，第一次带男的回家，我们家老头和老太太高兴坏了，本来我还想出去随便找个馆子，可他俩非要在家里亲自做。"林悦带着恳求的语气说，"你就帮我一回，要不然我们家这俩活宝天天就唠叨这点事，都魔怔了。你不知道，给我介绍对象，都把人带到公司去了，搞得我在员工面前特别下不来台，丢死人了都。"

"那你就正经找个呗？"周时好说。

"切，我才不找呢！我一个人多自在，有钱，有车，有房，有公司，干吗找个男人来管我？"林悦用玩笑的口吻说，"嘻嘻，想男人了，就找个'小狼狗'，召之即来，挥之即去，没有负担多好？"

"闹了半天，你这把我当'小狼狗'了？"周时好佯装生气，"不去了。"

"别自作多情行吗，大爷？"林悦不屑一顾地说，"您这相貌和身子骨哪儿点像小狼狗，顶多就一熊大熊二。"

"行了，我去，到时候你给我打电话。"周时好催促说，"赶紧走吧，我还要工作，待会儿小辛要来和我谈案子上的事。"

要说这人还真不经念叨，正说着，骆辛便和叶小秋推门走进来。林悦见周时好不是在编瞎话哄自己走，情绪格外好，和骆辛以及叶小秋热络地打了个招呼，摆摆手，心满意足地出了门。

"怎么样，发现嫌疑车辆了吗？"周时好迫不及待问道。

叶小秋拿出手机，调出翻拍的监控视频，交到周时好手上："就这车，从市区跟到郊外，一直保持着一定距离，跟在吴俊生死亡当晚所乘坐的出租车后面，直到进入龙山村后没了监控为止。"

"车辆信息查了吗？"周时好眼瞅手机上播着的视频，问道。

"去车管所查了，车牌号是假的，也不属于套牌，压根就不存在这么个车牌号。"骆辛说。

周时好盯着手机屏幕，思索了一下，说："噢，我知道了，这肯定是驾驶人在网上非法买了车牌贴纸，胡乱贴到车牌上，遮盖了本来的车牌号码。"

"那这车是真实存在的，咱们可以在全市范围内从车型入手排查啊！"叶小秋提议说。

"思路没问题。"周时好苦笑一下，将手机还给叶小秋，"这车叫哈弗 H6，属于国产神车级的，全国卖了几百万辆，估计咱金海市也能有个千儿八百辆，如果驾驶人只用贴纸遮住一两个车牌号码还好说，要是全都变了，那一时半会儿很难查出个结果。"

"那也得查。"骆辛语气淡淡地说。

"你们是不是应该再去明哥海鲜烧烤问问，说不定凶手就是在那个店里选中的吴俊生，随后展开跟踪的？"周时好提议道。

"来之前也去过了。"叶小秋说，"那烧烤店里外都没安装监控，而且老板和服务员也记不清当晚都有什么样的客人与吴俊生同时段在店里就餐。"

"孙小东手机检测了吗？"骆辛问。

周时好拉开办公桌抽屉，从里面取出一部手机放到桌上，说："张川和翔子他们仔细翻过，技术队也查过，除了案发三天前他曾和正阳楼那个总经理吴雨通过一次电话，没发现能与犯罪建立起关系的线索。吴雨那边我们也问过，跟那天他给你们的说辞一样，是抽奖的事，说是给吴俊生打电话是为了确认奖品的邮寄地址。"

叶小秋伸手握住手机："要不然我带回去慢慢研究研究？"

"行，别弄坏就成，稍后还得还给孙小东的家人。"周时好叮嘱道。

第二十章
小丑杀手

——十

　　连着几天集中排查嫌疑车辆，除去张家豪与三个横死者的关联，这也算目前为数不多能看得到摸得着的线索。车管所给出的资料，相关品牌车系在本地有 1260 台，通过进一步研究确认，视频中出现的车为该品牌车于 2017 年生产的一款经典车型，在本市有 485 台，而通过车牌号筛查，能与视频中出现的任何一个数字对应上的该款车只有 22 台，经过问话均排除嫌疑，也就是说，剩下的 463 台需逐台排查，这还没考虑外地牌照车辆的问题，排查范围实在太过庞大了。其实这也是现实中警察办案的最常规状态，所谓高科技手段只是辅助，大多数时候还是要靠侦查人员不辞辛苦地奔波走访和面对面的交流。

　　排查车辆有没有效果先不说，能够发现这种犯罪人开车跟踪尾随被害人的模式，结合宁雪坠楼前同样也被一个高个男人从电梯一路跟踪到酒吧的情节，至少可以证明犯罪人选择目标的方式是随机性的。不过这种随机指的是时机和空间，并非是说任何人都能成为犯罪目标的，犯罪人有他选择目标的一套标准，同样地，在被害人身上也一定有能激发犯罪人作案的因素。

那么来看看目前已知有可能是被同一个犯罪人作案致死的三个被害人——宁雪、吴俊生、孙小东，他们遇害前身上有什么明显的特征呢？宁雪就算亲眼撞见未婚夫偷情，却仍不愿相信未婚夫出轨的事实，还执意要与其成婚，这个婚结得不可谓不卑微；吴俊生豪掷千金、意气风发，自以为与美女主播情投意合，可以发展线下情缘，未承想被"美颜"蒙骗，还被斥为愿者上钩的傻×；孙小东遵循真理，为红颜一怒，为正义发声，到头来反倒遭到排斥而丢掉工作，成为办公室政治的牺牲品。总结起来，这三个人在生活中的境遇，可以用三个字概括，那就是"失意人"。

为什么犯罪人会对所谓的失意人感兴趣呢？按普通人的逻辑，心理阴暗的人看到别人过得不好，不是应该暗暗庆幸吗？为什么要嫉妒，甚至愤恨呢？这就是畸形人格的特质，也就是人们常说的心理变态。这种人格的自惭和卑微是深入骨髓的，所以当他们被激发型事件刺激到之后，便会在那些看起来境遇比他们更失意、更难堪的人身上寻找存在感和优越感。或者更变态的想法是，把自己生活中的不如意，归罪到他人的犯错，认为只要毁灭了那些人，自己的境遇就会好起来。这就是鲁迅先生所说的"弱者发怒，抽刃向更弱者"，在现实中的真实写照。

可能有人会质疑说，这观点太片面了，事实上有一些犯罪人，他的学识、地位、财富都比一般人高很多，人家有什么可自卑的呢？那是因为变态人格内心的自轻自贱是源于"自我评价"。打个比方：你有1000万或者1个亿，周围的人都会觉得你很牛，但是你自己心里非要跟马云和马化腾较劲，你当然会觉得自己一无是处。而关键问题在于，你片面而又错误地坚持认为，你不能成为马化腾和马云那种人，不是你自身的原因，是因为他人的犯错、社会的不公和政府的管制，这就是为什么在社交媒体上，会看到某些在别人眼里有不错学识或者有一定财富积累的人，经常发表一些仇恨社会和仇恨国家言论的原因。

　　言归正传，回到案子中。被害人是失意人，那犯罪人会是一个什么样的人？骆辛开始在心里默默给犯罪人画像：很明显，能够通过制造横死假象，连续杀死三人，却又几乎没露出破绽的人，说明他的心智和阅历已经相当成熟，年纪应该不会太轻，骆辛的估计是在 30 岁以上。

　　另一个很明显的事实，"下雨天"是激发犯罪的因素之一。这种外在因素，一旦成为犯罪中不可或缺的因素，说明对犯罪人已经形成强迫性暗示，而强迫症的本质是恐惧和没有安全感，这就说明犯罪人眼下的生活正面临着生死存亡的挑战，让他不可抑制地去联想发生在某个雨夜中令他终生难忘的惨痛经历。然而就如前面分析的那样，犯罪人目前的生活虽不尽如人意，但不意味着他在现实社会中地位低下，宁雪、吴俊生、孙小东死前都曾在东城区留下过足迹，说明犯罪人日常应该也活跃在繁华的东城区域，再加上他有可能时常光顾浪客酒吧，说明他至少应该比普通的上班族要生活得从容些。

　　被害人有男有女，性别是无差别的，说明犯罪动机中不涉及性的因素，犯罪人应该已经成家，如果至今他在日常生活中未表现出任何异常行为，说明他大脑中有关连环杀人的认知体系已经相当成熟，意味着他一定会继续作案。

　　醉酒情节也出现在已知的三次犯罪中，前两起案件出现如此情节有一定偶然性，而没有先例表明第三起案件的被害人孙小东，会独自在家中把自己喝得烂醉还要出门。这很可能经过犯罪人的设计，把人灌醉了，失去反抗意识，接下来可以任由其摆布。这个逻辑很好理解，但事实上无论偶然还是故意，犯罪人确实擅长在被害人醉酒之后行凶，所以骆辛有种感觉，这个人极度缺乏自信，甚至可以说是与生俱来的。前面说过的自卑问题，那其实只是一个方面，幼年的成长经历，身体上的缺憾，也是形成自卑心理的重要因素，所以骆辛直觉认为，这个犯罪人身体上或许存在着某种缺憾或者残障。

    骆辛正沉浸在对犯罪人的画像中，叶小秋突然没有任何预兆地闯进玻璃房，连门也没敲，这算犯了骆辛的大忌。骆辛正待发火，只见叶小秋把一个手机屏幕举到骆辛眼前，屏幕中正播放着小丑表演的视频。"我记得你说过，宁雪去世当天曾去文汇大道看过小丑表演。"叶小秋没理会骆辛的不快，语气急促地说，"你看，这是孙小东在文汇大道用手机录下的小丑表演视频，时间就是他去浪客酒吧消遣的那天下午。"

    "孙小东那天竟然也是先看过小丑表演，再去正阳楼听相声，然后又去浪客酒吧喝酒，除了没在素食餐厅用餐，其余的岂不是与雪姐坠楼当天在文汇大道的行程基本一致了？"骆辛若有所思，自言自语道。

    "还有，那天是周六，宁雪坠楼当天也是周六，这会不会太巧了？"叶小秋皱皱眉，"你说会不会时间上对犯罪人来说也有什么说道？"

    "应该不会，孙小东并不是在那天遇害的呀！"骆辛轻摇了下头，"再说，文汇大道周六周日最热闹，也只有周六周日小广场中才有各种表演，自然大家都会选这两天去逛逛。"

    "那倒也是。"叶小秋挠挠头，想了想说，"单说孙小东的案子，正阳楼，浪客酒吧，还有张家豪咱们都查过，这张家豪看似嫌疑很大，但我总觉得还缺点什么，你说这小丑会不会才是咱们调查的突破口？"叶小秋顿了下，用手比画了个抹脖子的动作，"他不会就是传说中的那种小丑杀手吧？"

    "值得查查，这小丑确实挺神秘的，明明会说话，非要装哑巴。"骆辛说。

    "啊，还有这么一出，那咱现在去文汇广场找人问问呗？"叶小秋说。

"走。"骆辛用力点下头说。

对于张家豪，周时好的态度是保持谨慎关注。尽管他与三个横死者存在着交集，但孙小东被害当晚，有监控证明他确实待在家中一整晚未外出，如果他不具备害死孙小东的作案时间，那么也就可以排除他在整个连环案件中的作案嫌疑。不过周时好总觉得在他身上蒙着一层极为神秘的面纱，尤其孙颖提到的那个放在他车里的密码箱，里面到底装着什么秘密，也让他颇为惦念。

支队这边正集中人手紧锣密鼓地排查嫌疑车辆，张家豪却在无意中做了把新闻热点人物。事情经过是这样的：有位女明星近段时间随一个电影剧组在金海拍戏，前段时间她在经纪人的陪同下到张家豪诊所做了一次心理咨询，结果被娱记拍到了照片，这两天网络上正大肆传播女明星因出现抑郁倾向就医的新闻。而这女明星的经纪人，在接受媒体采访中有意无意、隐晦曲折地把矛头指向张家豪的心理诊所，暗暗地指责是心理诊所要炒作自己，而向媒体爆的料。

其实深谙娱乐新闻炒作之道的人都知道，这就是此地无银三百两，张家豪也不傻，干吗以泄露客户资料为代价炒作诊所？那不越炒越煳吗？经纪人把心理诊所抛出来，不过是为了掩饰他自导自演这出戏的恶俗行径。真实的情况是这样的：这女明星是电影的女二号，拍了几场戏之后导演对她的表演和状态不是十分满意，动了换角色的心思。这女二号的经纪人事先得到消息，便鼓动女演员扮惨装病，然后爆料给相熟的媒体人，制造出这么一起就医事件。如此一来，就算片方知悉内情，碍于有可能给正在拍摄的电影带来负面感知效应，几能把曾经准备更换女二号的想法，当作什么也没发生过。而且经女明星这么一炒作，电影的关注度也会有很大提升，做个顺水人情，何乐而不为呢？

人家是多赢局面，倒霉的是张家豪的诊所。被影迷和网民暴骂好几天，不过张家豪并未太在意，他的客户源很稳定，而且对他都尤为信任，这个事件对他来说不值得，也不应该去回应，尤其在眼下群情激愤的时候。他太了解现在网络上一些人的心态了，尤其这个粉、那个迷的，他们只相信自己想相信的东西，真相是什么不重要，所以这个时候去回应，除了给事件添热度，对他和诊所没有任何好处。他给自己的律师打了电话，让其着手在网络上搜集和固定证据，等事件热度过了，他准备通过法律手段还诊所一个清白。

骆辛和叶小秋来到文汇大道小广场时，广场边一个巨型大屏幕上正播放着娱乐资讯节目，其中穿插了女明星因抑郁倾向就医的报道，由于提到张家豪的诊所，便吸引骆辛和叶小秋驻足观望一阵。这也是两人第一次听到这则新闻，骆辛本就不关注此类消息，叶小秋平时倒是对八卦新闻挺感兴趣，不过最近所有的注意力都放在案子上，微信朋友圈都懒得打开，就更没工夫浏览八卦网站。而不知为何，看着大屏幕中播放的新闻，骆辛心底突然颤动一下，隐隐地生出一种山雨欲来的不祥之感。

由于不是周末，小广场上人流不是很多，平日里没有了文艺表演，就会有一些小商小贩在广场里摆个小摊子，卖些诸如糖果、文具、手机壳、CD唱碟等等的杂货，加上天阴沉沉的，小广场中有些死气沉沉。两人逮到一个正在巡逻的保安大叔，打听到文汇大道管理方的办公地点，随后找上门去。一个领导模样的人向两人解释说：原则上他们不会干涉小广场中的个人表演秀，除了一些卫生和安保方面的要求，彼此没有其他约束关系，他们乐见各种特色的表演者来为广场聚拢人气。小丑表演他们也都见识过，但是对表演者并未做过特别的了解，无法给出更详尽的资料。

从文汇大道官方没有打探出信息，两人又回小广场里，找到刚刚那位保安大叔了解情况。

"那小丑啊，我知道，知道。"叶小秋一提到小丑表演，保安大叔立马回应说，"他每周六下午来，大概从 2 点到 6 点停留 4 个小时，其余时间看不到他。"

"他个人情况您了解吗？"叶小秋问，"比如说是上学还是工作、是本地人吗、住在哪里等等一些情况？"

"别的不知道，他是哑巴，我们也没法交流，不过他很有礼貌，每次见我都会主动点头打招呼，表演完也会主动把周边的垃圾纸屑收拾干净，挺有素质的。"保安大叔说。

"您见过有什么人来找过他？或者他表演完是怎么离开的？"叶小秋继续问。

"他每次都是一个人来，表演完把器具收到一个旅行袋里，也不卸装，拎着袋子就走了。"保安大叔冲广场北边指了指，"每次都是往那个方向走。"

文汇大道广场以北，隔着一条马路，大片区域都被一家叫作"友谊百货"的大型百货商场占据，商场的正门面朝东方，毗邻一条城市主干道，街边有多路公交车站和出租车临时停靠点，骆辛和叶小秋估计小丑表演者离开文汇大道朝这个方向走，应该是要搭乘公交车或者出租车。两人四下打量一番，发现出租车临时停靠点旁的路灯架上安装有监控摄像头，上面还标记着编号，应该是安防监控，通常到辖区派出所便可以查看监控录像。

叶小秋拿出手机打开地图软件搜索附近的派出所，发现派出所竟近在咫尺，就位于友谊百货后身的巷子里，距离她和骆辛所在的位置不足 300 米远。两人赶紧前往，走的路上天开始掉雨点。到了派出所，亮明身份，说明情况，调出相应时间点的监控，却发现小丑表演者并非如两人想象那样到街边乘车，而是从正门走进了友谊百货。

友谊百货也属于商住两用的大厦，下面五层为商场所用，五层之上有写字间，也有个人公寓，莫非小丑表演者就住在那上面的个人公寓里？带着疑问，两人又辗转来到友谊百货大厦的保安监控室。而查完监控，发现两人又想错了，小丑表演者进入大厦坐着电梯没往楼上走，而是往地下走，因为他的车停在大厦地下停车场中。通过监控视频，能够清晰地看到，小丑表演者所驾驶的是一辆红色两厢轿车，车牌号为"宁BX4378"。

走出友谊百货的大门，天已经完全黑了下来，雨也越下越大，周遭黑暗阴凉，行人大都脚步匆匆。看时间不觉已经晚上7点半了，叶小秋提议去吃素食自助餐，骆辛想了想，没拒绝，两人便顶着雨冲文汇大道跑过去。进了餐厅，骆辛刚把餐选好，端到桌上，口袋里的手机突然响了起来，接听之后里面传来周时好的声音："张家豪的诊所发生纵火，里面有一具尸体，很可能是张家豪。"

第二十一章
纵火杀人

———┼

世纪大厦前，警车、消防车、新闻采访车混作一团，空气中飘散着浓浓的烟火味，气氛显得尤为紧张。从外表看，大厦九楼部位连着两三个房间的窗户，都被烧得黑乎乎的，但已经看不到蹿动的火苗，想必火应该已经完全被扑灭了。

骆辛和叶小秋亮出证件，被允许进入大厦。电梯不能用，两人只能爬楼梯上到九楼。张家豪的诊所在906室，此时消防人员已经撤出，现场被刑侦支队接管。周时好以及技术队法医沈春华和勘查员均已到场，张川和郑翔正在监控室排查犯罪人踪影，而接到消息稍晚的方龄，以及骆辛和叶小秋，几乎是前后脚赶到现场。

诊所中，套间里外均四壁漆黑，办公家具尽被烧毁，连窗框也被烧得有些变形，消防灭火遗留下的水汽中，夹杂着烟熏火燎的味道，弥漫在整个房间里，犹如历经硝烟的战场。

周时好一边引着方龄往里间走，一边汇报案情，其实也是说给骆辛听的："消防队初步勘查现场的结论是，火是从里间开始烧起，然后蔓延到外间和隔壁一间与字间，更具体的方位应该是张家豪办公桌这一块地方，助燃剂用的汽油。"

"尸体大面积被烧焦，从身高体征上判断系男性，但要确认是不是张家豪还需做 DNA 鉴定。"接下话头的是法医沈春华。

众人目光被她吸引。只见靠在窗边的长条沙发下方，仰躺着一具黑乎乎的尸体，身上的衣服已与皮肤融于一体，面部也被烧得面目全非，无从辨认，隐隐地由尸体上散发出一股焦肉味道。

沈春华直起腰，接着说："尸体上也被浇了汽油，但死亡应该与纵火无关，初步看身上要害部位至少有三处锐器刺创。"沈春华举着手里的紫光灯，冲地面上照了照，"你们看地面上有明显拖拽形的血痕，而且外间门口处也有明显的血溅痕迹，判断刺杀行为发生在外间，有可能是被害人开门之后的一瞬间，随后被害人又被拖至里间焚烧。"

众人点头，随即开始四处打量。不多时，郑翔拎着一个黑色密码箱走进来，箱子是他从张家豪停在地下车场的车里找到的。周时好眼前一亮，立刻把密码箱捧在手上，这应该就是孙颖提到的，张家豪不愿意当着她的面打开的那个密码箱吧？

周时好一手托着密码箱，一手摆弄着上面的密码锁，试着要把箱子打开。这时从门口处传来一个怯怯的女声："密码是'198161'，是张医生的生日。"

周时好循声望去，只见张家豪的助理郭燕，凄凄哀哀地站在门口。

"她说她是死者的助理，在下面生冲硬撞非要上来，拦都拦不住。"跟在郭燕身边的一名警员，脸色为难地解释说。

周时好冲警员扬扬手，示意没关系，又冲郭燕招招手，让她进到房间里来。郭燕走到周时好身前，亲自上手调整密码，将密码箱打开，一身小丑的行头便跃入众人视线中。红色礼帽，五彩假发、格子燕尾服、尖头皮鞋……

"这……"骆辛满眼熟悉的感觉，一副不敢置信的表情说道，"这就是张家豪保守的秘密？张家豪就是那个在文汇大道广场中表演的小丑？"

"噢，我说呢，怪不得他车后备厢里还有一个旅行袋，里面装着花花绿绿的器具和塑料苹果、香蕉啥的。"郑翔紧跟着说，"应该也是做表演用的吧？"

"那是张医生解压的方式。"郭燕满眼伤感地点点头，解释说，"张医生每天都在开解和引导别人如何避免悲伤，如何从阴郁的心境中走出来，如何去寻找快乐，但其实他自己也时常找不到快乐的感觉。没办法，他的这份职业就是这样，每天面对的都是带着负面情绪的案例，久而久之，他也会经常陷入沮丧，甚至绝望的情绪中不能自拔。但是他又不敢求医，一旦被走漏了消息，他的职业生涯也就到头了。

"有一段时间他去国外做访问学者，在一个广场中看到了一场小丑表演，他觉得很有意思，觉得很治愈，然后那段时间他就经常去找那个小丑表演者交流和学习，两个人成为不错的朋友，访问结束后那小丑特地送了他一套小丑表演的行头带回来。此后，他开始固定每周六下午去文汇大道做表演，他觉得看到那一张张为他的表演而无私呈现出开心愉悦的笑脸，对他每周面对的负面情绪有很好的中和作用，而且他还可以把表演收获的钱，捐给'星星希望之家'的孩子们。"

"可是据我们追查，文汇大道那个小丑表演者驾驶的车辆，不是张家豪平日开的那辆啊！"叶小秋插话质疑说。

"出于谨慎，他去做表演时会跟我换车开。"郭燕解释说。

"行，那就全能说得通了。"周时好抬腕看看表，冲郭燕说，"现在时间已经很晚了，但是我们还需要对你做份正式的笔录，还有一些问题需要你来解答，你介不介意待会儿跟我们一道回刑侦支队？"

"没问题。"郭燕干脆地说。

凌晨一时许，刑侦支队的会议室里灯火通明。市局主管刑侦的副局长马江民也到场参会，预示着案件十分不寻常。也确实，在公众聚集的大厦中肆无忌惮地纵火杀人，给社会带来的负面影响实在太过恶劣，往严重了说这都算社会恐怖事件。并且还有一个敏感性的问题，这张家豪算是城中颇有声望和口碑的心理医生，在他那里做过心理咨询与辅导的不乏城中名人，什么商界的、演艺界的，甚至官员，乃至这几类人的至亲、爱人都有，没有人愿意自己的隐私被外界知晓，从而引起不必要的猜忌，事实上在来支队的路上，已经有相关人士给马江民打过电话对案子表示关切了。

方龄指示周时好来做案情简报：

"今日 18 点 40 分，世纪大厦 906 室中的烟雾报警器发起内部报警，保安人员迅速赶往 906 室，发现室内燃起大火并有蔓延的趋势，于是赶紧拨打火警电话。10 分钟后，3 辆消防车赶到现场，开始施救。最终经过近半个小时的努力扑救，大火被完全扑灭。随后消防人员入室勘查，发现室内有一具男性尸体，随即上报给警方。

"死者张家豪，现年 38 岁，外省人，自 2013 年开始租用世纪大厦九楼 906 室设立心理诊所至今。系被人用锐器刺穿腹部，以及胸壁和升主动脉，引发心脏骤停而死亡。死亡时间，应在其助理下班离开后的 18 点，到烟雾报警器被触发的 18 点 40 分之间。而在这个时间段，通过大厦的楼层监控，可以看到一个身背双肩包的高个男子，曾鬼鬼祟祟进出过 906 室，而在该男子离开后，室内开始燃起大火。大堂中的监控显示，该男子由正门进入大厦，没有乘电梯，而是从消防通道走楼梯上到九楼，其逃离的路线亦是如此。

"犯罪嫌疑人在监控视频中显示出的特征，除上面提到的高个子和背双肩包，他头上还戴着一顶黑色运动长舌帽，并在帽子外还罩着衣服的兜帽，而且脸上还戴着一只黑色口罩，把脸部捂得严严实实。不过经过对比发现，该嫌疑人与早前一起案件中的犯罪嫌疑人，在体态特征和外在特征上有很高的相似之处，目前技术队已经将两起案件中有关犯罪嫌疑人的影像资料，通过网络紧急发到了省厅的物证鉴定中心，将会通过'人体动态特征识别技术'，来最终加以确认。说到这里我声明一下，刚刚提到的早前案件，指的就是'宁雪跳楼事件'，经过一些补充侦查得到的线索，以及目前又接连出现多起相似案件的情况来看，这个事件还是有很多存疑之处，会前我已经与市局领导做过沟通，局领导同意一经省厅物证鉴定中心做出确认结论，这个事件将被重新立案调查。

"另外，诊所里的卷宗资料全部被烧毁，放在办公桌下的台式电脑，以及放在办公桌上的笔记本电脑和手机也均被烧毁，技术队表示里面的硬盘和存储卡已彻底报废无法恢复，而消防队指出火灾的燃点，是在张家豪的办公桌附近，说明犯罪人纵火的目的，就是奔着要销毁诊所里全部病历资料去的。"

原本心理诊所的病历资料，在张家豪的笔记本电脑中有一份备份，结果笔记本电脑也被烧毁，这就意味着诊所的相关资料被彻底销毁，只能靠张家豪助理郭燕的回忆，因为从案情特征上看，大概率犯罪人曾到心理诊所就过诊，并且案发时诊所门上并没有被撬过的痕迹，说明犯罪人系敲门进入的，也体现了他与张家豪是相识的关系。问题是郭燕掌握的客户信息也不是很全面，张家豪是一个特别注重客户隐私的人，诊所的客户资料他从来都是亲自上手整理，而且发给郭燕的客户预约信息，往往只有个姓氏，比如李先生、王先生、李先生 A，或者李先生 B，诸如此类的称呼。虽然名字下面都写着电话，用于客户迟到或者调整就诊时间，方便郭燕打电话确认。可问题是，那些电话郭燕几乎从来未打过，并且预约排期表也一并被昨夜那场大火烧没了。当然，还有一个方法，那就是通过世纪大厦的楼层监控，查看进出诊所的人员，只是鉴于存储成本，世纪大厦监控录像的保存期只有 15 天，虽然这方法有一定的局限性，但现在也只能先这么查着。同时，对于嫌疑车辆的排查也仍需继续推进，支队这边要做好相应准备，等待省厅传回消息，随时重启对宁雪跳楼事件的调查。

昨夜，不，准确点说是今天凌晨，案情分析会的会议精神就是如此。而骆辛并不关心省厅的鉴定结果，在他心里已经认准宁雪是"被跳楼"的，而同一个犯罪人接连又制造出吴俊生和孙小东的被死亡案件，并在昨夜纵火焚烧心理诊所以及刺死张家豪，在骆辛心里，已经认定他所要面对的犯罪人，是一个变态连环杀手。

"如果从变态心理的蜕变进程来解读，犯罪手法或者说是犯罪惯技的改变，通常意味着变态人格的进化与退步，而从眼前的案子看，犯罪人显然进化了。他作案的自信心增强了，手法也更凶悍，他不再满足于潜伏在暗处悄无声息地感受快感，而是开始让更多人看到他的存在，甚至向警方公然发起挑战。

"在犯罪心理学领域，以作案动机来划分，变态杀手主要有两大类型：注重结果型的，以及注重过程型的。还原昨夜的案件，犯罪人在张家豪开门的一刹那，即刻拔出凶器刺向张家豪的腹部，紧接着又连续向其胸口猛刺两下，致使张家豪当场死亡。用好听点的词来形容，手法可谓是干净利落、一气呵成。由此来看，犯罪人很明显是个注重结果型的杀手，而通常这一类的循环反复的杀人行为，都是建立在犯罪人通过大脑认知反馈设置的一个大的背景下的，也就是说，所有的作案都是为了一个更高的追求或者目标而实施的。当然很多时候，这也是变态杀手为自己的连续杀人行为寻找借口而画的一张'大饼'。咱们需要做的，就是破解他作案的终极目标，从而反推他是一个什么样的人、生活在什么样的环境下。"

叶小秋和骆辛并排站在玻璃房中的白板前，听完骆辛这一番长篇解读，叶小秋不禁回头扫了眼放置在墙角的书架，又转回头瞥了眼摆在写字桌上的一摞书，颇为感慨地说："好吧，大明白，我现在正式对你表示敬仰，你通过看书自学成才，能总结出如此深刻而又明了的犯罪解析，不得不说是有一些天才的成分在。"

"还是像先前说的那样，在破解终极目标的过程中，很重要的一个环节，就是要尽快找出所有被害人之间的交集。"骆辛并不理会叶小秋的夸赞，凝神盯着白板，白板上除了宁雪、吴俊生、孙小东、李德兴，现在又多了一个张家豪，骆辛指着张家豪的名字说道，"关键点也许就在他身上，单论他身上的案子，就像昨晚案情分析会上说的那样，犯罪人明显是奔着销毁诊所病历资料去的，那也就意味着犯罪人有可能曾是他的客户，只是我有点搞不明白，犯罪人为什么会突然做出这样的选择，是出了什么岔子吗？"

叶小秋也恢复正色，思索一阵，说道："会不会跟那女明星被爆出的抑郁新闻有关？不是有很多网民指责张家豪想炒作自己的诊所，故意把消息透露给媒体的吗？会不会是犯罪人看到新闻受到触动，担心他的就诊病历也会在日后被爆出，所以才急于把病历资料销毁的？"

"倒是个思路。"骆辛点头道，"不过也有可能是犯罪人故布疑阵，误导警方将侦查视线聚焦到病历资料上，从而掩盖他真正的杀人动机。"

"那犯罪人作案的真正动机到底是什么呢？"叶小秋使劲皱了皱眉，紧着鼻子说，"你先前不是有个失意人理论吗？其实张家豪虽然事业挺红火的，但他心底很不快乐，他是不是也算你说的失意人？会不会犯罪人设置的大背景，就是想杀光社会上所有生活失意和心情悲伤的人？"

"'悲伤'……你刚刚说'悲伤'……"骆辛猛地一愣，原本淡然的眼神突然变得炯炯锐利，右手贴着大腿外侧，五个手指又本能似的交替弹动起来，须臾他快步向前，拿起白板笔，嘴里嘟嘟哝哝，开始在白板上写起来，"张家豪被客户同化，心情'沮丧'；孙小东失业，理想主义者被现实反噬，对人生感到'彷徨'；吴俊生反社会障碍者，被网络主播蒙骗，满怀一腔'愤怒'；雪姐未婚夫出轨，但她通过极力'否认'现实的做法，来寻求自我安慰。"

骆辛放下笔，白板上宁雪、吴俊生、孙小东、张家豪四个名字下面，分别对应着骆辛刚刚每一段话最后提炼出的那个用词：宁雪对应否认；吴俊生对应愤怒；孙小东对应彷徨；张家豪对应沮丧。

叶小秋看得有些发蒙，不知道骆辛这一连串动作要表达什么。

骆辛这会儿已经走到办公桌前，在桌上放着的那一摞书中翻找了几下，随即把一本英文书举到手中，转身冲叶小秋说："这是一本西方心理学名著，名字叫 *On Death And Dying*，翻译过来叫《论死亡和濒临死亡》，我想犯罪人一定也看过这本书，这本书中提出'悲伤有五个阶段'，分别是否认、愤怒、彷徨、沮丧、接受，你再联想咱们手上的四个案子，有没有什么感悟？"

"那个变态杀手，他想要杀死'悲伤'，对吗？"叶小秋迟疑着说。

"对，他想要通过 5 次杀人，来呈现悲伤从开始到结束的 5 个阶段，从而仪式化地突显出他想让人世间充满快乐的决心。"骆辛使劲点点头说。

"李德兴是相声大师，那不正是他所期盼的吗？"叶小秋一脸惊惧模样，"难道变态杀手真的是他？"

"要证实是他，就必须把他和四个被害者联系起来。"骆辛说。

　　"可是那按照你先前的理论，一个人要杀死悲伤，那么他应该是一个比悲伤更悲伤的人，李德兴不应该是这种人吧？而且他跟吴俊生和张家豪也扯不上关系。"叶小秋摇摇头，不愿相信地说，"我拿照片让郭燕辨认过，她说在诊所里从未见过照片中的李德兴，也根本不认识李德兴，我也特意嘱咐川哥查了他和他老伴，以及他女儿，并没发现这一家三口的身份证下，登记过咱们正在追踪的那款车。"

　　骆辛点点头，蓦地又一怔，一边思索着，一边说道："你说吴俊生和车倒是给我提了个醒，咱们可以换个思路，如果这几个被害人之间是存在交集的，犯罪人是如何发现的？总得有个时机吧？咱们想过吴俊生有可能是在烧烤店被选中的，但是去烧烤店之前他还在东城广场看过什么五四青年晚会，还跟人吵过一架，想必也会闹出一些动静，犯罪人会不会是在那会儿选中他的？"

　　"你等等。"听骆辛说完，叶小秋扔下三个字便跑了。

　　两三分钟后，叶小秋又小跑回玻璃房，表情略遗憾地说："我在网上查了，媒体对那场晚会的报道不多，我只找到一篇，而且配图很少，不过接受采访的是晚会主办方的一位负责人，是东城区委宣传部的干部，叫刘倩。"

　　"走，找她去。"

　　"着什么急，这才7点多，人家应该还没上班呢，走，走，咱们先去食堂喝碗粥，这一夜也没怎么睡，得吃点东西补一补。"

　　昨天晚上自助餐没吃成，接着凌晨又开案情分析会，散会后已近凌晨4点，想着回去也睡不安稳，两人便回档案科凑合睡了几个小时。叶小秋一大早能爬起来和骆辛聊案子，那是因为她被饿醒了，这会儿见骆辛又要急着外出走访，便一把拦住他，生拉硬拽地把他拖向食堂。

第二十二章
悲伤终点

在东城区委宣传部办公室，骆辛和叶小秋顺利地见到了叫刘倩的干部。提起"五四青年晚会"，刘倩一脸兴奋，说多亏各方支持，晚会办得很成功，老天爷也很照顾，晚会结束后才开始下雨，还说晚会很好地弘扬了五四精神，激励年轻人牢记历史，奋发向前。

一通自说自话之后，眼看骆辛脸上有些不耐烦，才赶紧歉意地笑笑说："你看看我这人，职业病，说起来就没边了，您二位警官为什么要打听五四青年晚会的事？"

"我们想借用当天晚会的视频录像或者一些纪念照片什么的，不知道您方不方便？"其实叶小秋和骆辛也没有什么具体目标，所以叶小秋只能含糊其词地说。

"可以，可以。"刘倩痛快地应承道，随即俯下身子，拉开办公桌旁的桌边柜，从里面拿出一个小方块盒子，打开之后取出一枚U盘和一沓照片，"看，都在这里了。"

叶小秋伸手把照片接到手中，骆辛凑在她身边，两人一道翻看。接连翻过七八张照片后，叶小秋的手突然停住，骆辛的双眼也随之一亮，停留在叶小秋手中的那张照片上出现了刘倩的身影，而她旁边坐着的便是李德兴。

"坐在您旁边的是那个相声大师李德兴吧？"叶小秋把手中其余照片放回桌上，手里只举着一张照片问。

"对，他是咱们市著名相声演员，他的正阳楼又开在我们东城区，我们邀请他，他很痛快地答应了。"刘倩解释说。

"当晚他表演了吗？"叶小秋接着问。

"我们的晚会表演者以年轻人为主，他当晚只是以嘉宾身份参与，做表演的是他的两个徒弟。"刘倩微笑一下，翻了翻桌上的照片，挑出一张递给叶小秋，"就是这一对年轻的相声演员。"

叶小秋略微打量下照片，瞬即递给身旁的骆辛。骆辛倒是对照片上的两位年轻人不陌生，在正阳楼多次看过两人演出，水平还不错。

"那晚在李德兴身上有没有发生什么异常的事情？"叶小秋又问，"或者他有没有做出什么出格的举动？"

"还真有。"刘倩沉吟一下，说，"他徒弟表演时，有个在一边围观的群众，起哄说他徒弟演得不好，作品不好笑，当时他脸上有些挂不住，看上去很不自在，晚会结束后连庆功宴都没参加便走了。"

"您注意到是哪个围观群众在起哄吗？"叶小秋问。

"没有。"刘倩说着，用手扒拉一阵桌上的照片，"照片也没照到当时的情形。"

"当时大约几点？"骆辛问。

"他徒弟的相声是晚会倒数第二个节目，应该在 8 点半左右。"刘倩想了一下说。

叶小秋和骆辛对了下眼，骆辛点下头，叶小秋心领神会地说："那您这些照片和 U 盘我们都先借走，用完之后再还给您，还希望您对今天我们来的事情严格保密。"

"好的，好的。"刘倩左右看看，像煞有介事压低嗓音说，"是李德兴老师出事了吗？"

"没有，您甭乱猜。"叶小秋笑笑，敷衍着说。

先前据杨大明的口供，他和吴俊生在晚会现场发生推搡是在当晚8点半左右，那时正好是李德兴徒弟表演的时间，也就是说，当时那个嫌弃作品没意思的围观群众就是吴俊生，为此李德兴当场显示出很不愉快的情绪，这样一来便可以建立起二者的关系。叶小秋和骆辛借用晚会照片和录像，是为了从中找到吴俊生的身影加以确认。

在叶小秋查看晚会录像和照片的同时，骆辛又站在小玻璃房中的白板前陷入思索：除了吴俊生，其他三个人也能和李德兴建立起联系吗？这会不会就是他们之间的交集所在？雪姐是李德兴的铁粉，当初她带着自己去听相声，除了让自己学会微笑，更是因为她是真心热爱李德兴和他那些徒弟的相声表演，她怎么可能得罪李德兴呢？还有孙小东，他只是因为买门票抽奖多中了两张门票而已，李德兴总不会因为白给了人家两张门票而记恨在心吧？莫非孙小东在抽奖这件事情上作了假？想想那天在正阳楼，师徒几个说到这事的时候，表现得似乎很不自然，难道真的是因为孙小东在这件事上欺骗过正阳楼？门票？孙小东的门票是哪儿来的呢？

骆辛犹疑着从玻璃房中探出半个身子，冲叶小秋打了个响指，后者会意，赶紧放下手中的电脑鼠标，起身走到玻璃房中。骆辛道："那天你拿了孙小东的手机还了吗？"

"啊，我都忘了，还在我包里呢。"叶小秋下意识摸摸脑袋，不好意思地说。

　　"就是你们不老在手机上花钱吗？看看孙小东那门票是不是用手机买的？"直到现在骆辛还坚持使用现金，所以他提到移动支付就跟老外的口吻差不多。

　　"好嘞，好嘞。"叶小秋忙不迭地回应，然后快步出了玻璃房，走到自己工位上，三下五除二从小背包里翻出手机。

　　大概过去五分钟，叶小秋满脸兴奋地举着手机又进到玻璃房中，嘴里轻声嚷着："找到了，找到了，孙小东果然也得罪过李德兴。"叶小秋知道骆辛对手机软件运用不是很熟悉，就把手机放到骆辛桌上，一边滑着屏幕，一边耐心地解释说，"你看，孙小东的门票是通过美园网买的，这美园网带有评价功能，而孙小东在看完当日表演后，给的是一星最差评，还加了文字评价说：'如果有零分选择，我一定会选择零分，表演太老套了，毫无新意，这种层次的作品就别拿出来现眼了，正阳楼还是倒闭算了。'这条评价是美园网上针对正阳楼的唯一一个一星评价，估计当时是孙小东自己心情不好，看什么都不顺眼，便做出对人家正阳楼不够客观的评价。有意思的是，这条评价被正阳楼方面看到了，一个自称是正阳楼总经理的人给孙小东回话，说让他留个电话，稍后正阳楼会和他联系，沟通到底是哪方面没让他满意，并承诺会给予一定补偿。"

　　"噢，原来孙小东家的两张门票是这么来的。"骆辛点点头说。

　　"正阳楼的人编瞎话说是赠票，肯定是因为心虚，关键孙小东拿了票他也没删评论，这肯定更加惹怒李德兴了。"叶小秋瞪着眼睛，非常笃信地说，"咱们那天去问话的时候，就李德兴他们师徒几个的反应，李德兴肯定知道这个事。"

　　"这样一来，起码吴俊生和孙小东是有交集的，他们都惹恼过李德兴。"骆辛说。

　　"还剩下宁雪和张家豪两人，咱们得加快节奏找出关联了。"叶小秋一脸慎重的表情说，"事实上，杀手必须还得再杀一个人才能完成整个仪式，现在看李德兴有很大嫌疑，咱们是不是应该先对他采取点措施，未雨绸缪？"

骆辛还未接话，便听到科长程莉在玻璃房外嚷嚷道："这雨怎么说下就下，我这没带伞，刚出去一会儿，回来就下了，这给我淋得全身都湿透了……"

叶小秋听了，做了个双手搂抱自己的动作，哆嗦下身子说："我现在听到下雨就害怕，这杀手不会又出来作案吧？"

"雨。"骆辛重重叹口气。

"你，你又突发灵感了？"叶小秋看到骆辛再次做出若有所思熟悉的表情和五指交替弹动的动作。

"雨，是连环案件中的必要因素之一，就连纵火杀人那晚天空中也飘着雨，我怎么把它忽略了呢？"骆辛皱起双眉道。

"我先前提过李德兴的师哥，也就是正阳楼的创办人，是在下雨的深夜出车祸去世的，这会不会就是李德兴选择雨夜作案的根源？"叶小秋提示道。

"具体情形你知道吗？"骆辛问。

"不清楚。"叶小秋摇摇头，"媒体上没有过多报道，不然咱们去交警档案科找出档案看看？"

"行。"骆辛简洁有力地应道。

交警支队距市局不是太远，也就10多分钟的车程，可是到了档案科，档案员一听要调看20年前的车祸档案，便都苦笑着摇头说时间太久远了，电脑里查不到，恐怕得动手到档案库中翻找。

查案子，这都不算事，两人说不麻烦人家交警队的档案员，让档案员给他们指出大概区域，两人自行翻找就可以。本来以为挺简单一事，可上手后才发现还真没那么容易，两三个小时一晃过去了，两人仍一无所获，只好求助外面的档案员。档案员参与进来，方向相对比较明确，差不多又过去 40 分钟，终于让两人如愿以偿找到那份车祸档案。

离开交警支队，外面的雨变小了，只是毛毛雨的样子，可坐在车里的两人，脸色却比来时更加难看。

——车祸事件发生在 1999 年 8 月 2 日深夜，天空中下着大雨，喝过酒的吴正阳驾驶一辆轻型面包车行驶在回家的路上，应该是中途有些困倦打了盹，面包车突然失控冲向反道，与迎面而来的一辆出租车发生猛烈碰撞。吴正阳送医不治身亡，对面出租车的司机则当场死亡，而当时出租车里还坐着司机的老婆和 6 岁的女儿，老婆叫郑丽，女儿叫郭燕。

此郭燕不出意外就是张家豪的那个助理郭燕。问题是这郭燕突然闯入视线，令看似愈来愈清晰的案件真相，骤然又被一层迷雾遮挡住。郭燕与雨夜、与死亡、与醉酒、与吴正阳、与张家豪都有关联，她与吴正阳有关联，便意味着与正阳楼和李德兴都有关联，但是那样一个身体柔弱的女孩，会是一个变态杀手吗？抑或是连环杀人案的策划者？

骆辛和叶小秋讨论了一番，决定与郭燕正面对峙,让郭燕来给出答案。

"我，我确实撒谎了，我认识李叔。"在郭燕家里，听到叶小秋提到李德兴，郭燕一脸局促不安地坐在家中沙发上说道，"他，他是好人，我不想给他带来任何麻烦。"

"你是怎么认识李德兴的？"叶小秋问。

郭燕眼角含泪，嗫嚅道："妈妈下岗身体多病，干不了重活，爸爸是家里的顶梁柱，出租车是爸爸借了亲戚的钱买的，发生车祸后虽然拿了些赔款，可还完亲戚的借款，也就没剩下多少钱，家里的生活比先前更困难了。李叔看我和妈妈可怜，便把妈妈安排到正阳楼卖票，直到她有退休金了为止，我从小学到大学的生活费也全是李叔出的，还有吴雨哥哥也都很照顾我和妈妈，李叔还给我找工作……"

"你到张家豪诊所当助理是李德兴介绍的？"叶小秋插话问。

"对，李叔在张医生那儿做过多年的心理辅导，他是焦虑型抑郁症患者，前年秋天我大学毕业一时找不到工作，恰好张医生的助理跳槽了，李叔就把我介绍给张医生。"郭燕说。

"也就是说，你先前否认在诊所见过李德兴也是撒谎，为什么？"骆辛问道。

"其实案子发生前，李叔已经两个多月没来诊所做心理辅导了，而且刚刚说了，我不想给他找麻烦，他那个病严重起来连呼吸都困难，我不想再给他添负担，他也根本不可能与张医生的死有关。"提到李德兴与张家豪案子的牵连，郭燕显示出一副十足信任的表情。

"他为什么不去张医生那儿就诊了？"骆辛追问说。

"我问过他，他只说换了个医生，具体原因他不愿说。"郭燕说。

郭燕说完，骆辛便从沙发上站起身，叶小秋知道他这是有意结束问话，便也站起身，语气严厉地说："我们来找你不准对任何人提起，也不准对李德兴说，上次撒谎我们暂且不追究你的责任，若是这次再不配合，我们绝不会再客气，你必须要负法律责任，懂吗？"

"懂，懂。"郭燕使劲点着头说。

"我想请你帮个忙？"骆辛刚迈出一步，又转回身子说。

"行，您说。"郭燕道。

"现在没想好，等想好再和你说。"骆辛迟疑了一下，紧接着转身向门口走去，

叶小秋从后面追赶："你想让她帮什么忙?"

"说了，没想好。"骆辛一副不经意的语气说。

"李德兴突然不去张家豪的诊所，会不会因为他在那时偶然发现张家豪就是文汇大道的小丑，从而也知道了张家豪本身心态出了问题，所以才另找医生？"坐到车里，叶小秋问道。

"应该是。"骆辛说。

"李德兴曾是张家豪的客户，又知晓张家豪被沮丧情绪包围，虽然张家豪没得罪过他，但手里握着他的就诊资料，这算不算和吴俊生以及孙小东有同样的交集？"叶小秋说，"咱别等了，宁雪的交集之处搞不清楚先放放，赶紧把情况和周队说说，是抓，还是先监视着，让周队那边做决定吧。"

"先送我回家，我累了，天也晚了，一切行动明天再说。"骆辛说。

"好吧。"叶小秋知道宁雪在骆辛心中的地位，如果搞不清楚她和李德兴之间的关联，骆辛可能不愿贸然行动，便安慰说，"宁雪或许只是倒霉，赶上那天李德兴被什么事情激怒，控制不住自己，所以……"

"别说了。"骆辛打断她的话说。

骆辛语气不善，叶小秋有些来气，但瞥了眼后视镜，眼见骆辛坐在后排，闭着眼睛，头枕在座椅背上，很累的样子，气便顿时消了，闭上嘴巴。

一路再无话，大概20分钟后，叶小秋把车缓缓停靠在骆辛住的单元楼前。叶小秋未及张口，骆辛睁开眼睛，语气淡然而又不容拒绝地说："不是嚷着饿吗？去我家，陪我吃碗蔬菜面。"

骆辛说完，开门下车，径直走向楼栋口。

这还是骆辛第一次主动邀请她去家里坐坐，还要给她下蔬菜面，叶小秋没啥心理准备，一时倍感意外。坐着踌躇一阵：会不会是快要接近案子真相了，骆辛心里高兴，又想对她表示感谢，但不愿明着表示出来，所以才要给她下面吃？这么想着，心里便释然了，推门下车，冲着骆辛的背影追去。

　　叶小秋这晚饭算是有着落了，周时好则面对着更丰富的一桌菜。虽然一再申明自己实在没时间，手上办着很紧要的案子，但还是没抵过林悦的威逼利诱，心不甘情不愿地跟着林悦去她父母家吃一顿晚饭。

　　如先前所说，林悦的哥哥和嫂子也一同陪席，她哥哥现在贵为市环保局一把手，他能出席算是很给周时好面子。林悦的父母，看上去也不似先前那般不待见他，虽话不多，但脸上一直带着笑容。

　　周时好心情放松多了，推杯换盏间开始挥洒自如。因出来之前向方龄做过报备，便也不顾忌，多喝几杯，关键是长辈与市领导的敬酒他也不好推辞，晚宴的气氛便越来越热烈⋯⋯

　　骆辛家中。

　　叶小秋知道自己错了，完完全全想错了！只是当她发现这一真相时，整个人已经绵软无力地倒在沙发上，手上握着的水杯，砰然落到地板上。

尾 声

一

骆辛等这一刻等许久了，从周时好把他从"星星希望之家"接出来的那天起，他心里就打定主意：他要亲手还宁雪一个公道，要亲手将害死宁雪的凶手送入地狱，去接受宁雪的审判。

骆辛坐在出租车中，拿出手机拨给郭燕。他让郭燕给李德兴打电话，告诉李德兴到浪客酒吧天台上的花园酒吧，说有重要的事情和他谈，让他必须一个人来，不准告诉任何人。

打完电话，骆辛把电话放回裤袋里的同时，用力握了握揣在裤袋里的警棍，那是周时好特别向上级申请配备给他的，一只伸缩型警棍。

浪客酒吧。

骆辛径直走向吧台，冲正站在吧台里忙碌的赵小兰伸出手，以不容拒绝的神情和语气道："借你天台花园钥匙一用。"随即把警察证拍到吧台上。

赵小兰怔了怔，眼见骆辛全身湿淋淋的，雨水顺着他的发丝一条条流在脸上，一双圆鼓鼓的眼睛里布满血丝，眼神凶狠异常，一只手紧紧按在裤兜上，似乎稍被忤逆就会从那里面掏出骇人的武器。赵小兰迟疑一下，眼睛直直地瞅着骆辛，手在吧台下面机械地摸了摸，须臾将一把钥匙放到吧台上。

骆辛伸手把钥匙握在手中，赵小兰突然伸手按在骆辛的手上，似乎预感到即将会发生什么她难以掌控的事，语气恳切地说："别做傻事，我是女人，我看得出，宁雪……爱你，别辜负她。"

"爱"！一瞬间，骆辛全身一震，眼神中闪过一丝犹疑，但还是坚定地把握着钥匙的手，从赵小兰的手里抽出来……

凄风苦雨中，天台花园酒吧围墙边，立着骆辛瘦削的身影。他畏高，但此时他无所畏惧。

"你，你不是郭燕，你是谁，干吗约我来这里？"

身后传来一声小心翼翼的质问，骆辛低着头缓缓转过身，手中握着一只细长的警棍，他慢慢抬起头，双眼盯着举着雨伞有些魂不守舍的李德兴，蓦地将手中的警棍扔到一边——是，他原本想要对李德兴执行私刑，但是听到赵小兰那一句"宁雪爱你，别辜负她"，他突然间觉得一切都不重要了，什么仇恨、罪行、报复、生死，这一刻他都不在乎了，他只想对宁雪说：我也爱你，不是姐姐对弟弟的爱，是男人对女人的爱。

"跟我回警局，坦白你的罪行。"骆辛淡然地说。

"我，我不懂你在说什么？"李德兴摇摇手，怯怯地说。

"站在这样一个雨夜里，会不会让你蠢蠢欲动，会不会不可抑制地想起多年前那场令你万分心痛的车祸？"骆辛步步逼近李德兴。

"我真的，真的不懂你在说什么？"李德兴丢掉雨伞捂着胸口，大口大口喘着粗气，身子不住打晃，不得不单腿跪到地上支撑身子。

"你看，你又犯病了，是不是每次杀人都会让你的症状减轻一些，觉得自己离消灭这世界上的悲伤又近了一步？"骆辛也蹲下身子，贴近李德兴的脸，愤愤地说，"你每天都执着于让别人快乐，可是你渐渐发现让一个人快乐正变得越来越困难，你为此而感到焦虑，生怕有一天被观众和粉丝无情地抛弃，而更让你不安的是正阳楼可能随时被别人从你手中抢走，你感觉到无比地心痛，就跟 20 年前那个雨夜，你站在你师哥被白布蒙着的躯体前，感受到的一样的痛。

"那天你站在舞台上，使出浑身解数表演着，所有人都被你逗笑了，唯有宁雪，雪姐没有笑，脸上反而流着泪。你无法接受这样的场面，你不能接受一个人，而且曾经那么热爱你作品的人，对着你的表演流泪，你感受到的不仅仅是背叛，还有侮辱。你跟着宁雪上到酒吧天台，你质问她，为何如此对你，她告诉你她因为不敢承认未婚夫出轨的事实而感到悲伤。就在那一刻你突然顿悟了，你认识到让人们越来越难以快乐的原因，是这世界上有太多悲伤的人和悲伤的事，你觉得你有责任消灭他们，消灭悲伤，还快乐以公道，更重要的是你会因此离生活的绝境越来越远。

"你博览群书，为创作吸收养分，所以你一定也看过 *On Death And Dying* 那本书，那本书中对悲伤分为五个阶段的讨论和总结让你深深地触动，以至于成为日后你连续杀人的终极目标，你觉得仪式化杀死五个代表人物，就等于杀死全世界的悲伤。当你发现宁雪处于悲伤发生最初的'否认'阶段，你便不可抑制地将她推下天台。

"'愤怒'是悲伤的第二个阶段，也因此吴俊生迁怒于你徒弟的表演，在五四青年晚会现场公然咒骂你亲手为徒弟打造的作品。你被激怒了，你开车跟踪他，发现他的愤怒来源于为情所困的悲伤，于是他成为你手下第二个冤魂。

"孙小东在美园网给你的作品打了一颗星，你给他邮寄赠票，希望他能删除那条评价，但是他收到票之后却违背了承诺。那个雨夜，你带上酒去找孙小东，想和他沟通一下，而当你了解到他没有被你作品逗笑的原因，和你作品本身没有关系，是因为他对人生感到'彷徨'而悲伤，于是你制造了那场意外车祸，让他成为你寻求快乐过程中的第二个冤死鬼。

"张家豪是'小丑'你在两个月前就知道了，你也知道他想通过小丑表演来排解心中的'沮丧'情绪，但是你需要严格遵守悲伤发展的进程去消灭它，才能让仪式更加完美和真实，所以两个月前你没有杀他。当然，他诊所保留着你的病历资料也让你心怀忐忑，你其实和张家豪面临的窘境一样，生怕有一天你们的隐私被曝光，而给你们为之奋斗终身的事业带来毁灭性的打击。一个制造快乐、治愈悲伤的人，自身却很不快乐，他还会得到别人的信任吗？而随着女明星抑郁就诊的新闻被曝光，杀死张家豪，销毁病历，便成为非常紧迫的事情，于是当雨夜再次来临……"

"不，不，你全错了！"李德兴缓缓摆摆手，似乎在用最后一丝气力说，"正阳楼的作品其实都不是我写的，而且20年前的那个雨夜里，在师哥出车祸之前，还发生过一件事，我在，我在香成路立交桥下，从一个老叫花子那里，救下一个正在被他'侵犯'的男孩，那个男孩……"

李德兴话未说完，就听砰一声，一把木椅猛地落到骆辛的脑袋上，骆辛随之慢慢倒在大雨中的湿地上，鲜血混合雨水瞬间布满他的面庞，恍惚中他看到一张熟悉的面孔……

"那……那个孩……孩子，就是我。"李德兴的演出搭档，正阳楼那个说话慢条斯理、一句一顿的捧哏演员冯忠毅，满脸狞笑地站在骆辛身前，结结巴巴地说，"平时看……看不出来吧，我……我是口吃，惊……惊吓型口吃，被后爸打……打的。我……我逃离，逃离家门，来到金海，却差点成为老……老叫花子的玩物，是师父救了我，我……我不允许，任何人伤害……伤害他。"

骆辛伸出手，哆哆嗦嗦地抓着冯忠毅的裤脚，试图站起身来，却被冯忠毅猛地一脚又踹出半米远。紧接着冯忠毅捡起先前骆辛扔在地上的警棍，使出全力压到骆辛的脖子上，恶狠狠地说："谢谢……谢谢你，帮我完成了第五个悲伤阶段，你……你临死前，我……我当回红娘，你错了……你身边的那个漂……漂亮警花，并不是因为不敢承认未婚夫出轨而悲伤，是因为她……她不敢，不敢相信她爱……爱上了你，正好，我送你一程，去……去阴间好好谈个恋……恋爱吧。"

冯忠毅手上愈加地用力，骆辛脖子上青筋暴起，脸上怒目圆睁，双手在半空中无力地挥动着，试图做最后的挣扎。而逐渐地，他眼神中失去了光彩，双手挣扎的幅度也越来越小……

而就在千钧一发、生死存亡之际，冯忠毅身子不知为何忽地腾空而起，又猛地摔到远处，他挣扎着爬起，抬起头，便发现一支黑黝黝的枪口正迎面对准他……

二

冯忠毅试图扼死骆辛时，被周时好抓个正着，到案后对自己的罪行供认不讳。证据方面：除了有李德兴的证词，警方也在注册在冯忠毅妻弟名下的"哈弗 H6"车上，搜索到他杀死张家豪的凶器，上面还残留着张家豪的血迹和他的指纹。

周时好能完成对骆辛的救援，要多亏赵小兰的通风报信。好在周时好那时在"假岳父岳母"家还没喝醉，接到赵小兰电话赶紧让林悦开车把他送到浪客酒吧，才在紧要关头及时出现。

　　骆辛身上的伤不是很严重，基本都是皮外伤，经过医院处理，休养了几天，便出院了。叶小秋还在气他把自己用安眠药迷倒那档子事，所以拒绝接他出院，周时好只好在百忙中抽出时间来接他。

　　送骆辛回家的半路上，周时好接到沈春华打来的电话，说在黑石岛山崖下发现的那具无名尸骨的颅面复原有结果了，周时好便让她把复原后的画像图发到他微信上。由于开着车，看微信不方便，便把手机递给坐在后排的骆辛，让骆辛帮忙把微信打开。

　　骆辛接过手机，打开微信，找出沈春华发来的那条信息。而当无名尸骨颅面复原后的画像图进入骆辛视线中的一刹那，他情不自禁地叫了声——"妈妈"！

第一部完

2020 年 8 月